# ÜBER DEN AUTOR

Geboren in Bad Sobernheim an der Nahe.
Studium der Germanistik und der Politikwissenschaften in Frankfurt. Lebt in Kelkheim am Taunus. Schreibt Gedichte, Geschichten und Romane, Essays und Rezensionen.

Kulturpreis der Stadt Kelkheim 2006
Nominiert für den Deutschen Kurzkrimi-Preis 2011 und 2015
3. Platz beim Deutschen Kurzkrimi-Preis 2017

www.paulpfeffer.de

# INHALTSVERZEICHNIS

Die Liegende ... 11
Rest in peace ... 14
Cuore di bue ... 19
Jonas ... 22
Irmgards Herbert ... 28
Fahrende Züge ... 33
Eine Dose Beck's ... 38
Der Orthopäde ... 41
Das Sterbezimmer ... 60
Frühlingslyrik ... 65
Wenn bei Capri ... 72
Ein Zufall ... 78
Grünabfall ... 82
Im Dickicht ... 96
Sauna ... 101
Im Himmel der glücklichen Frauen ... 104

Kassandra .................................................................... 109
Messer und Stange........................................................ 117
Mischpilze.................................................................... 125
Neunzehn Steine ........................................................... 135
Der Osterhase versteckt sich im Gemüse............. 138
Ölspur............................................................................ 145
Zweite Heimat Eifel ..................................................... 152
Raucher sterben früher.............................................. 158
Der Trojaner ................................................................. 162
Sandkasten................................................................... 170
Schwester Martha........................................................ 175
So musikalisch.............................................................. 178
Wir können das auch................................................. 197
Wer Schnecken hasst.................................................. 209
Ute und Ute................................................................... 212

# DIE LIEGENDE

Das Hauptproblem waren für mich die Spuren. Ich hatte Angst, dass ich irgendeinen Fehler machen würde und dass sie mir auf die Schliche kämen mit ihren modernen Super-Methoden. Aber dann habe ich mir gedacht, wenn die sich was einfallen lassen, tue ich das auch.

Aber der Reihe nach. Wir wohnen in Kelkheim, oben in Hornau in der Fasanenstraße. Ziemlich gute Wohngegend, aber auch teuer wie die Sünde. Vorteil: Die Grundstücke sind groß, und man hat im Wesentlichen seine Ruhe. Große Grundstücke sind schön, aber es gibt da ein Problem: Helma und ich hatten immer Streit, wer den Garten macht. Um das Haus herum sind nämlich fast tausend Quadratmeter mit Hecken, Vorgarten, Rasen, Rabatten, alten Obstbäumen und einem großen Nutzgarten. Wunderschön anzuschauen, aber viel Arbeit, wenn man's richtig machen will. Helma wollte es nicht machen, obwohl sie zwanzig Jahre jünger war als ich und nicht so viele Rückenprobleme hatte. Nein, hat sie gesagt, ich mache das nicht, ich bin allergisch gegen … und dann kam irgendetwas, was ständig wechselte.

Als sie mir vorschlug, für dreitausend Euro im Jahr ein Gartenbauunternehmen mit der Gartenpflege zu beauftragen, gab ich es auf. Aber ich erkannte auch, dass Helma doch nicht die richtige Frau für mich war. Sie hätte mich so gut kennen müssen, dass sie mir nicht diesen Vorschlag mit dem Gartenbaufritzen gemacht hätte. Denn wenn ich etwas hasse, dann ist das eine derartig unnötige Geldausgabe. Ich habe also den Garten weiter im Schweiße meines Angesichtes bearbeitet, und Helma hat gebohrt. Wie das halt Frauen so drauf haben. Hat ständig an mir herumgemacht, dass ich ein Geizkragen wäre, wann ich endlich zum Telefon greife und die Profis ranlasse, dass sie mich nicht im Rollstuhl herum schieben will, wenn ich mich im Garten zum Krüppel malocht hätte und solche Sachen.

Das Rumgekeife hat mich zwar genervt, ist aber so ziemlich an mir abgeperlt.

Jetzt wollte es der Zufall, dass ich beim Wandern durch den Hintertaunus mit einer Frau in meinem Alter ins Gespräch kam. Ich bin nämlich im Wanderverein Hornau, und wir machen alle vierzehn Tage eine geführte Wanderung in der Umgebung. Rita war frisch zugezogen, alleinstehend und suchte Kontakt. Noch ein Zufall: Wir sprachen über den Garten. Ich über meinen, sie über ihren. Nach zehn Minuten war mir sonnenklar, dass Rita genau die Frau war, nach der ich schon seit Jahren gesucht hatte, ohne es zu wissen.

Natürlich bekam Helma sofort mit, dass bei mir was im Busch war. Es fiel ihr auf, dass ich plötzlich viel besser gelaunt war als früher. Da konnte nur eine andere Frau dahinter stecken. Ich gab es auch offen zu, denn Leugnen hätte sowieso keinen Zweck gehabt. Vor einer eifersüchtigen Ehefrau kannst du nichts geheim halten. Da brach natürlich die Hölle los. Die Einzelheiten lasse ich weg, aber ich versichere Ihnen, so was hält selbst der stärkste Ochse nicht aus.

Rita hat mich getröstet, aber sie hat nicht gedrängelt. Die Idee kam von mir, das will ich hier mal klarstellen. Die Frage war: Wie lasse ich Helma verschwinden, ohne dass es Spuren gibt? Um es kurz zu machen: Ich habe sie einfach als vermisst gemeldet. Und es hat perfekt funktioniert. Die Polizei hat ein ganzes Jahr nach ihr gesucht, aber nichts gefunden. Sie konnten sie auch gar nicht finden, weil sie nämlich gar nicht weg war. In Wirklichkeit habe ich sie in unserem Schlafzimmer mit dem Kopfkissen erstickt. Schön war das nicht. Es macht keinen Spaß, eine Frau zu ermorden, das kann ich Ihnen sagen.

Wenn man jemanden umbringt, hat man eigentlich immer das leidige Problem mit der Leiche. Mein Nachbar zur Linken, der alte Kriminaloberrat Gröger, hat mir mal erzählt, dass die meisten Fehler beim Beseitigen der Leiche gemacht werden. Ich kannte also das Problem.

Ich habe es so gelöst, dass ich aus Helma ein Kunstwerk gemacht habe. Die Zutaten gab es alle im Baumarkt, vor allem diesen absolut wetterbeständigen Fertigbeton. Ich habe vergessen zu erwähnen, dass ich eine gewisse Begabung als Bildhauer habe. Wie auch immer: Helma liegt jetzt im Garten auf einem Sockel. Ich nenne sie die „Liegende“. Sie ruht auf der Seite, den Kopf aufgestützt, und sieht ziemlich echt aus. Um sie herum ist eine ungefähr fünf Zentimeter dicke Schicht von Qualitätsbeton, so dass sie überlebensgroß wirkt. Ich muss sagen, dass ich sie jetzt wesentlich schöner finde als im Leben. Sie war mir eigentlich immer zu jung und zu mager.

Rita weiß davon nichts und wird es auch nie erfahren. Sie macht jetzt den Garten, und sie macht ihn gern. Alles sieht tipptopp aus. Ich kann auf der Terrasse sitzen, einen Campari Orange trinken und ihr bei der Arbeit zuschauen. Wenn jemand bei uns zu Besuch ist, werden die „Liegende“ und ihr Schöpfer in den höchsten Tönen bewundert.

Kriminaloberrat Gröger war neulich da, ging um die Skulptur herum und sagte:

„Donnerwetter, das hätte ich Ihnen gar nicht zugetraut. Ein richtiges Kunstwerk! Es ist übrigens bewundernswert, wie Sie den Verlust Ihrer Gattin künstlerisch verarbeitet haben.“

Er wusste gar nicht, wie recht er damit hatte. Ich selbst finde es auch bewundernswert. Die Liegende ist mir besonders gut gelungen. Sie gefällt allen unseren Freunden und Bekannten.

Aber das Wichtigste ist: Rita gefällt sie auch.

# REST IN PEACE

Wenn man in der Eifel wohnt, muss man selber dafür sorgen, dass im Leben was passiert. Wenn man in Daun in der Burgfriedenstraße wohnt, ist es vielleicht ein bisschen besser, aber nur ein bisschen. Roswitha war Hausfrau, was die Sache noch zusätzlich verschlimmerte, aber sie war es nicht freiwillig. Roland zwang sie dazu ... nein, er hatte sie dazu gezwungen. Sie musste sich erst noch daran gewöhnen, dass sie jetzt Witwe war.

Es klingelte an der Haustür. Roswitha schrak hoch. Sie schaute durch den Spion. Der Mann vom Bestattungsinstitut! Wieso kam der eine Viertelstunde zu früh? Roswitha war noch im Bademantel und hatte den Kopf voller Lockenwickler. Ihr blieb kaum Zeit, sich noch ein Seidentuch überzuwerfen, um nicht so unattraktiv auszusehen, wie sie sich fühlte. Ein schneller Blick in den Garderobenspiegel: Das Tuch konnte die Lockenwickler nicht wirklich verdecken, der Mann vom Bestattungsinstitut würde es sicher bemerken. Roswitha verfluchte diesen inneren Zwang, immer gut aussehen zu wollen.

Sie öffnete die Tür.

„Guten Tag, Frau Gruber“, sagte der Mann mit einer kleinen Verbeugung. „Schmidt von 'Pietät Warneke'.“

Roswitha registrierte mit Erstaunen, dass der Mann tatsächlich genau so aussah, wie man sich einen Mann vom Bestattungsinstitut vorstellt. Auf den ersten Blick schien er ohne Eigenschaften zu sein, man konnte ihn sehen und ihn sofort vergessen. Allerweltsgesicht, dunkelblonde, kurz geschnittene Haare, Anzug in Silbergrau, dunkelblaue Krawatte, schwarze Aktentasche.

Sie bat ihn herein.

Herr Schmidt nahm im Wohnzimmer auf dem Sessel Platz, auf dem Roland immer gesessen hatte. Es war schon eigenartig, dass Männer immer diesen Sessel wählten, während die Frauen immer den nahmen, der im rechten Winkel davon neben dem Couchtisch stand.

„Mein Beileid übrigens“, sagte der Mann, beugte sich vor und holte aus seiner Aktentasche einen umfangreichen Prospekt heraus.

„Ja, danke“, sagte Roswitha mechanisch. „Ich wollte mit Ihnen über den Sarg sprechen.“

„Sie hatten es bereits am Telefon erwähnt. Ich habe Ihnen hier einmal eine Übersicht über die verschiedenen Modelle mitgebracht.“

Er reichte Roswitha den Prospekt. Roswitha spürte fast körperlich, wie sein Blick über ihr Kopftuch glitt und bei den Lockenwicklern hängen blieb. Instinktiv raffte sie den Bademantel vor der Brust zusammen.

„Ah ja ...“, machte sie, „Roland ... mein Mann war sehr groß und sehr schwer. Ich vermute, wir brauchen da eine Sonderanfertigung.“

Herr Schmidt lächelte.

„Das glaube ich nicht. Wir haben alle Typen und Größen im Angebot. Die Leute werden ja im Vergleich zu früher oft größer und schwerer, auch hier in der Eifel.“ Herr Schmidt ließ ein kurzes Lachen hören. Er hatte den Witz schon öfter gemacht. „Darf ich fragen, wie groß und wie schwer Ihr Mann war?“

„Einsachtundneunzig, hundertachtzig Kilo.“

Herr Schmidt schürzte die Lippen und taxierte Roswitha, die im rechten Winkel auf dem Frauensessel saß. Man merkte ihm an, wie es in seinem Kopf arbeitete. Er schien irritiert. Roswitha war eine zierliche Frau, einssechzig groß, fünfzig Kilo, höchstens fünfundfünfzig.

„Das bringt uns noch nicht in Schwierigkeiten. Sie müssen damit rechnen, dass es natürlich etwas teurer wird.“

Roswitha verzog den Mund zu einem Lächeln.

„Mit Roland wurde alles ein bisschen teurer ... das Essen, das Bett, die Kleidung ... wenn Sie verstehen, was ich meine.“

„Selbstverständlich, Frau Gruber“, sagte der Mann verbindlich. Er hatte sich wieder im Griff. „Schauen Sie, die Übergrößen finden Sie ab Seite 105.“

Roswitha schlug den Prospekt auf. Sie hätte nie geglaubt, das es so viele verschiedene Arten von Särgen gab. Sicher, es gab helle und dunkle, schlichte und pompöse, aber dieser Prospekt war voll von Varianten, die sie nie in ihrem Leben gesehen hatte.

„Darf ich Ihnen einen Vorschlag machen?“, kam Herrn Schmidts Stimme von der Seite.

Roswitha musste zugeben, dass sie genau im richtigen Moment kam. Dieser Mann war ein Profi, das musste man ihm lassen. Sie schaute zu ihm herüber. Wenn sie es sich recht überlegte, war er doch nicht so belanglos, wie es anfangs geschienen hatte. Er hatte braune Augen, die irgendwie gütig und bescheiden wirkten. Wahrscheinlich bekam man solche Augen, wenn man Bestatter war. Ständig hatte man mit dem Tod zu tun, mit der menschlichen Vergänglichkeit. Da blieb einem wahrscheinlich gar nichts anderes übrig, als ein bisschen melancholisch und, ja, auch ein bisschen demütig zu werden.

„Für Ihren Mann kommt das Modell 'Rest in peace' in Frage, Seite 157, Eiche massiv, gebräunt, mit gekreuzten Palmwedeln in Bronzeguss auf dem Deckel, die Sargschrauben ebenfalls in Bronzeguss.“

„Sargschrauben?“

„Die sind seitlich angebracht. Der Sargdeckel wird damit fest verschlossen. Meines Wissens hat Ihr Mann doch Erdbestattung gewünscht.“

„Äh ... ja“, sagte Roswitha mit belegter Stimme.

Wenn du wüsstest, dachte sie. Roland hatte überhaupt nichts gewünscht. Und an seine Beerdigung hatte er schon gar nicht gedacht. Wie jeder mit Ende dreißig, der nicht mit seinem Ableben rechnet.

„Dann würde ich Ihnen 'Rest in peace' empfehlen, Frau Gruber ...“

Roswitha hatte die Seite 157 aufgeschlagen. Jetzt hob sie den Blick. Herrn Schmidts Stimme hatte anders geklungen, als er ihren Namen aussprach. Ihre Blick begegneten sich. Dieser Mensch hatte schöne Augen, das stand außer

Zweifel. Wenn sie an Rolands Augen dachte ... Der hatte kaum zwischen den Fettwülsten hindurch sehen können. Allein in den letzten drei Jahren hatte er fast vierzig Kilo zugenommen. Am Schluss sah er aus wie ein fettes Schwein. Sie hatte seinen Anblick nicht mehr ertragen können, vor allem, wenn er nackt war. Fett, wohin man schaute, Fettwülste unter einer teigigen Haut, alles sah geschwollen aus, aufgequollen von seiner unstillbaren Fresssucht. Mit ihm im Bett zu liegen war gefährlich, nicht wegen Sex, den hatten sie schon lange nicht mehr, sondern weil er im Schlaf um sich schlug und sich unkontrolliert von einer Seite auf die andere wälzte. Es war vorgekommen, dass er sie beinahe überrollt hätte mit seinen hundertachtzig Kilo. Als sie es ihm am nächsten Morgen erzählte, lachte er nur und sagte: Iss was Ordentliches, dass du was auf die Rippen bekommst. Wenn sie sich vorstellte, dass sie mit Roland noch vierzig Jahre zusammen sein musste, wurde ihr übel.

Es war zu ihrem Erstaunen relativ einfach gewesen. Schon beim dritten Mal hatte es geklappt. Sie hatte wieder ihm ein Kilo Rotbarsch gebraten, mit extra viel Gräten. Er hatte den Fisch gierig wie immer in riesigen Portionen hinuntergeschlungen, eine Gräte hatte sich quergestellt, er hatte gehustet und gewürgt, keine Luft mehr bekommen und war schließlich erstickt. Sie hatte auf ihrem Stuhl gesessen und zugesehen. Kein schöner Tod, fand Roswitha, aber ein passender für Roland.

„Wie finden Sie das Modell?"

Herrn Schmidts Samtstimme unterbrach ihre Gedanken. Roswitha spürte wieder diesen kleinen Schauer im Rücken. Von dieser Stimme ging ein Sog aus.

„Wie bitte?"

„Das Modell 'Rest in peace' ... Wie gefällt es Ihnen?"

Roswitha schaute dem Bestatter geradewegs in die braunen Augen.

„Ich nehme es", sagte sie mit fester Stimme.

Herr Schmidt lächelte und beugte sich zu ihr herüber.

„Ich habe nichts anderes erwartet. Sie sind eine Frau mit Geschmack, Frau Gruber. Roswitha, nicht wahr?“

Roswitha spürte, wie ihr ein Schauer über den Rücken lief, als er ihren Namen nannte. Diese Stimme!

„Ja“, sagte sie.

„Edwin.“

„Wie?“

„Ich heiße Edwin. Hätten Sie etwas dagegen, wenn ich Sie zu einem Kaffee einlade? Das Stadtcafé ist ganz in der Nähe ...“

„Ach nein, nicht ins Stadtcafé, da kennt man mich, Sie verstehen. Wir könnten ins Waldcafé gehen … nachher“, hörte sie sich sagen. Sie sah genau, wie er seinen Blick über ihr Seidentuch gleiten ließ. Sie fand, dass es doch sehr gut zu den Lockenwicklern passte ... und sie fand, dass in ihrem Leben noch etwas passieren musste.

Plötzlich fiel ihr auf, dass sie mit einer Hand immer noch den Bademantel vor der Brust zusammen hielt. Sie schaute Herrn Schmidt tief in die Augen und ließ die Hand los.

# CUORE DI BUE

Es ist kein Zufall, dass ich Gisela zu den Tomaten geführt habe. Jetzt steht sie da und staunt.

„Wie machst du das bloß, dass deine Tomaten so perfekt werden?", fragt sie.

„Tja", sage ich nur und lächele.

Sie tritt einen Schritt näher, befühlt eine der dicksten Fleischtomaten und schüttelt ungläubig den Kopf.

„Cuore di bue", sage ich.

„Ich weiß, die habe ich auch, aber sie sind nicht annähernd so ... so üppig!"

„Tja", sage ich wieder und lächele bescheiden.

Es tut mir gut, dass Gisela sichtlich neidisch ist. Ihr Garten ist ihr Ein und Alles, das weiß ich. Wenn ich sie besuche, muss ich immer als erstes ihren perfekten Garten bewundern. Jetzt kann ich mich endlich mal revanchieren. Meine Fleischtomaten, cuore di bue, die Ochsenherzen, sind dieses Jahr eine wahre Pracht. Das habe ich Alma zu verdanken. Überhaupt Alma! Sie ist für immer in meinen Gedanken und in meinem Herzen.

„Wie geht es eigentlich Alma?", fragt Gisela. Als hätte sie geahnt, dass ich gerade an sie gedacht habe.

„Ach", sage ich, „es geht ihr gut in Australien. Ihr Sohn scheint sie auf Händen zu tragen. Sie will gar nicht mehr zurück."

Gisela macht ein säuerliches Gesicht und seufzt. Ich kann das verstehen, denn sie versteht sich mit ihrem Sohn gar nicht gut. Es fühlt sich an, als sei das Thermometer gerade um fünf Grad gefallen.

„Ich gehe dann mal wieder", sagt sie.

Wir umarmen uns zum Abschied wie Abgesandte zweier verfeindeter Staaten.

Ich glaube, Alma wäre mit allem einverstanden gewesen, was ich gemacht habe. Sie ist mir damals zugeflogen wie ein Vögelchen. So sah sie auch aus, wie ein kleines, zartes Vögelchen. Es war nichts an ihr dran, nur Haut und Knochen. Eines Tages stand sie einfach vor meiner Tür. Sie hat gleich Klartext geredet.

„Mir geht's schlecht, Susanne, und ich hab sonst niemand. Kann ich bei dir wohnen?", hat sie gefragt. Wir kannten uns von früher, sind zusammen in eine Klasse gegangen. Später haben wir uns aus den Augen verloren. Aber ich habe sie immer ganz gern gemocht.

Alma bei mir wohnen zu lassen, war kein Problem, das Haus war sowieso viel zu groß für mich alleine, seit Günter ausgezogen ist. Ich habe sie ein Vierteljahr lang gepäppelt, bis sie wieder halbwegs wie eine Frau aussah. Sie hat mir nie erzählt, warum sie so heruntergekommen war. Ich habe sie in Ruhe gelassen. Sie wollte, dass es ein Geheimnis blieb. Ich durfte auch niemandem erzählen, dass sie bei mir wohnte. Es wusste auch keiner. Nie ging sie vor die Tür. Wenn ich Besuch hatte, verschwand sie in ihrem Zimmer.

„Mich gibt's eigentlich gar nicht", sagte sie manchmal und versuchte ein Lächeln. Am Anfang hat es mich gestört, dass sie so ein Geheimnis um sich machte, aber mit der Zeit war es mir egal. Sie war da und störte kaum. Außerdem haben wir uns gut ergänzt. Ich hatte das große Haus, und sie hatte als ehemalige Lehrerin eine gute Pension, die meine schmale Rente aufgebessert hat. Von meinem Günter konnte ich nämlich nichts erwarten, der hatte sich mit Hilfe seines Steuerberaters arm gerechnet.

Alma vertraute mir, auch was die Finanzen betraf. Ich hatte sogar eine Kontovollmacht von ihr.

Eines Morgens kam Alma nicht zum Frühstück herunter. Ich fand sie tot im Bett. Sie war einfach so gestorben, in dem Fall passt das Wort „entschlafen" ganz gut. Wahrscheinlich war es das Herz, sie sprach immer von ihrem schwachen Herzen. Es kann auch sein, dass es die Schlafmittel waren, die sie in Mengen genommen hat. Die schwachen wirkten mit der Zeit schon nicht mehr.

Ich habe ihr ein richtig starkes gegeben, eins von meinem Günter, der auch Schlafprobleme hatte. Der hatte die in seinem Nachttisch gebunkert. Kann natürlich sein, dass sie die auch in Mengen genommen hat, sie war ja nicht ganz von dieser Welt. Na ja, jetzt ist es sowieso zu spät.

Wenn ich vorhin gesagt habe, dass niemand von Alma wusste, dann stimmt das nicht ganz. Kurz vor ihrem Tod habe ich mich Gisela gegenüber verplappert. Ich hatte meine liebe Mühe, Alma als Bekannte hinzustellen, die für kurze Zeit bei mir wohnte. Als sie dann gestorben war, musste ich die Geschichte mit Australien und dem Sohn erfinden. Gisela hat sie mir abgenommen und erkundigt sich jedes Mal nach Alma.

Alma starb vorletztes Jahr am 31. März. Sie lag am 1. April immer noch in ihrem Zimmer auf ihrem Bett. Als ich an diesem Tag meinen Kontoauszug überprüfte, war ihre Pension schon überwiesen. „Mich gibt es eigentlich gar nicht." Ihr oft wiederholter Spruch fiel mir ein und brachte mich auf eine Idee.

Alma war praktisch nicht vorhanden gewesen. Außer Gisela wusste niemand, dass es sie überhaupt gegeben hatte. Von ihrem Tod wusste nur ich. Ich setzte mich in mein Wohnzimmer, goss mir einen Eierlikör ein und machte einen Plan. Einen zweiteiligen Plan.

Erstens beschloss ich, Alma als Empfängerin ihrer Pension einfach weiterleben zu lassen. Zweitens musste ich sie auf eine diskrete und würdige Weise bestatten.

Ich suchte mir einen schönen sonnigen Platz im Garten aus, nahe am Haus, wind- und regengeschützt, hob eine Grube aus und legte Alma so hinein, wie sie gestorben war. Trotz meiner guten Pflege war sie immer noch zart wie ein Vögelchen. Ich bedeckte sie gut mit Kompost und Muttererde. Und dann pflanzte ich Tomaten darauf, meine Lieblingssorte: Cuore di bue.

# JONAS

Jonas genoss die paar Minuten, während sich der große, blaue Plastikeimer mit Wasser füllte. Absichtlich drehte er den Hahn nicht ganz auf, so dass es länger dauerte, bis er voll war. Der Eimer stand in der Badewanne, und er konnte sich auf den kleinen Schemel daneben setzen, dem Strahl des Wassers zuschauen und die Gedanken fließen lassen wie das Wasser.

Er war schon seit über einer Woche allein in dem alten Eifeler Bauernhaus, das idyllisch am Ortsrand von Kronenburg gelegen war und das er in jahrelanger Eigenarbeit ausgebaut und renoviert hatte. Telefon und Zeitung waren abbestellt. Die Post stapelte sich auf dem Postamt in Jünkerath oder in irgendeinem Briefzentrum. Sie interessierte ihn nicht mehr. Nichts interessierte ihn mehr da draußen. Die Eifel hatte doch auch ihre Vorteile. Es war zwar sehr rau, aber auch sehr ruhig außerhalb der Touristensaison. Man konnte sich zurückziehen, ohne dass jemand nach einem fragte. Niemand wusste, dass er sich im Haus aufhielt. Den Nachbarn und Bekannten hatte er erzählt, er mache mit seiner Familie eine große Reise. Er hatte ausgerechnet, dass er es mindestens fünf Monate aushalten konnte, ohne das Haus zu verlassen. Es war auch nicht nötig. Er lebte von den riesigen Vorräten, die er damals eingekauft hatte, als Hilde noch mit den Kindern dagewesen war.

Er hob den Blick vom Wasserstrahl.

Hilde, seine Frau.

Sie hatte es nicht mehr ausgehalten, vor allem nachts war es für sie zuletzt eine Qual gewesen. Wenn er an sie dachte, befiel ihn ein Gefühl von großer Trauer. Jens und Uli vermisste er weniger. Sie waren sieben und neun gewesen, in einem Alter, wo er sie als natürliche Feinde betrachten musste. Zeitweise hatte er sie gehasst. Alles hatten sie kaputtmachen müssen, vor allem die Stille, die er so liebte. Und eines Tages hatten sie etwas getan, was er ihnen niemals verzeihen konnte. Sie hatten sein Aquarium zerstört. Bei ihren wilden Spielen hatten sie es einfach vom Schrank gefegt. Er hatte die Jungen wie nie zuvor mit aller Kraft geschlagen, als er beim Nachhausekommen das Aquarium in Scherben und die toten Fische auf dem tropfnassen Teppich gefunden hatte. Dieser Ausbruch von unbeherrschtem Zorn war der Anlass dafür gewesen, dass Hilde zum ersten Mal davon gesprochen hatte, ihn zu verlassen und die Kinder mitzunehmen.

In diesem Augenblick hatte sich etwas in ihm verschoben.

Du wirst mir immer unheimlicher, Jonas, hatte Hilde gesagt und ihn mit einem Blick angeschaut, den er nicht hatte ertragen können.

Ach, Hilde ...

Jonas seufzte und warf einen wehmütigen Blick zum Schlafzimmer hinüber.

Schon als kleiner Junge hatte er ein Aquarium besessen. Wenn es ihm schlecht gegangen war, hatte er sich vor das spiegelnde Glas gesetzt und die Fische beobachtet. Sie hatten ihm mit ihren ruhigen Bewegungen Trost gegeben. Er liebte Fische, seit er denken konnte. Vor allem die exotischen Arten. Ihre verspielten Formen, ihre leuchtenden Farben. Wenn sie hinter ihren Glaswänden dahinschwebten, waren sie so angenehm weit entfernt von dem, was Menschen dachten und taten. Manchmal beneidete er sie um ihr ruhiges Unterwasserdasein.

Im Laufe der Zeit hatte er eine Art Fischreligion entwickelt, wie Hilde es mit spitzer Zunge nannte. Nach dem Unglück mit dem Aquarium hatte er natürlich ein neues gekauft, ein größeres. Aber bei dem einen war es nicht geblieben. Es waren weitere hinzugekommen, er hatte nach und nach ein ganzes Zimmer nur mit Aquarien belegt. Bis nach Köln und Trier war er gefahren, um sich die schönsten und seltensten Fische zu kaufen. Das ging natürlich ins Geld. Die Ersparnisse waren schnell aufgezehrt.

Hilde hatte das Treiben anfänglich noch mit Nachsicht betrachtet, dann war sie immer wütender geworden. Wenn du so weitermachst, wirst du noch selbst ein Fisch, hatte sie geschrien, als er anfing, das zweite Zimmer mit seinen Aquarien vollzustellen.

Es kam die Zeit, wo im Haus einfach kein Platz mehr für die Fische und eine vierköpfige Familie war. Da hatte Hilde ihm eines Abends kurz und bündig erklärt, sie habe endgültig die Schnauze voll. Sie gehe jetzt, natürlich nehme sie die Kinder mit. Die Scheidung habe sie übrigens schon eingereicht. Merkwürdigerweise war er im ersten Augenblick fast erleichtert gewesen, bevor er sich dann entschlossen hatte, etwas zu unternehmen.

Noch einmal seufzte Jonas tief auf. Was geschehen war, war geschehen. Er konnte sich nicht mit der Vergangenheit aufhalten, sondern musste nach vorn blicken, sich auf das konzentrieren, was jetzt zu tun war. Seine Fische, es waren inzwischen genau zweitausenddreihundertfünfundvierzig, mussten täglich gefüttert werden. Die Aquarien mussten gesäubert, neu bepflanzt und mit frischem Sand und Steinen gefüllt werden. Der größte Teil der ehemaligen Küche stand bis unter die Decke voller Kisten mit Fischfutter, Sand, Steinen und Aquarienzubehör. Er hatte alles genau inventarisiert. Wenn er sich die säuberlich geführten Bücher ansah, gestattete er sich jedes Mal einen Anflug von Stolz. Er hatte sich sogar einen genauen Zeitplan gemacht, wann was zu tun war. Sogar die Kaffeepausen hatte er nicht vergessen.

Auch auf die Idee mit dem Krankenhausaquarium war er stolz. Bemerkte er bei seinen Schützlingen Zeichen der Schwäche oder Krankheit, fischte er sie vorsichtig heraus und setzte sie ins Krankenhausaquarium. Dort konnte er sich intensiv um sie kümmern. Sie bekamen eine von ihm handgemischte Kraftnahrung, für die Schwerkranken hatte er eine spezielle Sauerstoffduschanlage entwickelt. Es gab sogar eine kleine Entbindungsstation.

Gedankenverloren schaute er auf den Eimer zu seinen

Füßen und schreckte zusammen. Das Wasser lief schon über den Rand. Hastig drehte er den Hahn zu und erhob sich.

Bist du verrückt? hatte Hilde gefragt, als er zum ersten Mal vor dem Schlafengehen die Bettlaken angefeuchtet hatte, natürlich nur ganz leicht, um seine Frau nicht unnötig zu verschrecken. Er hatte in einem trockenen Bett einfach nicht mehr richtig schlafen können. Morgens war er jedesmal mit einer ganz wunden Haut aufgewacht und hatte nach Luft geschnappt. Wie ein Fisch auf dem Trockenen, hatte Hilde gesagt. Er war darüber erschrocken. Aber sie hatte ihn schon immer mit einer höheren Art von Genauigkeit durchschaut. Wirklich wütend war sie aber erst geworden, als er angefangen hatte, in gänzlich durchnässten Laken zu schlafen und nachts merkwürdige, blubbernde Laute auszustoßen. Im Nachhinein bewunderte er sie für ihre Geduld. Sie musste wirklich gelitten haben.

Ächzend nahm er den schweren Eimer auf und trug ihn vorsichtig ins Schlafzimmer hinüber zu seinem Bett, das zwischen hohen Wänden aus herrlich schimmernden Aquarien stand. Vor dem größten stellte er den Eimer ab. Diese kleine Pause gönnte er sich jeden Abend.

Da war sie, Hilde, in Lebensgröße. Sie schwebte mit dem Bauch nach unten nackt und weiß hinter der Glaswand. Meine Frau in ihrer ganzen Pracht, dachte Jonas und lächelte sie an. Sie hatte die Augen offen und sah fast lebendig aus. Ihre Haut war im Formalin durchscheinend geworden und schimmerte im gedämpften Licht wie Perlmutt. Wenn er genau hinschaute, konnte er überall an ihrem Leib die Äderchen sehen, die ein feines Netz unter der Haut bildeten. Die Hände und Füße wirkten wie Flossen.

Jonas erinnerte sich an die Vorarbeiten. Es war nicht leicht gewesen, so viel Formalin zu besorgen. Aber er hatte es geschafft, im Zeitraum eines halben Jahres die Formalinvorräte aller Apotheken von Dahlem über Prüm bis Gerolstein aufzukaufen. Hilde in der Badewanne zu ertränken war Schwerarbeit gewesen. Sie war größer als er und ziemlich kräftig. Sie hatte sich bis zuletzt gewehrt. Aber er hatte es tun müssen. Er durfte sie unter keinen Umständen verlieren. Er hätte es nicht überlebt, wenn sie ihn verlassen hätte. Jonas schaute sie an. Wie schön sie war, schöner noch als im Leben. Und stiller. Wie ein weißer Wels, dachte er. Er liebte die Welse, die geheimnisvoll am Grund der Gewässer lebten.

Sein Blick wanderte nach oben. Da waren auch Uli und Jens, die beiden Jungen. Auch sie schwebten mit weißer Haut in ihrem Formalinbad. Ganz friedlich waren sie jetzt und ganz leise. Zwei kleine, blasse Robben ... Jonas lächelte zufrieden. Seine Familie war bei ihm auf eine Art, die er ertragen konnte.

Er nahm den Eimer hoch, ging hinüber zum Bett und schüttete das Wasser vorsichtig hinein. Zufrieden schaute er zu, wie es langsam versickerte. Die Laken waren nicht mehr weiß, sondern bräunlich und grünlich verfärbt. Sie fingen an, sich mit einer feinen Schicht von Schlamm und Algen zu überziehen. Jonas zog sich gemächlich aus und betrachtete seinen Körper in der grün und blau spiegelnden Glasfläche der Aquarien. Von Tag zu Tag gefiel er sich besser. Sein Leib hatte eine bläulichweiße Färbung angenommen, die Haut war ganz weich und fast durchsichtig geworden, fast wie die von Hilde und den Kindern.

Noch einmal drehte und wendete er sich vor den Augen seiner Lieben. Dann legte er sich ins Bett zwischen die nassen Laken. Das tat unendlich gut. Das erste Blubbern stieg in seiner Kehle auf. Jonas fühlte tiefe Zufriedenheit. Minutenlang lag er nur so da und hörte dem Surren der elektrischen Pumpen und dem Rauschen der Luft zu, die in feinen Bläschen durch das Wasser der vielen Aquarien strömte. Wenn er die Augen schloss, klang es wie das Meer, wie ferne Brandung.

Natürlich machte er sich keine Illusionen. Schließlich war er Realist. Er wusste, dass sie irgendwann Hilde und die Kinder suchen würden. Dass die Polizei eines Tages vor der Tür stehen würde, um ihn zu holen. Aber das konnte dauern. Bis sie darauf kommen würden, das Haus zu durchsuchen, konnten Monate vergehen. Hier in Kronenburg gingen die Uhren langsamer als anderswo. Die Eifel schützte ihn und gab ihm eine Frist. Das war ein gutes Gefühl. Jonas war entschlossen, die Zeit zu nutzen und das Leben zu führen, das ihm gemäß war.

Als er kurz vor dem Einschlafen die von Feuchtigkeit schwere Decke noch einmal fest um seinen Körper wickelte, dachte er: Morgen versuche ich es. Morgen kann ich vielleicht schon in der Badewanne unter Wasser schlafen.

# IRMGARDS HERBERT

Endlich war Herbert tot. Man macht sich ja keine Vorstellung, wie sehr sich jemand wehrt und ans Leben klammert, der nicht sterben will. Und Herbert hatte noch nicht sterben wollen, da war sich Irmgard sicher. Einfach unglaublich, wie lange sie das Kissen mit aller Gewalt auf sein Gesicht hatte drücken müssen, bis er sich nicht mehr rührte und ganz still lag. Er hatte es beinahe geschafft, sie abzuschütteln, obwohl sie sich mit ihrem gesamten Gewicht – und das waren gut achtzig Kilo – auf ihn geworfen hatte. Zum Glück hatte sie in weiser Voraussicht seine Arme mit zwei von ihren Halstüchern an die Bettpfosten gebunden, sonst hätte er sie womöglich noch überwältigt. Herbert, der Hänfling, der eigentlich kein richtiger Mann war, jedenfalls nicht wie Irmgard ihn gerne gehabt hätte. Der bleiche Herbert mit der Hühnerbrust, der den ganzen Tag in diesem blöden Institut an der Uni an seinem Rechner hockte und irgendwelche Daten interpretierte, Formeln hin und her schob und abstruse Theorien ausbrütete. Unschärfe-Relation, Quantengravitation, Schrödingers Katze, Kosmologie, Paralleluniversen ... diesen ganzen Unsinn hatte sie sich täglich anhören müssen. Denn Herbert hatte seinen Job mit nach Hause gebracht. Beim Abendessen und manchmal sogar mitten in der Nacht konnte er einen stundenlangen Vortrag über die Wellenfunktion halten, von dem sie kein Wort verstand, was ihn allerdings nicht störte. Er brauchte eigentlich keine Zuhörer, er sprach zu sich selbst. Von seinem letzten Vortrag hatte sie seinen letzten Satz behalten. „Im Hilbert-Raum ist die Wellenfunktion zu Hause. Ich habe da eine Idee. Man müsste ...“, hatte er gesagt und den Satz nicht beendet wie so oft. Dann war er eingeschlafen und hatte wie üblich zu schnarchen angefangen. Das war der Moment gewesen, wo sie beschlossen hatte zu handeln.

Sie hatte es sich lange und gründlich überlegt. Zwei

Männer waren auf Dauer zu anstrengend. Wobei gesagt werden muss, dass zwischen Herbert und Walter Welten lagen. Sie hatte Herbert vor fünfzehn Jahren geheiratet, oder besser gesagt: Sie war von ihm geheiratet worden. Gerade mal zwanzig war sie gewesen und er zweiunddreißig. Er hatte ihr mächtig imponiert mit seiner theoretischen Physik. Und er hatte ihr gefallen damals, weil er so lang und schmal war, so vergeistigt und irgendwie hilfebedürftig. Irmgard war eher eine praktische Frau, nicht sehr hübsch, aber dafür handfest und zupackend. Herbert war ein Zauderer, der für eine einfache Alltagsentscheidung manchmal so lange brauchte, bis sie sich erledigt hatte. Im Grunde waren sie beide naiv gewesen, vom Zusammenleben mit einem Partner hatten sie keine Ahnung gehabt. War ihre Ehe anfangs nur langweilig, so war sie mit der Zeit eine Tortur geworden, vor allem in Irmgards Augen. Sie stellte nach kurzer Zeit fest, dass sie mit Herbert fast keine Gemeinsamkeit hatte. Als sie ihn nach ungefähr fünf Jahren Ehe gefragt hatte, weshalb er sie eigentlich geheiratet hatte, war seine Antwort: „Weil du exakt mein Gegenpol bist." Sie ahnte, dass er das physikalisch meinte. Vermutlich hatte er irgendwelche Magnetfelder dabei im Kopf.

Es mochte ja sein, dass Gegensätze sich anzogen, heiraten sollten sie nicht. Zu diesem Schluss war Irmgard ziemlich bald gekommen. Herbert dagegen schien zufrieden. Er hatte genau das bekommen, was er brauchte: eine Hausfrau, die hinter ihm her räumte, die seine Wäsche wusch, seine Hemden bügelte, das Essen kochte, das er achtlos hinunterschlang, und ihn ansonsten in Ruhe ließ. Das war eindeutig zu wenig, fand Irmgard. Sie hatte es lange ausgehalten, zu lange.

Und dann war Walter in ihr Leben getreten. Walter, der frisch geschiedene dynamische Mittvierziger, der Sportliche, der Tourismus-Manager, den sie im Schwimmbad kennen gelernt und der sie im Sturm genommen hatte. Warum, so fragte sich Irmgard, warum musste die Partnerwahl so etwas Dumpfes sein? Warum war sie ausgerechnet an dem Quantenphysiker Herbert hängen geblieben? Warum konnte eine Frau wie sie nicht gleich an einen Mann wie Walter geraten, der ihr genau das Gefühl gab, das sie brauchte, nämlich eine Frau zu sein?

Nach einem Jahr mit Walter als Liebhaber war Irmgard klar, dass Herbert weg musste. Sie zog Walter ins Vertrauen. Der schaute ihr nur tief in die Augen und sagte: „Tu, was du tun musst, mein Schatz!" Und dann hatte er sie geküsst, dass ihr Hören und Sehen vergangen war.

Es war ein Glück, dass Dr. Clement, der alte Hausarzt der Familie, einen plötzlichen Herztod bei Herbert diagnostiziert hatte. Bei der Gelegenheit erfuhr sie, dass er seit seiner Geburt etwas mit den Herzklappen hatte. Natürlich war nach Herberts Tod die Polizei im Haus gewesen und hatte herumgeschnüffelt. Sie hatten auch mit Dr. Clement gesprochen, dann aber keine weiteren Fragen gestellt.

Seit drei Tagen war ihr Mann nun unter der Erde. Manchmal stellte sie sich vor, wie er in seinem dunkelblauen Anzug im Sarg lag, wachsbleich und still, über ihm die hölzerne Decke des Sarges und eineinhalb Meter fetter Lehmboden, der irgendwann den Sargdeckel eindrücken und Herberts Körper ganz bedecken würde. Hier gebot sie ihrer Fantasie Einhalt. Die Sache mit der Verwesung und den Würmern mochte sie sich nicht vorstellen, das war zu eklig.

„Wir warten ein halbes Jahr, dann ziehe ich zu dir", hatte Walter gesagt und ihr dabei zugezwinkert. Ein halbes Jahr Trauer war angemessen, fanden beide.

Irmgard stand nackt vor dem großen Schlafzimmerspiegel und betrachtete ihren Körper. Nicht schlecht für eine Frau von Mitte dreißig! Das Gesicht war nichts Besonderes, aber sonst fand sie sich ziemlich ansehnlich. Manchmal hätte sie sich etwas zierlicher und schlanker gewünscht, aber die achtzig Kilo waren ganz gut auf einsfünfundsiebzig verteilt. Sie hatte runde Schultern und mittelgroße, feste Brüste, denen die Schwerkraft noch nicht viel hatte anhaben können. Irmgard musste unwillkürlich grinsen. Herbert hätte sicher statt Schwerkraft Gravitation gesagt und ihr einen stundenlangen Vortrag darüber gehalten. An den Hüften und am Hintern fand sie sich zu breit, die Schenkel waren auch ein bisschen zu füllig, aber Walter gefiel es, und das war die Hauptsache. Walter wollte auch, dass sie sich die Schamhaare entfernte. Sie hatte sich zuerst ein wenig geniert, aber jetzt fand sie diesen kleinen Spalt, der da zwischen ihren Schenkeln hervorlugte, ganz hübsch.

Sie wiegte sich ein wenig in den Hüften, drehte sich ins Profil ... und schrie auf! Ihr Schrei war so gellend, dass er ihr selbst in den Ohren weh tat. Denn im Spiegel sah sie eine Gestalt auf der Bettkante sitzen, einen schmächtigen Mann im dunkelblauen Anzug, der sie mit seinen grauen Augen aufmerksam musterte. Irmgard drehte sich um und fühlte, dass ihr die Knie weich wurden. Ihr Schrei war inzwischen in ein leises Wimmern übergegangen.

„Hallo, Irmgard!“, sagte Herbert freundlich.

Irmgard verstummte und starrte ihn mit weit aufgerissenen Augen an.

„Das ist eine Überraschung, was?“, fuhr er fort. Seine Stimme klang wie immer, nur eine kleine Spur blecherner, als spräche er durch ein schlechtes Mikrofon.

Irmgard spürte, wie ihr Herz, das wie rasend gepocht hatte, für einen Moment aussetzte und dann zu flattern begann. Sie fühlte sich außerstande, irgendetwas zu sagen. Stattdessen taumelte sie auf die Gestalt zu, die immer noch auf der Bettkante saß. Sie streckte beide Hände aus, um sie zu packen ... und griff ins Leere. Und dennoch sah sie Herbert vor sich sitzen, der sie immer noch interessiert ansah.

„Erinnerst du dich an Schrödingers Katze?“, fragte seine Stimme.

Irmgard spürte, wie sich in ihrer Brust etwas schmerzhaft zusammenkrampfte. Schrödingers Katze? Ja, Herbert hatte davon gesprochen, da war so eine Ahnung ...

„Die Katze ist tot, wenn du in die Kiste schaust. Aber in einem Paralleluniversum lebt sie weiter, weil es unendlich viele Universen gibt, in denen alles, was geschehen kann, auch geschieht. Ich weiß jetzt, wie es geht, wie ich den Hilbert-Raum mathematisch überliste und aus meinem Paralleluniversum zu dir herüber kommen kann. Schrödingers Katze ist tot und nicht tot, erinnerst du dich? Ich bin da und nicht da. Ich bin eine Welle, genauer: eine Wellenfunktion, verstehst du? Ich bin schnell wie das Licht. Ich kann dich jederzeit besuchen, wenn ich will … jederzeit."

Irmgard hatte das Gefühl, als stoße ihr jemand ein Messer direkt ins Herz. Es war ein unmenschlicher Schmerz. Sie fasste sich an die Brust und sackte mit einem leisen Seufzer zusammen. Vor dem Bett fiel sie aufs Gesicht und blieb in einer seltsam verdrehten Lage regungslos liegen.

So fand sie Walter, der die Wohnung aufbrach, nachdem sie sich zwei Tage lang nicht gemeldet hatte. Und so lag sie immer noch, als der Notarzt kam und einen plötzlichen Herztod bei ihr feststellte.

„Kommt in letzter Zeit häufiger vor", meinte er lakonisch, „dass junge Leute einfach so tot umfallen. Der Stress ..."

Walter war zunächst untröstlich. Aber nach einem halben Trauerjahr zog er bei Vanessa ein, die er im Schwimmbad kennen gelernt hatte und die in der City ein kleines, aber feines Reisebüro für Luxusreisen betrieb. Vanessa passte, wie er fand, erheblich besser zu ihm als Irmgard, die ihm ständig die Ohren mit ihrem Frust über Herbert vollgejammert hatte und ihm in letzter Zeit damit gewaltig auf die Nerven gegangen war.

Außerdem war Vanessa zierlicher und schlanker.

# FAHRENDE ZÜGE

Ich kann mich genau den Tag erinnern, an dem ich angefangen habe, fahrende Züge als meine Heimat zu betrachten. Ich kann sogar die genaue Uhrzeit angeben: elf Uhr sechsundzwanzig. Zum ersten Mal ist es mir auf der Strecke zwischen Saarbrücken und Frankfurt Hauptbahnhof passiert. Saarbrücken – Frankfurt war meine Standardstrecke. Kurz vor der Einfahrt in die große Halle des Frankfurter Hauptbahnhofs verspürte ich plötzlich ein ziehendes Gefühl unterhalb der Herzgegend. Das Gefühl kenne ich. Als Kind habe ich es gehabt, wenn ich länger nicht zu Hause war und zu meiner Mutter zurückkehrte. Auch damals schon war es mit dem Bahnfahren eng verbunden. Beim Anblick der sanften Taunushügel aus den Fenstern der S-Bahn kam es hoch, und später habe ich es sogar erwartet und darauf gehofft, dass es käme und ganz Besitz von mir ergriffe.

Was mich an der Bahn besonders anzieht, ist die Zeit. Sie spielt eine herausragende Rolle, sie ist sozusagen der heimliche Star. Bahnfahren ist mehr als jedes andere Fahren Bewegung innerhalb festgesetzter Zeitgrenzen. Jedenfalls war das früher einmal so. Die Bahn hat in den letzten Jahren an Zuverlässigkeit eingebüßt. Dennoch gilt immer noch: Kein Fahrplan ohne Zeit! Mich fasziniert das unaufhörliche Ringen mit der Uhr. Nur jemand, der ständig in Zügen fährt und mit dem Bahnbetrieb vertraut ist, kann ermessen, was für ein Aufwand getrieben werden muss, damit Pünktlichkeit erreicht wird, ein Gut, das die Reisenden wie selbstverständlich von der Bahn erwarten. Dabei handelt es sich natürlich um relative Pünktlichkeit, weil es absolute nicht gibt. Aber auch schon in ihrer relativen Form ist Pünktlichkeit eigentlich ein Wunder, wenn man bedenkt, wie viele menschliche und technische Rädchen ineinander greifen und präzise zusammenarbeiten müssen, damit zum Beispiel der 3712 in Saarbrücken um Punkt 8:32 Uhr abfährt und 3 Stunden und sieben Minuten später in Frankfurt um Punkt 11:39 Uhr ankommt. ‚Punkt plus Zeitangabe' ist übrigens einer meiner Lieblingsausdrücke. Wenn ich bei einer Verabredung sage, ich komme um Punkt zwanzig Uhr fünfzehn, dann komme ich auch um zwanzig Uhr fünfzehn, keine Minute früher oder später. Nur eine Naturkatastrophe könnte das verhindern.

So sehr ich die Zeit liebe, so sehr misstraue ich den Uhren. Sie gehen meiner Meinung nach alle falsch. Oder besser. Sie sind falsch. Entweder gehen sie nach, was ärgerlich ist, oder sie laufen zu schnell, was mich besonders aufbringt, weil diese Uhren dann eine Zeit anzeigen, die es noch gar nicht gibt. Auch die Funkuhren, die ja angeblich alle auf ein Funksignal hören, sind mir suspekt. Ihre Präzision ist in meinen Augen nur Schein. Es sind gar keine richtigen Uhren, sondern eigentlich nur Agenten oder Sklaven des Funksignals. Was, wenn dieses Signal nun manipuliert würde? Wenn jemand hinginge und absichtlich die Zeit verzögerte oder beschleunigte? Niemand würde es bemerken, weil man allen Leuten eingeredet hat, diese Funkuhren gingen absolut genau. Nein, ich arbeite daran, von den Uhren vollkommen unabhängig zu werden. Seit ich denken kann, versuche ich eine innere Uhr zu entwickeln, eine Körperuhr, die vollkommen ist und auf die ich mich absolut verlassen kann.

Was meine Mutter abfällig meinen ‚Uhrentick' zu nennen pflegt, ist in Wirklichkeit die unablässige Arbeit an der Vervollkommnung dieses inneren Zeitgefühls. Ein Manko, das ich schmerzlich empfinde, ist jedoch, dass ich mich von meiner Mama abhängig fühle. Sie ist die einzige, die meine Körperuhr zu justieren vermag. Deshalb muss ich sie jedes Mal, wenn ich sie treffe, nach der Zeit fragen. Die Mutterzeit ist für mich etwas Heiliges. Meine größte Angst ist, dass meine Mutter erfahren könnte, wie sehr ich auf sie angewiesen bin als die mächtige Zeitgeberin. In letzter Zeit verstärkt sich mein Verdacht, dass sie es ahnt und dass sie mutwillig und boshaft mit meiner Abhängigkeit spielt.

Bei meinem letzten Besuch zum Beispiel hatte ich den

Verdacht, dass sie absichtlich zu spät kam. Der Ort, wo sie wohnt, ist mit öffentlichen Verkehrsmitteln schlecht zu erreichen. Ich lege Wert darauf, dass Mutter mich vom Bahnhof abholt. Ich möchte kein Taxi nehmen. Es widerstrebt mir, unsinnig viel Geld für den Transport meiner Person auf der Straße auszugeben.

Sie war eigentlich immer pünktlich, relativ pünktlich natürlich. Es gab keine größeren Probleme. Nur beim letzten Mal ließ sie mich eine geschlagene Viertelstunde am Bahnhof stehen. Es war nicht leicht für mich, die aufsteigende Panik niederzuhalten. Mir brach der Schweiß aus, ich hatte einige Minuten das Gefühl, ersticken zu müssen. Ich versuchte sie auf dem Handy zu erreichen. Keine Chance, sie musste es ausgeschaltet oder zu Hause liegen gelassen haben. Als sie schließlich kam, erzählte sie mir irgend etwas von einem Stau, in den sie angeblich geraten war. Ich habe das hinterher überprüft. Die Wahrheit ist, dass es auf den dreizehn Kilometern von ihrer Oberreifenberger Wohnung bis zum Bahnhof Königstein keinen Stau gab. Obwohl sie mich belogen hatte, wirkte sie nicht verlegen oder schuldbewusst, sondern war im Gegenteil sogar ein bisschen aufgekratzt. Entschuldigt hat sie sich schon gar nicht. Es schien ihr überhaupt nicht leid zu tun. Ich hatte den Verdacht, dass sie mir eins auswischen oder mich gar erziehen wollte. Ich habe noch nicht mit ihr darüber gesprochen. Wenn sie es noch einmal tut, werde ich sie zur Rede stellen. Ich kann Unpünktlichkeit nicht ertragen, am wenigsten von Mama. Unpünktlichkeit ist der erste Schritt zur Unzuverlässigkeit.

Mir ist bewusst, dass ich zwanghaft bin, was die Zeit angeht. In der Psychologie würde man das wohl eine milde Form von Zwangscharakter nennen. Es ist durchaus nicht so, dass ich nicht verstehen könnte, dass ich andere Leute mit meinem Uhrentick oder meiner Liebe zur Pünktlichkeit nerve. Sie sagen es mir ja auch oft genug. Aber ich will und kann das nicht ändern. Ich habe es im Blut. Oder besser noch, in den Genen. Wenn ich mich ändern würde, müsste ich mich verbiegen und wäre nicht mehr der, der ich bin.

Mit Frauen gab es Schwierigkeiten, das blieb nicht aus. Ich bin ein nicht unattraktiver Mann, die Frauen interessierten sich für mich. Mit einigen lebte ich sogar zusammen. Nach kurzer Zeit verließen sie mich, weil sie meinen 'Zeitfimmel', wie sie es nannten, nicht mehr aushielten. Im Rückblick sage ich, es waren eben die falschen Frauen. Sie verstanden mich nicht.

Das einzige, was mich wirklich stört, ist die Abhängigkeit von meiner Mutter. Dieser unbezähmbare Zwang, die Mutterzeit abzufragen. Wenn ich versuche, es zu vermeiden oder zu umgehen, werde ich ganz unruhig. Ich kann nicht mehr still sitzen, laufe umher und stecke andere Leute mit meiner Nervosität an. Erst wenn ich die Frage gestellt und die Antwort aus dem Muttermund gehört habe, kann ich entspannen. Es ist wie eine Erlösung. Ich habe herauszufinden versucht, warum das so ist, habe recherchiert, Fachleute befragt. Die Antworten haben mein Vertrauen in die Psychologen stark erschüttert. Es gab so viele Theorien wie Fachleute, und keiner konnte mir eine Antwort geben, die mich auch nur annähernd zufriedengestellt hätte. Im Wesentlichen lief es darauf hinaus, dass ich eine Zwangsstörung hätte und mich in ihre Behandlung begeben müsste. Die Heilung sollte darin bestehen, mir gegen teures Geld sämtliche Zwangsvorstellungen auszutreiben. Aber warum sollte ich einen Charakterzug aufgeben, den ich an mir liebe? Warum sollte ich werden wie alle anderen, die das Heimatgefühl in fahrenden Zügen, die Faszination der ewig dahinfließenden Zeit, das Misstrauen gegenüber Uhren, die lebensnotwendige Pünktlichkeit, die Sehnsucht nach der inneren Zeitgeberin, die Suche nach der unfehlbaren Körperuhr nicht kennen und nicht schätzen?

Ich kann nicht leugnen, dass Mutters Unpünktlichkeit mich stärker beschäftigt, als mir lieb ist. Wenn mein Verdacht sich bestätigen sollte und sie mich mutwillig irgendwelchen therapeutischen Experimenten aussetzt, werde ich handeln müssen.

Wie befreit man sich aus einer Abhängigkeit? Nachts, wenn ich wach liege, denke ich oft daran, was wäre, wenn Mutter einmal nicht mehr sein wird. Mir graut davor, aber andererseits ist es auch ein verlockender Gedanke. Freiheit! Freiheit von Mutters drohender Unzuverlässigkeit. Ich weiß genau, wenn sie die Masche mit der Unpünktlichkeit weiter durchzieht, werde ich sehr zornig auf sie werden. Es könnte sogar sein, dass ich die Kontrolle verliere. Dann garantiere ich für nichts. Ich erinnere mich in letzter Zeit häufiger an einen Traum, in dem ich Mutter aus dem fahrenden Zug gestoßen habe. Ich hatte überhaupt keine Gefühle dabei, es tat mir überhaupt nicht leid.

Aber das war nur ein Traum. In Wirklichkeit würde ich es nicht tun. Wahrscheinlich nicht. Noch nicht. Es sei denn, man zwingt mich dazu.

# EINE DOSE BECK'S

„Du bist wieder sternhagelvoll, du Mistkerl!", schrie Martha und baute sich drohend vor ihm auf. Erwin schaute sie mit schwimmenden Augen an und suchte eine Spur von Versöhnlichkeit in ihrem Gesicht. Er fand nichts dergleichen. Sie standen auf dem Achterschiff vor dem Eingang zu ihrer Behausung. Die Hafenlampen aus monochromem Licht tauchte die Szenerie in eine orangebraune Soße. Erwin kannte Marthas Tiraden. In letzter Zeit kamen sie häufiger vor. Er wollte nichts als auf dem Sofa sitzen und ganz gemütlich die letzte Dose Beck's kippen, die in seiner Jackentasche steckte. Da zerriss ihre schrille Stimme wieder die Stille:

„Weißt du, wie viel Uhr es ist, he?"

„Äh ... nö", murmelte er kleinlaut.

„Dann sag ich's dir: halb drei! Wo warst du so lange? Hast sicher wieder mit deinen Kumpels gesoffen, diesen Tagedieben und Halunken. Und wer macht die Arbeit? Ich!"

„Aber Martha ..." stammelte er.

„Aber Martha, aber Martha", äffte sie ihn nach, „Ich hab dafür gesorgt, dass die Ladung rechtzeitig gelöscht wird, ich hab den ganzen Papierkram gemacht, während der Herr Kapitän sich an Land in den Kneipen rumgetrieben hat."

Erwin schaute betreten zu Boden.

Aber ich ... ich wollte ...", setzte er an. Martha schnitt ihm das Wort ab.

„Was du willst, ist mir schnurz. Es kommt drauf an, was du tust."

Sie war wirklich stinkwütend. Erwin schwankte unter ihren Worten wie eine Pappel im Sturm. Immer wieder klappten ihm die Augendeckel herunter. Jetzt rülpste er lange und vernehmlich.

„Schulligung."

„Schwein!", zischte Martha.

„Ich bin kein Schwein, ich bin dein Mann!", lallte er

„Mann? Dass ich nicht lache. Du kriegst doch schon lange keinen mehr hoch, und wenn du besoffen bist schon gar nicht."

Erwin machte einen unsicheren Schritt auf sie zu und wollte ihr über die Wange streichen. Aber er machte es so ungeschickt, dass er sie verfehlte.

„Rühr mich nicht an, du Versager!" Marthas Stimme klang wie ein Fallbeil.

Er stand jetzt knickebeinig vor ihr und machte Anstalten, sie zu umarmen. Ehe sie zurückweichen konnte, hatte er sie umfasst und presste seine von einem grauen Stoppelbart umwucherten Lippen gegen die ihren. Martha versuchte, ihn mit beiden Händen von sich weg zu schieben. Aber es gelang ihr nicht. Er war ein Bär von einem Mann. Da ballte sie die Faust und versetzte ihm einen kräftigen Hieb in die Weichteile. Sie hatte nicht richtig zielen können, aber sie musste ihn voll getroffen haben, denn er ließ augenblicklich von ihr ab und krümmte sich stöhnend zusammen. Aus seinem Mund kamen unartikulierte Laute. Martha schaute ungerührt zu, wie er zur Reling wankte, sich darüber beugte und in hohem Bogen in das brackige Uferwasser kotzte.

Erst später wurde ihr bewusst, dass sie auf eine solche Gelegenheit schon lange gewartet haben musste. In ihrem Kopf hatte sich diese oder eine ähnliche Szene wohl schon mehrfach abgespielt. Sie handelte vollkommen instinktiv. Ihre Bewegungen zeigten keine Anzeichen von Unsicherheit oder Zögern. Sie trat rasch zu ihm an die Reling, bückte sich, umfasst seine beiden Beine und hob sie an. Aus Erwins Mund kam ein gurgelnder Laut, als er vornüber kippte. Das Wasser spritzte auf. Martha stand wie unbeteiligt oben und schaute zu. Erwin sank unter wie ein Stein und kam nicht wieder hoch. Auf Marthas Gesicht war nicht die Spur einer Regung zu sehen.

Sie stand noch eine halbe Minute unbeweglich an der Reling, dann wandte sie sich schnell ab, ging die paar Schritte zur Tür hinüber und verschwand im Inneren des Schiffes. Jetzt gehörte der Kahn ihr. Sie war jetzt der Kapitän. Endlich! Niemand würde sie verdächtigen. Alle würden denken, es sei ein Unfall gewesen. Kapitän Erwin Kiepenkötter, der alte Suffkopp, hatte eben wieder zu viel geladen und war im Rhein ertrunken. Irgendwann hatte es ja einmal so enden müssen …

Martha lächelte still in sich hinein, ging zum Hängeschrank im Wohnzimmer und holte die Flasche Rémy Martin hervor, die für besondere Gelegenheiten reserviert war.

Über ein Jahr später wurde in der Nähe von Xanten eine Bierdose angeschwemmt. Die Aufschrift war auf der rostigen Oberfläche kaum noch zu erkennen. Es war eine Dose Beck's. Sie lag auf einer Linie mit anderem Treibgut, das vom letzten Hochwasser dort zurückgelassen worden war. Das Aluminium war an einer Stelle durchgescheuert. Die Dose war leer, aber der Verschluss war unversehrt.

# DER ORTHOPÄDE

Der Patient hatte es endlich geschafft, sich in die Seitenlage zu drehen. Es dauerte ein paar Minuten, bis Ralph Möller ihn in die richtige Position dirigiert hatte.

„Lassen Sie jetzt mal locker ... alles ganz locker ...“, sagte er mit seiner routiniertesten Orthopädenstimme. Darauf folgten ein paar Sekunden Pause, und dann, wenn der Patient schon dachte, wann passiert es denn endlich, an dem Punkt nämlich, wo er wirklich losließ, kam der Ruck. Es knirschte und knackte vernehmlich, der Patient stieß einen unterdrückten Schrei aus.

„Das war's schon“, sagte Ralph, „legen Sie sich bitte kurz auf den Rücken.“

„Geht nicht“, stöhnte der Patient, ein untersetzter Mann jenseits der Sechzig.

„Doch, geht. Probieren Sie's!“

Der Mann drehte vorsichtig seinen Körper.

„Tatsächlich!“

„Na also!“

Der Mann lag jetzt in Unterhemd und Boxershorts auf dem Rücken. Ein vorsichtiges Lächeln erschien auf seinem Gesicht.

„Herr Doktor, ich bin Ihnen ja so dankbar ... Die Schmerzen die ganze Zeit ... und jetzt ... einfach weg!“

„Ja, schon gut, Herr ... äh ...“

„Korte.“

„Ja, Herr Korte.“

Herr Korte erhob sich von der Liege, zog sein Hemd und seine Hose wieder an, schüttelte dem Arzt die Hand und verließ den Raum.

Diese Chiropraktik war doch eine dankbare Therapieform. Für die Patienten grenzte sie an Wunderheilung. Sie kamen mit bösen Kreuzschmerzen in die Praxis, er setzte seinen Griff an, es knackte im Gebälk, und die Schmerzen waren weg. Man brauchte nur zu wissen, wie man den Druck auf den Nerv wegnehmen konnte.

Den Druck wegnehmen, dachte Ralph, den Druck wegnehmen ... Genau das ist es!

Das Handy vibrierte. Er schaute auf das Display. Karin!

„Ja, Schatz? ... in der Praxis .... noch vier Patienten ... Viertel nach sechs ... jaja, natürlich, ich komme zum Essen ... selbstverständlich, wie immer.“

Er legte auf und lehnte sich zurück.

Einer von Karins Kontrollanrufen. Es war kein gutes Gefühl, ständig überwacht und kontrolliert zu werden, auch nicht, wenn es die Frau war, die er einmal sehr geliebt hatte. Ralph Möller stand mit hängenden Armen da, sein Blick ging für Minuten ins Leere.

Er kannte Karin seit sechs Jahren, seit vier Jahren waren sie verheiratet. Er war die Liebe ihres Lebens, sie wurde nicht müde, es ihm immer wieder zu sagen. Er dagegen scheute vor den großen Worten zurück, sie erschienen ihm wie ungedeckte Schecks. Sie konnte rasend eifersüchtig werden, das wusste er. Sie hatte es ihm bei nichtigen Anlässen gezeigt. Zum Beispiel wenn er sich mit einer anderen Frau zu freundlich unterhalten oder zu eng getanzt hatte. Jedes Mal machte sie ihm eine Szene. Von Anfang an hatte sie ihn unter Druck gesetzt: Wenn du mich betrügst, dann weiß ich nicht, was ich tue, wenn du mich verlässt, bringe ich mich um. Er hatte das überspannt gefunden und nicht sehr ernst genommen.

Seit der Sache mit Lydia dachte er anders darüber. Lydia, seine Sprechstundenhilfe, neunzehn Jahre jung, schön wie die Sünde und genau so verlockend. Er hatte nicht widerstehen können, als sie ihre Reize spielen ließ. Sie war kaum einen Monat in der Praxis, da fing er eine Affäre mit ihr an. Oder war es Lydia, die eine Affäre mit ihm anfing? Karin kam natürlich bald dahinter. Sie roch es förmlich, dass Lydia eine Bedrohung für sie war. Und dann fand sie in einem seiner Arztkittel einen Liebesbrief von ihm an Lydia, der keine Ausreden zuließ. Sie stürmte in die Praxis und legte eine fürchterliche Szene hin. Tobte wie eine Verrückte, schlug auf ihn und Lydia ein. Er bekam einen furchtbaren Schreck, aber nicht wegen der Schläge. Es war der Moment, wo Karin ihn zum ersten Mal an seine Mutter erinnerte. Die konnte auch so eine Furie sein, hatte ihrem Ehemann Szenen gemacht, bis der eines Tages sang- und klanglos verschwunden war. Ralph hatte seinen Vater geliebt, er hatte es seiner Mutter nie verziehen, dass sie ihn hinausgeekelt hatte. Er hatte sie aus seinem Leben gestrichen. Sie kam nicht mehr vor. Karin hatte er nur das Nötigste erzählt. Dass er gleich nach dem Abitur ausgezogen war und fünfhundert Kilometer zwischen sich und seine Mutter gelegt hatte. Karin war damit zufrieden gewesen, sie war wohl froh, sich nicht mit einer Schwiegermutter herumärgern zu müssen.

Für Ralph war die Affäre mit Lydia ein schöner kurzer Rausch gewesen, nichts weiter. Er hatte sie fristlos entlassen, entlassen müssen, seitdem hatte er keinen Kontakt mehr zu ihr. Karin wusste das, aber sie ließ nicht locker. Ralph hatte das Gefühl, dass sie ihn im moralischen Schwitzkasten hatte und dass sie Gefallen daran fand, ihn dort zu haben und nicht mehr loszulassen. Sogar das konnte er nachvollziehen. Er kannte dieses starke Gefühl der Rache und des Triumphes. Er war vierzehn gewesen, als er Andreas Kurz, seinen Intimfeind, im Schwitzkasten gehabt und nicht mehr losgelassen hatte. Man hatte sie mit Gewalt trennen müssen.

Liebesentzug und Schwitzkasten gingen noch hin, er war durchaus bereit, das alles für eine Zeitlang auszuhalten, denn er konnte Karin schon auch verstehen. Auf Dauer unerträglich war jedoch ihre Kontrollsucht. Ihr Misstrauen hatte sich verselbstständigt, ihre ohnehin sprungbereite Eifersucht war in einen Daueralarm übergegangen. Sie hatte sich angewöhnt, ihn jeden Abend auszufragen, wollte ständig unterrichtet sein, wo er war und was er tat. Jeden Augenblick konnte ein Kontrollanruf von ihr kommen wie der von vorhin. Mit dem bodenlosen Recht der betrogenen Ehefrau durchsuchte sie seine Taschen, überprüfte seinen Terminkalender, sein Handy und seine Mails, kontrollierte die Autositze auf fremde Haare, beobachtete mit Argusaugen, wie er auf fremde Frauen reagierte und machte ihm bei jeder Gelegenheit die immer gleichen Vorwürfe: Du bist ein Lügner und Betrüger ... du hast mir unendlich weh getan ... du liebst mich nicht wirklich ... du hast unser Leben zerstört ... ich kann dir niemals wieder vertrauen ...

In den ersten Wochen hatte er das alles ertragen. Sein schlechtes Gewissen war noch frisch und seine Büßermiene nicht geheuchelt. Mit der Zeit jedoch fand er, dass sie übertrieb. Dass er fremdgegangen war, hatte in seinen Augen nichts mit seiner Frau zu tun, sondern mit der magnetischen Wirkung von Lydia. Karin dagegen bezog alles auf sich: Er sollte zugeben, dass sie ihm nicht mehr gefiel ... ja, sie sei nicht mehr so attraktiv wie früher, aber er sei auch kein Adonis mehr ... wenn sie gewusst hätte, dass er ein so treuloser Schuft war, hätte sie ihn nicht geheiratet ... von so einem wolle sie keine Kinder ... und so weiter und so weiter. Stundenlang konnte sie das immer Gleiche hin und her wenden. Wenn er sie bat, es doch einmal gut sein zu lassen, drehte sie erst richtig auf.

Er schaute zur Decke hinauf. Die Wohnung war über der Praxis. Dort oben saß sie jetzt in ihrem auberginefarbenen Kleid und dem Seidenschal, hatte schon das Abendessen vorbereitet und wartete. Wartete auf ihn, wartete darauf, dass sie ihn mit ihren Vorwürfen überhäufen konnte. Warum ging sie nicht auch mal fremd, er würde es ihr gönnen! Und sich selber, weil sie dann von ihrem hohen moralischen Ross hinunter müsste. Vielleicht tat sie es ja, und er wusste es nicht. Frauen konnten viel besser lügen ...

Er warf wieder einen Blick zur Decke. Er war normalerweise kein ängstlicher Mensch, aber jetzt spürte er, dass er Angst hatte vor dieser Frau da oben, Angst vor ihrer beharrlichen und fein portionierten Rachsucht, mit der sie ihn hartnäckig unter Druck setzte, wahrscheinlich bis in alle Ewigkeit.

„Himmelherrgott noch mal!“ Der Fluch war ihm einfach so herausgerutscht.

Ralph warf einen Blick auf seine Armbanduhr und bekam einen Schreck. Es blieb ziemlich wenig Zeit für vier Patienten. Er musste um Viertel nach sechs oben sein, wenn er sich verspätete, gab es wieder ein Verhör. Er streckte seinen Kopf hinaus und gab Frau Weber ein Zeichen. Sie war seine neue Sprechstundenhilfe, Mitte Fünfzig, farblos, solide und zuverlässig. Karin hatte sie ausgesucht.

„Der Nächste bitte", rief sie ins Wartezimmer.

Als er in die erste Etage ging, war es schon halb sieben. Karin saß am gedeckten Tisch. Er murmelte ein „Guten Abend" und setzte sich. Ihr vorwurfsvoller Blick wanderte zur Uhr.

„Ja, ich weiß, ich bin zu spät. Entschuldige!", sagte er.

Sie sagte nichts, schaute ihn nur schweigend an. Er brauchte sie gar nicht anzusehen, er wusste genau, was für ein Gesicht sie machte. Es war immer dasselbe. Diese wohltemperierte Leidensmiene, wie er sie hasste! Es war das Gesicht seiner Mutter, wenn er etwas getan hatte, was sie missbilligte.

Er hatte keinen Appetit, aber er zwang sich, zwei von den Schnittchen, die sie gemacht hatte, zu essen. Sie bemerkte es, wie sie alles bemerkte, und ihr Blick wurde noch eine Spur vorwurfsvoller. Ralph schaute ihr ins Gesicht und spürte, wie er ganz ohne Vorwarnung von einer heißen Welle überrollt wurde. Er musste aufstehen und zum Wandschrank gehen, wo der Whisky stand.

„Willst du auch einen?"

Sie schwieg. Sie fand es unmöglich, dass er jetzt einen Whisky trank, dass er sie fragte, ob sie auch einen wolle, fand sie noch unmöglicher, er wusste es. Er goss sich einen dreifachen ein und schüttete ihn in einem Zug hinunter.

Die heiße Welle war ihm in letzter Zeit schon einige Male passiert. Er musste aufpassen. Die Welle war gefährlich. Für ihn und für Karin. Er könnte sie schlagen, mitten ins Gesicht, mitten in dieses stumme Leiden, diese Vorwürfe hinein. Natürlich war ihm klar, dass mit einem Schlag nicht alles aufhören würde. Im Gegenteil. Deshalb stand er auf, wenn die Welle kam, und genehmigte sich einen Whisky. Der entspannte ihn, brachte ihn wieder herunter. Es war nicht nur die Angst vor Karin, sondern auch vor sich selbst, vor der Möglichkeit, dass er einmal die Kontrolle verlieren könnte. Das durfte unter keinen Umständen passieren.

Ralph war ein Bär von einem Mann, einsfünfundneunzig groß, fast hundert Kilo schwer, muskulös, Hände wie Baggerschaufeln. Als Orthopäde und Chiropraktiker kam ihm das zugute, aber wenn er zuschlug, wurde es gefährlich, und wenn er unkontrolliert zuschlug ... Ralph mochte den Gedanken gar nicht zu Ende denken.

Er schaute seine Frau an, die gerade den Tisch abräumte.

„Karin, bitte, setz dich zu mir."

Sie stellte zögernd das Tablett ab und setzte sich ihm gegenüber.

„So kann das doch nicht weiter gehen!"

Er sagte es leise.

„So, meinst du?" Ihre kühle, schnippische Stimme.

„Karin, bitte!"

Er legte seine Hand auf ihren Unterarm. Groß und schwer lag seine Pranke auf ihrem schmalen Arm. Sie folgte seiner Hand mit ihrem Blick. Schwieg. Er versuchte ihr in die Augen zu schauen. Es gelang nicht.

„Lass das!", sagte sie schließlich, schüttelte seine Hand ab, nahm das Tablett und ging hinüber in die Küche.

Nein, es hatte keinen Zweck. Sie ließ nicht locker. Wieder schwappte die heiße Welle in Ralph hoch. Einen Augenblick lang hatte er einen roten Schleier vor den Augen. Dann stand er abrupt auf, griff sich an der Garderobe seine Jacke und verließ die Wohnung. Mit langen Schritten stürmte er die Straße hinunter. Einige Leute erkannten ihn, grüßten. Er grüßte nicht zurück. Er musste sich jetzt unbedingt bewegen, sonst ... Auch diesen Gedanken brachte er nicht zu Ende.

Im Park wurden seine Schritte langsamer. Er dachte an Karin, ihren Blick, ihren Ton ihm gegenüber, dachte an seine Hilflosigkeit und seine Ohnmacht, dachte an die Karin, die er geliebt und geheiratet hatte, an ihren zarten, zerbrechlichen Körper, ihre schönen kleinen Brüste. Den letzten gemeinsamen Urlaub hatten sie auf Kreta verbracht, hatten am Strand gelegen, den Sonnenuntergang beobachtet. Er hatte noch ihr glückliches Lächeln vor Augen. Wie konnte das sein, das aus dieser Frau eine erbarmungslose Rachegöttin geworden war? Sicher, da war die Affäre mit Lydia. Er hatte eine große Dummheit gemacht, hatte seine Frau verletzt, gekränkt, aber rechtfertigte das diese Tortur? Karin wendete die schärfsten Waffen an: ihn ignorieren, ihn demonstrativ verachten, bei jeder Gelegenheit in der Wunde herumpulen, sich sexuell verweigern. Und das schon seit über einem halben Jahr. Es ist eine Machtprobe, dachte er, sie will mich ganz unten haben. Sie will, dass ich zu Kreuze krieche.

Er würde bei diesem Spiel nicht mitspielen, das war ihm trotz seines Schuldbewusstseins klar. Was hatte er schon getan? Er war fremdgegangen. So etwas passierte eine Million Mal am Tag. Für ihn war die Affäre mit Lydia Geschichte, letzten Endes war sie belanglos. Für Karin war sie eine stetig anwachsende Katastrophe. Ralph hatte in den letzten Monaten erkannt, dass die Eifersucht keine Wirklichkeit braucht, sondern von der Fantasie lebt. Es war völlig unerheblich, ob er mit Lydia wirklich etwas gehabt hatte. Für Karin war allein die Vorstellung von seiner Untreue maßgebend. Und diese Vorstellung nutzte sich nicht etwa ab wie eine gewöhnliche Erinnerung. Nein, sie gewann an Kraft, je mehr Zeit verging und je mehr sie sich von der Wirklichkeit entfernte. Ralph spürte, wie das anfängliche Verständnis für Karin sich umwandelte in Wut und Ärger. Karins Eifersuchtsfantasien hatten mit ihm nichts mehr zu tun. Ihr Furor war ihr Problem, nicht seins.

Ihm war in letzter Zeit aufgefallen, wie wenig er von ihr wusste. Sie lebten zusammen, aber so, als hätten sie keine Vergangenheiten. Er hatte seine Mutter unterschlagen, sie ihre Eltern. Bei der Hochzeit waren sie aufgetaucht, zwei blasse Gestalten. Danach nur noch sporadisch. Karin mied den Kontakt zu ihnen. Über die Gründe sprach sie nicht.

Er setzte sich auf eine Bank und versuchte seine Gedanken zu sortieren. Es ging nicht. Sie wirbelten durcheinander wie Blätter im Wind. Er schloss die Augen. Ruhe brauchte er jetzt, sonst würde er nicht schlafen können wie so oft in den letzten Wochen.

Das Handy vibrierte in seiner Jackentasche. Er nahm es heraus, schaute auf das Display. Karin!

„Etwas mehr nach links, bitte! Ja, bleiben Sie so."

Ralph Möller richtete den schwenkbaren Arm des Röntgengerätes auf das Knie der Patientin, die leise stöhnend auf der Liege kauerte. Dann machte er die Aufnahme. Verdacht auf Kreuzbandriss und Meniskusschaden, eine böse Sache.

„So, jetzt noch die andere Seite."

Die Patientin drehte sich mühsam auf die andere Seite. Eine zweite Röntgenaufnahmen wurde gemacht.

„Muss ich operiert werden, Herr Doktor?", fragte die Frau ängstlich. Ralph war klar, dass eine Operation unumgänglich war. Laut sagte er:

„Das kann ich Ihnen noch nicht sagen. Wir müssen erst die Röntgenaufnahmen auswerten."

Die Frau tat ihm leid, sie würde nach der Operation mindestens ein Vierteljahr lang an Krücken laufen müssen. Er half der Patientin beim Aufstehen.

„Sie dürfen das rechte Bein auf keinen Fall belasten, Frau Mayer", sagte er. „ich gebe Ihnen etwas gegen die Schmerzen mit. Rufen Sie mich morgen früh an, dann kann ich Ihnen das Ergebnis sagen. Auf Wiedersehen!"

„Auf Wiedersehen, Herr Doktor ... Sie sehen aber heute gar nicht gut aus, richtig elend ..."

Ralph antwortete nicht, sondern setzte ein schiefes Lächeln auf. Frau Mayer war die letzte Patientin an diesem Tag. Sie verließ humpelnd den Raum und wurde draußen von ihrem Ehemann in Empfang genommen. Ralph schloss die Tür.

Jetzt merkten es schon die Patienten. Es ging ihm nicht gut, er lag nächtelang wach und aß nur noch sporadisch. Karin kochte nicht mehr, sie hatte die Hausarbeit weitgehend eingestellt.

Sein Blick wanderte zur Decke. Direkt über dem Röntgenraum war das Schlafzimmer, aus dem er seit einem halben Jahr verbannt war. Er schlief im Gästezimmer am Ende des Flurs, hatte sich dort eingerichtet, so gut es eben ging. In den ersten Wochen war es hart für ihn gewesen, er hatte Sehnsucht nach Karin gehabt, hatte sich ihren mädchenhaften Körper vorgestellt und sich nach ihr verzehrt. Inzwischen hatte er sich daran gewöhnt, allein zu schlafen. Karin beschäftigte seine Fantasie nicht mehr, ihr Bild verblasste, sie war zu einem farblosen Schatten geworden.

Sein Blick fiel auf das mobile Röntgengerät. Für ihn als Orthopäden war es eins der wichtigsten Werkzeuge. Auch nach etlichen Berufsjahren faszinierte ihn immer noch die gestochen scharfe Aufnahme eines Knochenbruchs, er konnte die Lage der Bruchkanten genau sehen, Splitter berücksichtigen und den Bruch richten und stabilisieren. Röntgenstrahlung durchdrang Gewebe, machte das Innere der Gliedmaßen, das Skelett sichtbar. Sie drang sogar durch Materie ... Ralph Möller nahm den Schwenkarm des Röntgengerätes und richtete es nach oben zur Decke. Genau da stand ihr Bett!

„Karin ...“

„Ja?“

„Du bist blass. Fühlst du dich nicht gut?“

Ralph Möller schaute seine Frau forschend an. Sie schien einen Augenblick lang zu zögern, dann machte sie eine abwehrende Handbewegung.

„Nein, es ist nichts. Ich bin nur müde ...“

Karin stand auf und trug das Tablett in die Küche.

Es war ganz eindeutig, dass sie sich in den letzten Monaten verändert hatte. Nicht dass sie Anstalten gemacht hätte, ihre harte Haltung ihm gegenüber zu mildern oder ihn gar wieder in ihr Bett zu lassen. Keine Spur davon. Es war ihr Aussehen, das sich verändert hatte. Sie war abgemagert, hatte kaum noch Appetit und schlief schlecht. Unter ihren Augen hatten sich dunkle Ringe gebildet, die Wangen waren eingefallen, das Haar war stumpf geworden, die Haut fleckig, ihr ohnehin schmaler Körper wirkte noch zerbrechlicher als sonst. Er hatte sie schon einige Male darauf angesprochen, ihr empfohlen, zu seinem Freund Peter, dem Internisten, zu gehen. Aber sie wehrte jedes Mal ab. Nein, kein Arzt, es sind bloß die Nerven.

Karin war aus der Küche zurück, stand wieder am Tisch und räumte die Teller zusammen. Plötzlich fasste sie sich an die Stirn, taumelte und drohte zu fallen. Ralph sprang augenblicklich auf und stützte sie. Einen Augenblick lang lag sie in seinen Armen. Dann machte sie sich los und ließ sich heftig atmend auf ihren Stuhl fallen.

„Karin, dir geht es nicht gut. Das sehe ich doch!"

„Lass mich! Mir war gerade nur ein bisschen schwindlig."

„Karin, ich melde dich bei Peter an ..."

„Untersteh dich! Ich möchte das nicht."

„Aber du bist krank!"

„Du weißt genau, warum es mir so dreckig geht."

„Aber Karin ..."

Sie antwortete nicht. Ralph schaute sie einen Augenblick lang forschend an, dann nahm er die Teller und trug sie in die Küche. Karin saß mit blicklosen Augen da.

„Was heißt das, sie lehnt eine Therapie ab?", fragte Peter.

„Na ja, ich habe ihr vorschlagen, dass wir eine Paartherapie machen. Wir kommen alleine aus dem Schlamassel nicht mehr heraus. Aber sie weigert sich."

„Um dich weiter zu bestrafen?"

Ralph Möller nickte schwach.

„Es ist ein Machtkampf. Ich glaube, sie hat sich total

verrannt und kann nicht mehr zurück. Aber ich kann sie doch nicht zur Therapie prügeln."

Die beiden Männer schwiegen.

„Lange halte ich das nicht mehr aus", sagte Ralph dumpf.

„Also ... ich würde mir das nicht bieten lassen", sagte Peter, „wenn ich du wäre, wäre ich schon längst weg."

Ralph schaute seinen Freund an.

„Glaub mir, wenn ich könnte, hätte ich es schon getan."

„Was heißt, wenn du könntest ... Warum kannst du denn nicht?"

„Das ist nicht so einfach, wie du denkst. Ich kann Karin nicht verlassen. Sie kann ohne mich nicht leben. Wenn ich sie verlasse, tut sie sich was an, das hat sie oft genug gesagt. Außerdem ist sie ... krank."

Peter wurde hellhörig.

„Krank? Was meinst du damit?"

Einen Augenblick lang spielte Ralph mit dem Gedanken, seinem Freund die Wahrheit zu sagen. Dann siegte die Vorsicht.

„Na ja, sie magert ab, schläft schlecht, isst nicht richtig ..."

„Alles Theater! Das Leiden persönlich. Das kenne ich von meiner Ex. Sie will dir ein schlechtes Gewissen machen und dich klein kriegen. Du musst dich von ihr trennen."

Ralph schaute seinen Freund an und seufzte.

„Was soll sie machen ohne mich? Sie hat meinetwegen ihr Studium abgebrochen, wovon soll sie denn leben?"

„Trenn dich! Zieh irgendwo anders hin. Aber lass dich bloß nicht scheiden, das würde dich ruinieren."

„Nein, das kann ich ihr nicht antun. Sie hat sich ganz auf mich konzentriert und ..."

„Das ist ja genau der Fehler", unterbrach ihn sein Freund, „sie hat sich ganz auf dich konzentriert und auf diese Ehe. Sie hat keine Alternative. Deshalb ist sie ja so ... so gnadenlos."

Ralph Möller starrte vor sich hin.

„Gnadenlos", wiederholte er, „das trifft's."

Peter sprach leise auf ihn ein.

„Ralph, du kommst aus diesem Sumpf nicht heraus, wenn du nicht einen klaren Schnitt machst. Du musst diese Frau verlassen, sonst gehst du kaputt. Ich sehe es dir an. Du bist nur noch ein Schatten deiner selbst."

„Wahrscheinlich hast du recht."

„Also ... worauf wartest du?"

„Ich werde noch einmal mit ihr reden", sagte Ralph matt.

„Aber du hast mir doch gesagt, dass sie nicht mehr mit dir spricht."

„Versuchen könnte ich es wenigstens noch einmal."

Peter schüttelte den Kopf.

„Du bist ein unverbesserlicher Idealist."

Wenn du wüsstest, dachte Ralph. Er fühlte sich schlecht, weil er ein doppeltes Spiel spielte, weil er seinem Freund nicht die Wahrheit sagte. Aber konnte er es denn? Durfte er es riskieren? Nein, dachte Ralph, das geht nur mich etwas an. Er konnte sich nicht von Karin trennen und sie sich nicht von ihm. Er würde es auf seine Weise zu Ende bringen müssen.

Sie hatten die ganze Zeit auf der Parkbank gesessen, Ralph Möller, der Orthopäde, und sein bester Freund Peter, der Internist. Jetzt standen sie auf und setzten sich langsam in Bewegung. Aus der Ferne sahen sie aus wie zwei müde alte Männer.

Ralph war gerade aus der Praxis heraufgekommen und saß am Esstisch. Karin kam mit einem Tablett mit Schnittchen herein.

„Karin, ich möchte mit dir reden! Bitte setz dich!"

Widerwillig stellte Karin das Tablett ab und setzt sich ihm gegenüber.

„Du willst mit mir reden? Ich wüsste nicht, was du mir zu sagen hättest, was ich nicht schon weiß."

„Die Sache mit Lydia tut mir leid, das weißt du."

„Das nehme ich dir nicht ab, das kannst du noch so oft herunterbeten. Du hast mit ihr herumgevögelt ... mit dieser kleinen miesen Schlampe!"

„Karin!“
„Ich sage nur, wie es ist. Oder ist es etwa nicht so?“
Ralph schwieg.
„Na also. Du hast mein Leben kaputt gemacht, das ist dir doch klar!“
„Du hast es oft genug gesagt.“
„Ich kann es gar nicht oft genug sagen, damit es in deinen vernagelten Schädel reingeht. Du hast nicht nur mein Leben, sondern *unser* Leben zerstört.“
„Aber Karin, es war doch bloß ein Seitensprung ...“
„Hör mir auf mit der Masche ... bloß ein Seitensprung! Mein Vertrauen hast du missbraucht. Belogen und hintergangen hast du mich. Das ist die Wahrheit.“
Karins Stimme war schrill geworden. Sie erinnerte ihn plötzlich wieder an die Stimme seiner Mutter. Ralph senkte den Kopf, aber er gab nicht klein bei. Diesmal nicht!
„Das ist *deine* Wahrheit.“
„Ach, das ist *meine* Wahrheit! Und wie sieht *deine* aus?“
Ralph schaute Karin an.
„Ich habe einen Fehler gemacht ...“
„Einen Fehler, den du nie hättest machen dürfen ... Niemals!“, unterbrach ihn Karin wütend.
„Ich habe einen Fehler gemacht“, setzte Ralph neu an, „ich habe dich gekränkt, das ist mir klar. Was kann ich mehr tun, als dich um Verzeihung zu bitten?“
„Das, was du mir angetan hast, kann ich dir nie verzeihen! Du hast mich betrogen. Wie ein Schwein hast du dich im Dreck gesuhlt. Und ich habe immer zu dir aufgeschaut.“
Karin schluchzte auf.
„Das war vielleicht falsch, Karin“, sagte er leise.
„Was war falsch?“
„Dass du zu mir aufgeschaut hast.“
„Ach ja, jetzt bin ich noch schuld!“
Sie war laut geworden. Wenn er jetzt nicht ruhig blieb, endete das Ganze wieder in einer wilden Schreierei.
„Ich spreche nicht von Schuld, Karin. Du hast mich auf ein Podest gestellt, du hast mich angehimmelt. Ich wollte

nie auf ein Podest. Vielleicht hast du mich nicht so gesehen, wie ich wirklich bin, sondern so, wie du mich sehen wolltest. Ich bin kein Übermensch, ich bin ein ganz normaler Mann."

„Jetzt red dich nicht damit raus! Ein normaler Mann, dass ich nicht lache! Du bist ein Schwächling, du konntest die Finger nicht von dieser kleinen Schlampe lassen, obwohl du wusstest, was du mir damit antust."

„Karin! Bist du noch nie in Versuchung gekommen ..."

„Wie bitte?"

„Na, ich meine, dass du ... dass du mit einem anderen Mann ..."

„Das ist doch jetzt nicht wahr! Willst du etwa, dass ich auch fremdgehe? Das ist doch nicht dein Ernst!"

„Warum eigentlich nicht. Es wäre menschlich ..."

„Menschlich! Ich höre wohl nicht recht! Weißt du eigentlich, was Liebe ist? Hast du schon mal was von Treue gehört?"

„Aber Treue ist doch nicht nur sexuelle Treue ..."

„Jetzt hör auf mit deiner Wortklauberei! Was ist Treue denn sonst?"

„Treue ist ..."

„Ach, ich will gar nicht wissen, was Treue für dich ist. Du hast sie gebrochen, die Treue. Das weiß ich, und das werde ich dir bis an mein Lebensende nicht verzeihen. Schau mich an! Ich bin krank. Mir geht es elend. Das hast du aus mir gemacht mit deiner ... Treue!"

Karin stand auf ging hinüber in die Küche. Ralph blieb mit hängenden Schultern am Tisch sitzen.

Er rief sich seine hilflosen Versuche ins Gedächtnis, sich seiner Frau wieder zu nähern. Sie hatte ihn jedes Mal abgewiesen. Er konnte die Anläufe gar nicht mehr zählen, die er gemacht hatte, um mit ihr über die Beziehung zu sprechen und um Verzeihung zu bitten. Sie ließ nur ihre Sicht der Dinge gelten. Du bist mein, ich bin dein ... entweder ich habe dich ganz oder gar nicht, das war ihre Devise, von der sie keinen Millimeter abging.

Ihm war schon vor einiger Zeit mit Schrecken klar geworden, dass er die ganze Zeit ein falsches Bild von ihr im Kopf gehabt hatte, ein zu harmloses. Er hatte zu spät gemerkt, dass sie zu den Frauen gehörte, die so lieben, dass sie zugrunde gingen, wenn die Liebe zerbrach, und die den Geliebten mit in den Abgrund nahmen. Weißt du, was Liebe ist? hatte sie ihn gefragt. Und hatte das ominöse Wort so ausgesprochen, dass er zusammengezuckt war. Alles oder nichts. Ach, Karin, weißt du denn nicht, dass die Menschen, die alles oder nichts wollen, am Ende meistens nichts bekommen? Ihm war klar, dass dieser Gedanke unromantisch und klein wirkte vor Karins großer Liebeskulisse. Einer solchen Liebe fühlte er sich nicht gewachsen. Sie war ihm zu groß und zu besitzergreifend. Die Liebe seiner Mutter war so gewesen. Maßlos und erdrückend. Bei ihr war er auch der Einzige gewesen ... wie jetzt bei Karin. Von einer Frau abgöttisch geliebt und besessen zu werden, das hatte er immer vermeiden wollen.

Für Karin war die Ehe offenbar genau das: einen Mann abgöttisch lieben und ihn besitzen. Warum hatte er das nicht von Anfang an gemerkt? Warum musste es erst zu dieser Katastrophe kommen? Ihm dämmerte, dass er vom Zusammenleben mit einer Frau und von der Ehe genau so wenig gewusst hatte wie Karin. Sie hatten geheiratet und geglaubt, es müsse einfach gut gehen. Er kam sich vor wie jemand, der sich ein Flugzeug kauft, sich hineinsetzt und losfliegt, ohne einen Schimmer davon zu haben, wie die Maschine funktioniert.

Er hatte sich nie gefragt, was die Ehe eigentlich für ihn bedeutete. Man heiratete einfach, es war so üblich in seinen Kreisen. Man arrangierte sich, und der Rest musste sich finden. Wenn er sich allerdings in seinem Bekanntenkreis umsah, war klar, dass die gescheiterten Beziehungen in der Mehrheit und die gelungenen eine Rarität waren. Und selbst da schaute man nicht hinter die Kulissen.

Der Röntgenraum war dunkel. Ralph ließ die Jalousien herunter, bevor er das Licht anmachte. Er trat an das Röntgengerät heran, nahm den Schwenkarm und richtete ihn zur Decke. Sicher lag sie schon im Bett auf der Seite, wo sie immer lag. Und der Platz neben ihr war leer. Ralph biss die Zähne zusammen, dass seine Kiefermuskeln hervortraten. Dann schloss er die Augen und drehte den Regler voll auf. Das Gerät gab ein leises Summen von sich. Höchstleistung! Stärkste Dosis!

Er hatte sich kundig gemacht, wusste inzwischen alles über Röntgenstrahlen und ihre Wirkung. Sein Gerät war ein älteres Siemens Mobilett XP mit relativ starker Strahlung. Er hatte es von seinem Vorgänger übernommen. Vor kurzem hatte er es schon gegen ein modernes digitales Gerät mit geringerer Strahlenbelastung austauschen wollen. Gut, dass er es noch nicht getan hatte. Er hatte Berechnungen angestellt, auch die Absorptionswirkung der Decke hatte er grob kalkuliert. Es drang bei voller Leistung des Gerätes noch genügend durch. Röntgenstrahlung liegt im elektromagnetischen Spektrum zwischen Ultraviolett und Gammastrahlung, mit der sie sich überschneidet. Es ist eine harte Strahlung, durchdringt Materie und Gewebe und ist auch in geringer Dosis bei längerer Einwirkung hochgefährlich.

Seit über einem halben Jahr machte er das regelmäßig. Am Anfang hatte es ihn Überwindung gekostet, aber das war schnell vorbei. Jetzt war es schon fast Routine, dass er jeden Abend, wenn seine Sprechstundenhilfe sich verabschiedet hatte, die Kanone, wie er das Röntgengerät nannte, in Stellung brachte. Er wunderte sich über seine Gleichgültigkeit, es war, als sei er an der Stelle taub geworden, wo früher sein Herz gewesen war. Ich bin ein skrupelloses Schwein, dachte er, ein Mörder. Auch dieser Gedanke ließ ihn kalt. Er hatte mit der Frau, die einmal Karin war, nichts mehr zu tun. Er nahm den Druck weg, das war alles. An das Gefühl erinnerte er sich gut. Als er sich von seiner Mutter losgerissen hatte, fühlte es sich genau so an.

In den letzten Wochen hatte Karin sich wie eine Schnecke in ihr Schneckenhaus zurückgezogen. Auch die Kontakte zu ihren Freunden und Bekannten hatte sie abgebrochen. In letzter Zeit lag sie nur noch im Bett bei zugezogenen Vorhängen. Sie wollte sich nicht helfen lassen, schon gar nicht von ihm. Frau Jacobs, eine alte Freundin der Familie, kam jeden Tag zwei Stunden und machte das Nötigste. Sie stellte keine Fragen, aber sie bedachte ihn manchmal mit einem vorwurfsvollen Blick.

Die Symptome waren ziemlich eindeutig. Blässe, chronische Müdigkeit, entzündete Stellen auf der Haut, Appetitverlust, neuerdings hatte sie öfter Nasenbluten und klagte über Knochenschmerzen. Mit großer Wahrscheinlichkeit war es eine akute Leukämie. Er war bereit gewesen, ihr eine Chance zu geben. Wenn sie wenigstens einen Schritt auf ihn zu gemacht hätte ... Wäre sie rechtzeitig zu Peter gegangen, hätte eine Chemotherapie noch geholfen. Sie hatte nicht gewollt, stellte sich bockig, nur weil er es ihr geraten hatte. Stattdessen las sie esoterische Traktate, schluckte irgendwelche Globuli aus ihrer homöopathischen Hausapotheke und trank von morgens bis abends Kräutertee. Von Anfang an hatte sie ihr Unwohlsein auf die Nerven geschoben und ihm die Schuld an ihrem Zustand gegeben. Stimmt in diesem Fall sogar, dachte er grimmig.

Lange konnte es nicht mehr dauern, drei Wochen gab er ihr noch. Ihr Zustand verschlechterte sich rapide, sie wurde immer schwächer. Gelegentlich beschimpfte sie ihn noch, aber es hatte merklich nachgelassen. Die meiste Zeit lag sie einfach in ihrem Bett und litt. Manchmal hatte er den Verdacht, dass sie ihren Tod in Kauf nahm in der irren Hoffnung, dass sein Leben dadurch ebenfalls zerstört würde. Das wäre die ultimative Strafe, dachte er, aber dazu gehören zwei.

Wenn Karin tot war, würde er die Praxis erst einmal für ein Vierteljahr dicht machen und sich eine Reise gönnen. Nach Kuba. Havanna ... ein alter Sehnsuchtsort von ihm. Vielleicht würde er die Praxis aufgeben und woanders neu anfangen. Mit Ende Dreißig war es noch nicht zu spät dafür.

Ralph schaute zur Decke hinauf. Er brachte die Kanone in Position und schaltete sie ein. Höchstleistung! Da oben stand ihr Bett. Das Totenbett, dachte er.

***Heimtückischer Mord an Arztgattin***
***Sprechstundenhilfe deckt die Tat auf.***

*(jp) Ein heimtückisches Verbrechen schockt ganz Bad K. Über ein Dreivierteljahr hat der ortsansässige Orthopäde Dr. M. seine Frau mit dem Röntgengerät bestrahlt, das in der Praxis unter der Wohnung des Ehepaares stand. Die Strahlung war genau auf das Bett gerichtet, in dem die schon seit längerer Zeit kranke Frau lag. Als Frau M. von der Polizei im ehelichen Schlafzimmer gefunden wurde, war sie in einem so schlechten Allgemeinzustand, dass sie nicht mehr zu retten war. Sie starb kurz nach der Einlieferung in der Intensivstation der Diakonie an akuter Leukämie.*

*Nach unseren Informationen hat Dr. M. bereits ein Geständnis abgelegt, er bestreitet die Tat nicht, verweigert aber darüber hinaus jede Aussage. Über die Beweggründe des Täters herrscht Rätselraten. Die Ermittlungen dauern an.*

*Die Tat wäre möglicherweise unentdeckt geblieben, wenn nicht die Sprechstundenhilfe Frau W. dem Arzt durch Zufall auf die Schliche gekommen wäre. Wegen eines vergessenen Regenschirmes kam sie nach Sprechstundenschluss noch einmal in die Praxis zurück und ertappte den Orthopäden dabei, wie er den Arm seines mobilen Röntgengerätes gegen die Decke richtete, genau auf den Punkt, wo seine Frau im Schlafzimmer bereits todkrank darnieder lag. Außerdem waren ihr schon seit längerer Zeit die extrem hohen Stromrechnungen für die Praxis aufgefallen. „Da brauchte ich nur noch eins und eins zusammenzuzählen“, so Frau W., die umgehend Anzeige erstattete.*

*Dr. M. galt als freundlicher und kompetenter Orthopäde. Er war beliebt in der Nachbarschaft und unter Kollegen.*

*Allerdings fiel auf, dass er in der letzten Zeit unter großem Stress zu stehen schien.*

*Die Abscheu über den Täter ist einhellig. Hauptkommissar L., der mit dem Fall befasst war: „Unfassbar! Wir haben selten einen derart kaltblütigen Mord gesehen." In der Tat muss man lange suchen, bis man in der Polizeichronik unserer Stadt auf ein ähnlich heimtückisches Verbrechen stößt. „Das ist wieder einmal ein typisches Beispiel für die brutale Gewalt von Männern gegen Frauen. Eine Frau hätte so etwas nie getan. Der Mann gehört lebenslänglich hinter Gitter", so Anna-Sophie Mayerhofer-Kwiatkowski, die frischgebackene Gleichstellungsbeauftragte des Kreises.*

*Dr. M. muss sich vor dem Landgericht Bad K. verantworten. Der Prozess beginnt voraussichtlich Anfang Mai. Die „Allgemeine Zeitung" bleibt dran an dem Fall. Wir werden unseren Leserinnen und Lesern direkt aus dem Gerichtssaal berichten.*

# DAS STERBEZIMMER

Ich setze mich Punkt acht an meinen Schreibtisch und schlage die Frankfurter Allgemeine auf. Zunächst konzentriere ich mich auf das Feuilleton, dann lese ich den Finanzteil, die Wirtschaftsseiten und schließlich die Politik. Ich fülle alle Kreuzworträtsel aus und löse alle Sudokus, inzwischen bin ich da Spezialist. Wenn ich die FAZ durch habe, mache ich mich an die Süddeutsche und dann an den Trierischen Volksfreund, Ausgabe Daun. Schließlich will ich wissen, was in Daun und Umgebung passiert, wenn ich schon mal am Arsch der Welt gelandet bin. Um Punkt zwölf schiebe ich mir ein Fertiggericht in die Mikrowelle, am liebsten vorgebratene Frikadellen, dazu Kartoffelpüree und Mischgemüse.

Ich weiß jetzt, wie langsam eine Uhr ticken kann, wie träge der Sekundenzeiger übers Zifferblatt schleicht und wie quälend lange der Stundenzeiger für eine Runde braucht. Acht Runden pro Arbeitstag. Über ein halbes Jahr warte ich jetzt schon darauf, dass die Sekunden vergehen, die Minuten, die Stunden. Jeden Morgen um acht Uhr betrete ich dieses Zimmer, das sich Büro nennt, und verlasse es um siebzehn Uhr.

Der Boden ist mit braunem Laminat ausgelegt. In der Ecke gibt es eine Kochnische. Dann ist da noch ein Schreibtisch aus grau beschichteter Spanplatte, auf dem eine Fotografie steht, sonst nichts. In der Ecke ein leerer Aktenschrank. Neben der Tür ein schwarzer Garderobenständer von IKEA. Ich habe Fotos von dem Zimmer gemacht, jedes einzelne Detail habe ich aus verschiedenen Blickwinkeln festgehalten, um die ganze Absurdität der Situation zu dokumentieren, und weil ich will, dass man mir glaubt, wenn es irgendwann einmal zu einem Prozess kommen sollte. Aber ich weiß, dass die meisten Klagen in einem faulen Vergleich enden oder gleich abgewiesen werden. Ich habe mit einem Anwalt darüber gesprochen, er hat mir von einer Klage abgeraten.

Ich habe mir das hier nicht freiwillig ausgesucht, meine Chefs haben mich in dieses Einzelzimmer versetzt, das sie Büro Eifel Mitte nennen und das in der zweiten Etage eines Mehrfamilienhauses liegt, Daun, Bitburger Straße, genau 116,7 Kilometer von der Firma und meinen ehemaligen Kollegen entfernt. Meine Wohnung ist einen Stock höher, zwei Zimmer mit Küche und Bad.

Bevor ich hier gelandet bin, war ich fünfzehn Jahre lang Betriebsleiter in der Kölner Filiale eines der größten Bauunternehmen in Deutschland. Den Namen nenne ich nicht, der tut nichts zur Sache. Ich hatte hundertzehn Leute unter mir. Wenn ich einfacher Bauarbeiter gewesen wäre, hätten sie mich ohne große Umstände gefeuert, und ich hätte bei einer anderen Firma angefangen. Meinetwegen auch unter Tarif. Aber als Betriebsleiter können sie dir nicht so schnell kündigen, vor allem nicht, wenn du Ende fünfzig bist und bestimmte Ausstiegsklauseln in deinem Vertrag stehen.

Vorher kannte ich dieses Büro und dieses Zimmer nur vom Hörensagen. Wir nannten es das Sterbezimmer, weil da nur die sitzen, die für die Firma schon halbtot sind. Die meisten geben nach kurzer Zeit auf und kündigen selber. Ich hätte nie geglaubt, dass ich einmal hier landen würde. Keiner hat damit gerechnet. Aber es hat auch keiner damit gerechnet, dass ich das so lange aushalten würde. Ich bin halt ein sturer Hund.

Trotzdem haben mich die Leere und das Nichtstun am Anfang beinahe aufgefressen. Bis ich auf die Idee kam, ein Buch zu schreiben, ein Buch über die Firma. Da steht meine Geschichte drin, und es gibt noch ein paar andere, von denen ich weiß. Geschichten von Leuten, die aufgemuckt haben wie ich und die wie ich kaltgestellt worden sind. Ich habe im Anhang alle Krankheiten aufgelistet, die ich an mir während meiner Einzelhaft im Sterbezimmer festgestellt habe: Migräne, Herzschmerzen, Panikattacken und noch ein paar mehr, lauter so psychosomatische Sachen. Seit ich an dem Buch schreibe, geht es mir besser.

Aber nicht gut. Wenn ich mal wieder in einem Tief bin, schaue ich auf ein Poster, das ich in meinem Büro aufgehängt habe: „Never give up!“ Das hilft.

In meinem Leben gab es lange Zeit keine Niederlagen. Ein gutes Abitur, ein erfolgreiches Studium, ein guter Arbeitsplatz. Ich habe mein ganzes Berufsleben bei der Firma verbracht, ich habe mich hochgearbeitet, wurde schließlich Betriebsleiter. Ich war ein strenger Chef. Aber die Leute haben mich gemocht, weil ich menschlich zu ihnen war und auch mal ein Auge zugedrückt habe. Geschäftlich lief es in den letzten Jahren nicht mehr besonders gut, aber es lief.

Und dann kam Strobel, rechte Hand des obersten Bosses aus der Frankfurter Zentrale. So einer von den Jungdynamikern mit Eurozeichen in den Pupillen, die sich aufblasen und vor Potenz kaum gehen können. Der war noch keine Woche da, als er von mir verlangte, dass ich meine Leute zu „effizienterem Arbeiten“ anhalten sollte, wie er es nannte. Mit der Zeit hat er immer mehr verlangt. Ich musste täglich Zahlen aus meinem Werk an die Zentrale durchgeben, Kosten, Umsätze, Gewinnentwicklung. Das war natürlich reine Schikane. Ich habe die Faust in der Tasche geballt, aber ich habe geliefert.

Als wir wieder einmal eine Auftragsflaute hatten, sollte ich plötzlich ein Viertel der Belegschaft entlassen. Das nannte Strobel „den operativen Sektor verschlanken“. Da war bei mir das Maß voll. Ich habe mich geweigert, protestiert, ich habe Eingaben gemacht. Kurz darauf kamen die Abmahnungen, die erste, die zweite, die dritte. Mir war sehr bald klar, was sie wollten: Sie wollten mich rausekeln, ich war ihnen zu unbequem, außerdem zu alt und zu teuer. Und sie wollten, dass ich selber kündigte. Dann hätten sie sich die Abfindung gespart.

Als ich trotz der Abmahnungen nicht klein beigab, haben sie mir mitgeteilt, ich dürfe das Werksgelände nicht mehr betreten. Es war keine Kündigung, sondern ein Kaltstellen bei vollen Bezügen. Dann kam die Versetzung nach Daun ins Büro Eifel Mitte. Das scheint die gängige Prozedur zu sein bei Leuten wie mir ohne Anhang.

Ich bin sicher, dass sie mich überwachen, aber ich werde ihnen keinen Grund liefern, mir zu kündigen. Wenn ich hier nicht acht Stunden täglich erscheine, können sie mir das als Arbeitsverweigerung auslegen. Obwohl ich überhaupt nichts arbeite.

Auf dem Foto, das vor mir auf dem Schreibtisch steht, prangt übrigens die Visage von Strobel. Wenn mein Hass nachlässt, schaue ich sie mir an, dann ist er sofort wieder da. Dieser Typ hat dafür gesorgt, dass ich ihn hasse wie keinen anderen Menschen auf der Welt. Er hat mir das Ganze hier eingebrockt. Er will mich kaputtmachen, aber das wird er nicht schaffen. Das wollen wir doch mal sehen, wer hier wen kaputtmacht. Habe ich schon gesagt, dass ich ein sturer Hund sein kann?

Für nächsten Montag hat sich Strobel angekündigt. Endlich! Genau darauf habe ich gewartet. „Sie sind eine Belastung für die Firma“, hat er am Telefon gebrüllt, „unsere Geduld ist am Ende!“ Er hat nicht damit rausgerückt, was er konkret will, aber ich kann es mir denken. Wahrscheinlich wird er mir drohen und Geld anbieten, damit ich aufgebe und verschwinde.

Apropos Verschwinden. Ich werde verschwinden, aber anders, als sich die Firma das vorstellt. Die Tickets liegen schon lange oben in meiner Wohnung, ein erstklassiger falscher Pass auch. Südamerika ist groß. Sie werden mich nicht finden.

Für Strobel habe ich mir etwas ganz Besonderes ausgedacht. Ich habe einen zweiten Stuhl besorgt und vor dem Schreibtisch platziert. Außerdem habe ich mir eine Walther P99 mit Schalldämpfer organisiert und ein bisschen Munition von der besonderen Sorte. Mannstopper. Wenn diese Dinger in ein Weichziel, zum Beispiel einen menschlichen Körper eindringen, pilzen sie auf und geben die Energie an den Körper ab. Kleiner Einschuss, großer Schaden. Sobald Strobel kommt, werde ich hinter dem Schreibtisch sitzen. Die Pistole habe ich so unter der Schreibtischplatte angebracht, dass sie genau auf seine Weichteile zielt. Natürlich werde ich mich erst einmal ein wenig mit ihm unterhalten. Und wenn er mir droht oder Geld anbietet oder sonstwie dummkommt, drücke ich ab. Plopp!

Ich werde das Sterbezimmer lebend verlassen. Bei Strobel ist das nicht so sicher.

# FRÜHLINGSLYRIK

Friedhelm Brasch liegt vor der Stufe zum Essplatz friedlich auf dem Rücken, als schlafe er. Die Arme sind über der Brust verschränkt, die Hände gefaltet. Eine Wurst aus zusammengeknülltem Papier, die aus seinem Mund quillt, stört den Frieden allerdings erheblich. Ebenfalls die vielen beschriebenen Din A4-Seiten, die um den Toten herum auf dem Parkettboden verstreut liegen. Kommissar Schrader hebt eine davon auf und wendet sich an Hauptkommissar Fink.

„Hör dir das mal an: ‚Der Frühling naht, die Knospen sprießen, wir lassen die Gefühle schießen.' So was braucht doch kein Mensch."

„Die literarische Qualität von dem, was Brasch geschrieben hat, ist für uns ohne Bedeutung", sagt Fink.

„Für mich nicht", brummt Schrader, „ich mag nämlich Gedichte."

„Das habe ich ja gar nicht gewusst."

„Du weißt eben auch nicht alles. Aber gerade, weil ich Gedichte mag, habe ich die Machwerke von Brasch nicht ausstehen können. In den Wochenendbeilagen aller Zeitungen im Umkreis von hundert Kilometern um Nürnberg waren sie drin."

„Na und?"

Schrader machte ein Gesicht, als habe er gerade in eine Zitrone gebissen.

„Frühlingsgedichte, immer nur Frühlingsgedichte. Er machte ja auch nichts anderes."

„Wie bitte?"

„Friedhelm Brasch war der Spezialist für Frühlingslyrik. Egal, ob er über die Natur, die Gesellschaft, die Liebe oder sonst was schrieb, seine Gedichte waren praktisch immer Frühlingsgedichte. In literarischen Kreisen wurde er auch Knospen-Brasch genannt."

„Nicht besonders schmeichelhaft."

„Nein, Künstler untereinander können ziemlich giftig

sein. Eifersüchteleien, Neid, Konkurrenz, diese Sachen. Und Brasch wurde beneidet, er hatte im Unterschied zu den anderen die allerbesten Kontakte zur Presse, fast ein Monopol."

„Woher weißt du denn das?"

Schrader wirkt plötzlich verlegen, schaut an Fink vorbei.

„Ich schreibe selber Gedichte und habe versucht, mal einige bei der ‚Frankfurter Allgemeinen' und beim ‚Höchster Kreisblatt' oder anderswo unterzubringen. Aber Brasch hatte schon überall den Fuß in der Tür."

Fink, dem sonst nichts so leicht die Sprache verschlagen kann, starrt seinen Assistenten überrascht an. Der schaut trotzig zurück.

„Ja, ich schreibe Gedichte, na und?"

„Ich bin geplättet", sagt Fink und grinst breit.

Schrader will sich gerade aufregen, da stellt sich Fink dicht neben die Leiche und sagt:

„Hast du dir das Ganze schon einmal genauer angeschaut? Das sieht verdammt nach einem Arrangement aus, findest du nicht?"

„Ja", stimmt Schrader zu, immer noch erbost, „da könntest du ausnahmsweise mal recht haben.

Fink beugt sich zum Kopf des Toten hinunter und zieht die Luft durch die Nase ein.

„Vielleicht hast du das noch nicht mitgekriegt, aber Brasch stinkt nach Alkohol."

In diesem Augenblick betritt eine nicht mehr junge, sehr schmale Frau das Zimmer. Sie ist ganz in Schwarz gekleidet, hat langes dunkles Haar und eine sehr helle Gesichtshaut.

„Mein herzliches Beileid, Frau Brasch", sagt Fink. Schrader murmelt etwas in seinen Bart.

Die Frau sagt nichts, sondern nickt nur.

„Möchten Sie vielleicht einen Kaffee?", fragt sie.

„Gern", sagt Schrader schnell, bevor Fink ablehnen kann. Die Frau wendet sich zum Gehen.

„Frau Brasch", sagt Fink, „hatte Ihr Mann eigentlich Feinde?"

Vera Brasch schaut ihn ein paar Sekunden lang an.

„Nicht mehr als unter Künstlern üblich", sagt sie und wendet sich zum Gehen. Sie ist schon fast an der Tür, da schaltet sich Schrader ein:

„Und Gottfried Kunze?"

Die Schwarzgekleidete bleibt abrupt stehen und dreht sich um.

„Wie kommen Sie auf Gottfried Kunze?"

„Ich interessiere mich für die lokale Literaturszene. Bin öfter mal im Literaturhaus in Frankfurt. Was für ein Verhältnis hatte Ihr Mann zu Kunze, Frau Brasch?"

„Gottfried ... Herr Kunze war für meinen Mann das, was man vielleicht einen ... Gegner nennen könnte", sagt Vera Brasch zögernd und wendet sich wieder zur Tür.

„Da ist noch was", sagt Fink, „hat Ihr Mann getrunken?"

„Er war Alkoholiker", sagt die Frau, „er hat eine Flasche am Tag gebraucht ... Wodka."

Das Büro von Kriminalhauptkommissar Fink in der Polizeistation Hofheim ist mindestens so schmucklos wie das ganze Gebäude. Keine Schnörkel, reine Funktion. Fink sitzt an seinem Schreibtisch, Schrader steht am offenen Fenster und schaut hinaus.

„Gottfried Kunze ...", sagt er langsam, „ich halte es durchaus für möglich, dass er es war. Er konnte Brasch nicht ausstehen. Umgekehrt aber auch. Ich glaube wirklich, die beiden waren Feinde."

„Ich habe vorhin Dr. Bergmann von der Gerichtsmedizin angerufen", sagt Fink. „Die Untersuchungen sind zwar noch nicht abgeschlossen, aber er konnte mir schon sagen, dass Brasch zur Tatzeit 2,8 Promille im Blut hatte. Das ist auch für einen Alkoholiker eine Menge. Die eigentliche Todesursache war eine stumpfe Verletzung am Hinterkopf mit einer Blutung ins Hirn. Aber kurz bevor er an der Hirnblutung sterben konnte, ist er erstickt. Verstehst du das?"

„Noch nicht“, sagt Schrader, „wir müssen das Ergebnis der DNA-Untersuchung abwarten. Die Jungs von der Spurensicherung haben Textilfasern und Hautspuren unter den Fingernägeln von Brasch gefunden. Ich bin gespannt, was dabei herauskommt.“

Fink stützt den Kopf in die Hände.

„Für mich sieht es so aus, als ob der Mörder dem Dichter mit seinen eigenen Werken das Maul gestopft hat. Dann hat er die Leiche hingelegt und zurechtgemacht wie ein Bestattungsunternehmer. Anschließend hat er noch ein paar Blätter mit Braschs Gedichten dekorativ auf dem Boden verteilt. Ich glaube, ich habe schon gesagt, dass es wie ein Arrangement aussieht.“

„Aber wieso?“, fragt Schrader, „wer hatte ein Interesse daran?“

„Du vielleicht? Als Dichter?“, grinst Fink.

Schrader schaut seinen Chef an, als wolle er ihn vergiften.

Gottfried Kunze ist ein mittelgroßer, schlanker Mann mit fein geschnittenem Gesicht und randloser Brille. Ein typischer Intellektueller, denkt Fink.

Schrader und Fink sitzen in schwarzen Ledersesseln. Der Dichter hat sich ein Zigarillo angesteckt und inhaliert den Rauch. Er spricht mit halblauter Stimme.

„Wir hatten ein gespanntes Verhältnis, Brasch und ich, einen Dauerclinch, wenn Sie so wollen. Ich fand seine Gedichte unter aller Kritik, er hat meine nicht gemocht. Unter Literaten ist das allerdings nichts Besonderes.“

„Wie würden Sie Brasch charakterisieren?“, fragt Schrader.

Kunze überlegt einen Augenblick.

„Er war ein Arschloch“, sagt er schlicht.

„Können Sie das etwas präzisieren?“, schaltet sich Fink ein.

„Brasch hat nicht nur schlechte Gedichte geschrieben“, sagt Kunze, „er war auch ein hemmungsloser Egomane …

Ich weiß nicht, wie er das gemacht hat, aber er hat zum Beispiel dafür gesorgt, dass kaum jemand außer ihm mit Gedichten in die Zeitungen kam."

„Das kann ich bestätigen", sagt Schrader.

Im Vernehmungszimmer sitzen Vera Brasch und Gottfried Kunze nebeneinander auf zwei Stühlen. Beide in Schwarz. Schrader steht am Fenster und spielt den Beobachter. Fink, der am Schreibtisch sitzt und die beiden direkt im Blick hat, bemerkt, wie gut sie optisch harmonieren.

„Wie erklären Sie sich, dass wir unter den Fingernägeln von Herrn Brasch die DNA von Ihnen beiden gefunden haben?", fragt Fink ohne Umschweife.

Die Witwe und der Dichter wechseln einen Blick.

„Ich glaube, es hat keinen Zweck mehr, Vera", sagt Kunze leise.

„Nein", sagt sie, „lass mich erzählen."

Fink beugt sich vor, und Schrader kommt einen Schritt näher, als Vera Brasch zu sprechen anfängt:

„Er verlor total die Kontrolle, als ich ihm sagte, dass ich ihn verlassen und zu Gottfried ziehen will. Er packte mich, aber ich konnte mich losreißen. Er hatte an diesem Abend besonders viel getrunken und war nicht mehr sehr schnell auf den Beinen. Ich bin vor ihm geflohen, er hat mich durch die ganze Wohnung verfolgt."

„Es war der reine Zufall, dass ich rechtzeitig dazukam", schaltet sich Kunze ein, „Vera hatte mich gebeten, an diesem Abend zu kommen, um Klarheit zu schaffen. Als ich klingelte, öffnete sie in Panik. Hinter ihr tauchte Brasch auf und ging auf sie los. Da packte mich die kalte Wut. Wir kämpften miteinander, ich drängte ihn ins Wohnzimmer ab und versuchte ihn festzuhalten. Er wollte mich schlagen, aber sein Schlag verfehlte mich, er kam ins Taumeln, stürzte mit dem Hinterkopf auf die Stufe zum Essplatz und blieb liegen."

Veras Braschs Unterlippe zittert. Kunze legt ihr die Hand auf den Unterarm und spricht weiter.

„Im Nachhinein kann ich mir mein Verhalten nicht erklären. Ich weiß nicht, was mich getrieben hat. Jedenfalls ging ich in Braschs Arbeitszimmer und nahm einen Stapel von seinen Gedichten vom Schreibtisch. Vera hatte ihn in der Zwischenzeit schon so hingelegt, wie Sie ihn gefunden haben. Er war wohl sofort tot."

„Nein, war er nicht", schaltet sich Fink ein. Kunze wird blass.

„Aber … aber er hat nicht mehr geatmet", stammelt er.

„Erzählen Sie weiter!", fordert ihn Schrader auf.

„Ich … ich war wie von Sinnen. Ich habe die Blätter zerknüllt und sie ihm in den Mund gestopft, bis nichts mehr hinein ging. Dann habe ich den Rest auf dem Boden verteilt. Es war wie ein Zwang, ich musste es einfach tun."

„Brasch ist an seinen Gedichten erstickt", sagt Fink, „aber er wäre an der Hirnblutung, die er durch den Sturz auf die Stufe erlitten hat, sowieso gestorben."

Vera Brasch ergreift die Hand von Gottfried Kunze.

„Dann gehen wir eben gemeinsam ins Gefängnis", sagt sie mit einem altmodischen Pathos. Ihr weißes Gesicht sieht in diesem Augenblick aus wie das eines Engels von Dürer.

Kommissar Schrader steht wie üblich am Fenster, während Hauptkommissar Fink seinen gewohnten Platz hinter dem Schreibtisch eingenommen hat.

„War kein besonders komplizierter Fall", sagt Schrader.

„Für uns nicht", entgegnet der Hauptkommissar.

Einen Augenblick lang ist es still im Raum.

„Eins ist jedenfalls sicher: Die Literaturszene des Vordertaunus atmet auf", sagt Schrader.

„Na, du freust dich doch nicht etwa, dass Brasch tot ist?"

Der Kommissar verzieht das Gesicht zur Andeutung eines Grinsens.

„Man schreibt schon wieder Frühlingsgedichte."

Fink hebt interessiert die Augenbrauen.

„Du auch?“

Schrader antwortet nicht, sondern schaut versonnen zum Fenster hinaus. Es ist Anfang Mai, die Sonne strahlt, draußen tobt der Frühling. Das junge Grün des Ahorns vor der Polizeistation ist schmerzhaft schön... Er reißt sich von dem Anblick los und wendet sich Fink zu.

„Himmelfahrt bin ich übrigens nicht da, hab einen Tag Urlaub genommen.“

„Feierst du Vatertag?“

„Nein, ich bin bei einem Autorentreffen in der Eifel. Da gibt’s ein Jubiläum zu feiern!“

„Hm, lauter Dichter auf einem Haufen“, sagt Fink und macht eine Kunstpause. „Sag mal, brauchen wir überhaupt Gedichte?“

„Ich schon“, sagt Schrader.

# WENN BEI CAPRI

Profil ist nicht so gut, da sieht man den Bauch zu deutlich. Hans Warnke dreht sich vor dem Spiegel einmal um seine eigene Achse, bis er sich von vorn betrachten kann. Was er sieht, stellt ihn nicht zufrieden. Glatze liegt in der Familie, da kann man nichts machen. Das Gesicht geht so, nur der Hals ähnelt langsam dem eines Truthahns, vor allem wenn er von der Sonne gerötet ist wie jetzt. Der Oberkörper ist muskulös, er trainiert aber auch zweimal die Woche. Zwanzig Liegestütze kriegt er noch hin. Wenn nur diese lächerlichen Altmännerbrüste nicht wären! Mit Anfang fünfzig hat er die bekommen und zieht seitdem nur noch weite T-Shirts an. Die Behaarung ist auch nicht das Wahre. Wie ein alt gewordener Affe, denkt er. Und dann der Bauch, eindeutig zu dick. Er isst gern und gut, manchmal zu gut. Auch die Abendbierchen setzen an. Zum Glück ist er groß, da verteilt es sich etwas. Hans Warnke schwört sich, dass er in Zukunft disziplinierter sein will, denkt daran, dass er sich das schon einige Male ohne nennenswerten Erfolg geschworen hat. Das Gemächt überspringt er, es sieht in diesem Zustand erbärmlich aus. Die Beine kommen ihm zu dünn vor, er hat das Gefühl, dass seine Oberschenkel und Waden immer mehr an Umfang verlieren. Und die Füße, na ja, keine Offenbarung, vom langen Gebrauch durchgetreten. Immerhin hat er sich nach drei Strandtagen etwas Urlaubsbräune zugelegt.

Durchwachsen, denkt Warnke, sehr durchwachsen. Aber was will man mit neunundfünfzig auch groß erwarten? Seit Edith an Brustkrebs gestorben ist, hat er Mühe, sich einigermaßen fit zu halten. Er kennt die Gefahren des Alleinseins. Die Disziplin lässt nach, man verkommt, ohne es zu merken.

Der Grund für diese kritische Inspektion vor dem Spiegel heißt Claudia, ist schätzungsweise Ende zwanzig und sitzt unten an der Hotelbar. Er hat sie heute Nachmittag kennen gelernt. Eine Italienerin aus Neapel, ein Vollweib, wie es im Buche steht. Hans kann sein Glück noch gar nicht so recht fassen. Er hat seit einiger Zeit schon das dumpfe Gefühl gehabt, dass sein Liebesleben zu Ende ist. Aber wofür gibt es Capri, die Insel der Liebenden? Gelobt sei das Reisebüro Müller, das diese Reise im Sonderangebot hatte. Last Minute. Zweihundertvierzig Euro für eine Woche Capri, da kann man nicht meckern.

Claudia! Sie hat an der Bar gesessen, allein, schaute allerdings ein par Mal zu ihm herüber. Da hat er sich einfach ein Herz gefasst und sie angesprochen. Zuerst war sie etwas spröde, aber nachdem er ihr zwei Campari Orange spendiert hat, ist sie aufgetaut. Sie hat gelacht, ihn am Unterarm angefasst und nach einem dritten Campari Orange hat sie sogar für einen Moment ihren schwarzen Lockenkopf an seine Schulter gelegt. Die Verständigung war nicht ganz einfach, aber er hat es einigermaßen hingekriegt mit seinem Volkshochschul-Italienisch. Sie haben sich unterhalten, so gut es eben ging. Er hat ihr ein bisschen von sich erzählt. Sie hat ihn gebeten, „du" zu ihr sagen und sie „Claudia" zu nennen, hat ihn „Giovanni" genannt. Und zum Abschied hat sie ihn angestrahlt und „Ciao, bello!" gesagt. Und er hat souverän geantwortet: „Ciao bellissima, a stasera!"

Hans Warnke schließt für einen Moment die Augen und stellt sich ihr Gesicht vor. Braune Augen, in denen man versinken kann, eine klassisches Profil und Lippen … Hans seufzt. Sie hatte ein hautenges schwarzes Kleid an, das von ihrem Körper mehr zeigte als verbarg. Er öffnet die Augen wieder. Vielleicht läuft da was heute Abend. Sie hat ihn eingeladen, eine Bootstour mit ihr und ein paar Freunden zu machen. Sie wollten hinüber nach Sorrent fahren. Dort gebe es ein erstklassiges Restaurant. Sehr teuer, aber auch sehr gut. Und danach könne man vielleicht noch einen Absacker auf dem Boot nehmen. Klingt doch vielversprechend, denkt Hans und schlüpft in das teure schwarze Seidenhemd, das er sich vor einigen

Tagen in Neapel gekauft hat. Er verzichtet auf ein Unterhemd, macht dafür die zwei obersten Knöpfe auf, so dass man ein wenig von seiner graumelierten Brustbehaarung sehen kann. Dazu die helle Hose, leider ein bisschen eng, und die schwarzen Slipper. Socken? Nein, keine Socken. Die sehen immer so piefig aus.

Das Boot ist eine Wucht. Claudia begrüßt ihn mit Küsschen und großem Hallo. Die anderen reichen ihm die Hand. Ein großer Blonder namens Sergio, offenbar der Skipper, Angelina, eine pummelige Brünette, und ein schmaler Typ mit Mausaugen, der sich Dino nennt.

Sie trinken einen Prosecco zum Anwärmen und dann gleich noch einen. Es wird Italienisch gesprochen, Hans hat Mühe zu folgen. Claudia muss ihm ab und zu in langsamem Italienisch erklären, wovon gerade die Rede ist.

Als Sergio den Motor anlässt, horcht Hans auf. Das sind mindestens dreihundert PS, die sich da melden. So ein Boot hat er sich immer gewünscht. Der Sound kann einen Mann süchtig machen, denkt er. Aber so ein Gerät übersteigt seine finanziellen Möglichkeiten bei weitem.

Sie fahren im Schritttempo durch die Hafeneinfahrt aufs offene Meer hinaus. Die Sonne hat den Horizont erreicht, es herrscht ein weiches Dämmerlicht. Hans sitzt neben Claudia hinten auf den blassroten Ledersitzen. Ihre Hüften berühren sich. Wenn das Boot leicht stampft und rollt, reiben sich ihre Körper aneinander. Hans hat den Arm um ihre Schultern gelegt. Ihre Hand liegt auf seinem Knie. Oh Mann, denkt er, das kann doch nicht wahr sein, das ist doch ein Traum.

Er spürt sein Portmonee hinten in der Hose. Er hat seine Kreditkarten und Bargeld dabei. Am Geldautomaten im Hotel hat er noch ein paar Scheine gezogen. Heute Abend wird er sich nicht lumpen lassen, nicht bei einer Frau wie Claudia. Heute wird geklotzt, nicht gekleckert, denkt er.

Sergio gibt Gas. Das Boot stellt sich auf und schießt nach vorn. Der Typ sieht wahnsinnig gut aus, wie er da steht mit seiner blonden Mähne, die jetzt im Fahrtwind weht. Ein Bild von einem Mann. Hans schließt die Augen und lässt sich auch vom Wind umwehen. Er spürt Claudias weichen warmen Körper an seiner Seite. Ein Gefühl wie im Paradies. Er sagt es Claudia in holprigem Italienisch. Sie lacht und schmiegt sich enger an ihn.

Die Lichter von Capri werden kleiner, die von Sorrent größer. Der Motor klingt sonor wie ein Bassbariton. Das Boot liegt bei dieser Geschwindigkeit wie ein Brett auf dem Wasser. Sie haben noch einen Prosecco und dann einen Grappa getrunken. Die Brünette hat sich mit Dino in die Kajüte zurückgezogen.

Hans ist inzwischen leicht beduselt vom Alkohol und liegt schon halb auf den Sitzen. Claudia über ihm. Sie nestelt an seinem Hemd, öffnet noch zwei Knöpfe und legt ihre Hand auf seine Brust. Lässt sie spazieren gehen und zupft ein wenig an seinen Haaren. Er hält sie um die Hüften und streichelt ihren Brustansatz. Was für ein Abend, was für ein Abend, denkt er, dass ich das noch erleben darf.

Da wird das Boot plötzlich langsamer. Sergio hat das Gas weggenommen. Hans bekommt es zuerst gar nicht richtig mit, weil er damit beschäftigt ist, seine Hand unter Claudias BH zu schieben. Erst als das Boot steht und in der Dünung schaukelt, richtet er sich auf.

Vor ihm steht der Mausgesichtige. Er hat eine Pistole in der Hand. Hans will aufspringen, aber Claudia drückt ihn mit ihrem ganzen Gewicht auf den Sitz.

Sie fahren nach Capri zurück. Ungefähr einen Kilometer vor der Insel halten sie an. Sergio und das Mausgesicht haben den nackten Hans Warnke gepackt. Er wehrt sich, strampelt und schreit, aber Sergio hat ihn fest im Griff. Von der Heckplattform aus drückt das Mausgesicht seinen Kopf unter Wasser. Nach kurzer Zeit bewegt er sich nicht mehr. Sie lassen ihn los, und er treibt querab.

„Das war's", meint Claudia.
„Du machst das gut", sagt Sergio zu ihr, „wirklich gut."
Sie deutet eine Verbeugung an.
„Danke."
„Wie viel hatte er bei sich", fragt die Brünette.
„Knapp dreitausend", antwortet Sergio.
Claudia lacht.
„Er hat mir gesagt, er fühlt sich wie im Paradies."
„Vielleicht ist er jetzt schon dort", grinst der Mausgesichtige. „Hast du seine Geheimzahlen?"
„Klar doch", sagt Claudia, „alle im Portmonee auf einem Zettel. Er war so naiv ... Ich habe ihn Giovanni genannt, irgendwie war er auch rührend."
„Werd nicht sentimental", knurrt Sergio.
„Ich? Du lieber Gott!"
„Das war's übrigens mit Capri", sagt Sergio.
„Sollen wir nicht wenigstens noch einen machen?", fragt die Brünette.
„Nein, das reicht jetzt. Sonst kommen die Bullen noch auf dumme Gedanken. Wir bringen die Sache zu Ende und fahren morgen."
„Wohin?", fragt Claudia.
„Sizilien", sagt Sergio, „da gibt's um die Zeit deutsche Rentner wie Sand am Meer."
Sie legen Hans Warnkes leeres Portmonee mit den Papieren in eine Metallkassette und werfen sie über Bord. Seine Kleider werden sie am Strand deponieren, so dass es so aussieht, als sei er einfach hinausgeschwommen.

Es ist ein lauer Sommerabend. Die Sonne versinkt als rotglühender Ball im Meer. Der Sand ist noch warm vom Tag, die Luft angenehm aromatisiert, es riecht nach Muscheln und Tang. Auf dem abgesperrten Strandstück, das von einem Dutzend Schaulustiger umlagert ist, liegt ein Mann. Er ist nackt und tot. Daneben steht Commissario Garzoli, der gerufen worden ist, weil er gerade Bereitschaftsdienst hatte. In einiger Entfernung warten zwei

Männer mit einer Trage. Oben an der Uferpromenade steht der Rettungswagen.

Schon wieder einer von diesen lebensmüden Deutschen, die hierher kommen, um in Schönheit zu sterben, denkt Commissario Garzoli und sieht sich den Mann genauer an, den sie aus dem Meer vor Capri gefischt haben. Groß, braun gebrannt, Glatze, übergewichtig, aber insgesamt noch ganz gut in Form. Auf den ersten Blick keine Spuren von äußerer Gewalteinwirkung. Der Commissario schaut sich die Haut an. Die Leiche hat einen Tag im Wasser gelegen. Er kennt die Merkmale, hat sich selten geirrt. Sie haben Kleider am Strand gefunden, allerdings keine Papiere. Sie werden ihn in den nächsten Tagen identifizieren wie die anderen auch. Es ist der fünfte Deutsche in zwei Wochen. Nur Männer, sämtlich nackt und ohne Papiere. Eigenartige Häufung! Sie sind alle noch nicht sehr alt, Ende fünfzig, Anfang sechzig höchstens. Und noch etwas ist seltsam: Sie hinterlassen ihre Kleider, Hemd, Hose, auch Unterwäsche und Schuhe, aber keine Socken!

Vielleicht ist es die deutsche Rentnerkrise, denkt Garzoli, sie haben ein Leben lang geschuftet und wissen nicht, was sie mit sich anfangen sollen, wenn sie mit der Arbeit aufhören. Dann kommen sie ohne Socken zu uns nach Capri, verbrennen ihre Papiere und schwimmen nackt in den Sonnenuntergang.

„Merkwürdig, diese Deutschen“, sagt der Commissario halblaut zu sich selbst und zündet sich ein Zigarillo an, „wir werden sie wohl nie ganz verstehen.“

# EIN ZUFALL

Der Kommissar hat gesagt, ich war es nicht, aber ich weiß es besser. Als ich ihm die Sache mit dem Balkon erzählt habe, hat er gesagt, dass es halt solche Zufälle gibt. Er lebt vom Zufall, hat er gesagt und hat gelacht.

Aber eins nach dem anderen. Erst muss ich ein bisschen was erklären. Vor zwei Jahren sind wir umgezogen, das heißt, wir mussten umziehen. Aus unserem Reihenhaus in Eschborn in eine winzige Sozialwohnung in Schwalbach. Wir, das sind meine Mutter, mein Vater, meine kleine Schwester, mein Bruder und ich. Plötzlich waren wir Hartz vier. Das Geld hat nicht mehr gereicht für die Miete und alles. Das war, als mein Vater arbeitslos geworden ist und nichts mehr gefunden hat in seinem Job als Bauschreiner. Ich bin zu alt, hat er gesagt, ich koste sie zu viel. Und dann hat er noch gesagt, dass die Konjunktur am Bau nicht mehr so gut läuft und dass die Polen die Preise verderben. In der ersten Zeit hat er sich noch bemüht, hat haufenweise Bewerbungen geschrieben. Ich habe ihm dabei geholfen, weil er mit der Zeichensetzung nicht so gut klar kam. Ich habe in Deutsch eine Eins und weiß ganz genau, wo die Kommas hinkommen.

Nach und nach hat es bei ihm nachgelassen. Man konnte richtig zusehen, wie er aufgegeben hat. Keine Bewerbungen mehr, dafür schon morgens dieses billige Aldi-Bier und massenweise Zigaretten. Dann ist er auf die scharfen Sachen umgestiegen. Hat am Tag eine Flasche Wodka getrunken, manchmal sogar noch mehr. Meine Mutter hat immer gesagt, das ist zu viel Helmut, du machst dich kaputt. Davon verstehst du nichts, hat er geantwortet, ich brauche das.

Richtig schlimm ist es geworden, als er anfing, sich abends und nachts in den Kneipen herumzutreiben. Einmal habe ich ihn mit seinen Kumpels rauskommen sehen, total besoffen. Sie haben rumgegrölt und dann haben sie alle zusammen beim Edeka an die Wand gepinkelt. Ekelhaft! Ich habe mich so geschämt für ihn. Wenn er nach seinen Sauftouren Hause kam, gab es automatisch Zoff. Meine Mutter hat ihn aber auch nicht in Ruhe gelassen. Ständig hat sie an ihm herumgenörgelt. Dass er ein Versager ist und ein Säufer, dass sie es satt hat, den ganzen Tag putzen zu gehen, damit wir was auf dem Teller haben und dass sie ausziehen und uns mitnehmen will. Halt's Maul, du dumme Kuh, hat er dann geschrien, du hast ja gar keine Ahnung! Manchmal hat er auch angefangen zu weinen. Dann hat er mir richtig leid getan. Aber in letzter Zeit hat er nicht mehr geweint, sondern zugeschlagen.

Ich kann mich an das erste Mal noch gut erinnern. Meine Mutter hatte wieder ihre Litanei runtergebetet. Er sagte gar nichts, was mich schon wunderte, aber dann ist er aufgestanden und hat ihr eine gescheuert, dass sie vom Stuhl geflogen ist. Es hat so geknallt, dass es mir selber weh getan hat. Er ist nämlich ziemlich groß und hat eine Menge Kraft. Meine Mutter ist aufgestanden und ohne ein Wort rausgegangen. Seitdem hat sie nicht mehr mit ihm geredet.

Für uns Kinder war es schlimm. Zum Beispiel beim Essen. Früher ging es da immer lebhaft zu. Jetzt saßen wir stumm da. Wir wagten nicht, was zu sagen, weil es dann wieder Streit gegeben hätte. Er hat unsere Mutter regelmäßig verprügelt, uns Kinder auch, wenn es ihm gerade gepasst hat. Vor allem ich bekam was ab, weil ich die Älteste bin und ihm manchmal widersprochen habe.

Ein bisschen konnte ich es sogar verstehen. Er musste mit seiner Wut irgendwo hin. Geht mir manchmal genau so. Aber ich bin wegen ihm in Schwierigkeiten gekommen. Zum Beispiel hat er mir mal ein blaues Auge verpasst. Da habe ich rumerzählt, ich habe mich mit Arzu gekloppt, die ich nicht so gut leiden kann, und Arzu kam zu mir und machte mich an, was ich für einen Scheiß erzähle. Zwei Wochen später hatte ich einen riesigen blauen Fleck an der Seite, weil er mich voll mit der Faust getroffen hatte.

Beim Schwimmen in der Schule habe ich gesagt, dass ich nicht mitmachen kann, weil ich gerade meine Tage kriege, obwohl ich mit dreizehn noch ein bisschen zu jung dafür bin. Ich hatte schon Angst, die Schröder kriegt es mit und kommt zu uns nach Hause. Das wäre eine Katastrophe gewesen. Die Schröder ist nämlich unsere Klassenlehrerin und auf alles geeicht, was auch nur aus der Ferne nach Missbrauch und Gewalt riecht.

Und dann kam dieser Donnerstag, irgendein Feiertag, ich glaube Christi Himmelfahrt. Er hat schon morgens mit dem Trinken angefangen und am Nachmittag war er so zu, dass er nur noch lallen konnte. Dann hat er angefangen, die Wohnung auseinanderzunehmen, hat alles auf den Boden geschmissen und darauf herumgetrampelt. Ich habe meine kleine Schwester und meinen Bruder im Bad eingeschlossen. Meine Mutter hat versucht, ihn festzuhalten, aber er hat ihr ein paar Schläge mit der Faust verpasst. Sie hat stark aus der Nase geblutet. Er wollte sie weiter schlagen, aber ich bin dazwischengegangen. Hau du bloß ab, hat er geschrien, hau du bloß ab! Ich habe auf ihn eingeredet, dass er doch bitte aufhören soll. Da hat er mich genommen und einfach in die Ecke geschmissen. Ich bin mit der Hüfte auf die Kante vom Couchtisch gefallen, es hat höllisch weh getan.

Er ist dann raus auf den Balkon mit seinem besoffenen Kopf und hat angefangen, die schweren Blumenkästen auszuhängen und runterzuwerfen. Ich lag immer noch in der Ecke und konnte ihm durch die Balkontür zusehen. Wir wohnen im fünften Stock. Da kann man sich vorstellen, dass die Dinger wie Bomben unten ankommen. Das war dann der Punkt, wo ich meine ganze Konzentration zusammengenommen und gedacht habe: Lieber Gott, lass ihn runterfallen, lass ihn runterfallen, lass ihn runterfallen!

Er hat einen Blumenkasten genommen, ich glaube, es war der vorletzte, hat ihn hochgehoben und wollte ihn werfen. Jetzt, lieber Gott, habe ich gedacht, jetzt! Im selben Moment kam er irgendwie ins Taumeln, hat das

Gleichgewicht verloren und ist mit dem Kasten über das Balkongeländer abgestürzt.

Im ersten Moment konnte ich gar nichts mehr denken und mich auch nicht bewegen. Es war ganz still. Meine Mutter ist wie in Zeitlupe auf den Balkon gegangen und hat hinuntergeschaut. Dann hat sie geschrien. Den Schrei habe ich heute noch in den Ohren.

Unsere Nachbarn haben den Rettungswagen und die Polizei angerufen. Ich habe dem Kommissar erzählt, dass ich es war. Aber er hat mir nicht geglaubt, er hat mir über den Kopf gestrichen. Dein Vater war total betrunken, sagte er, er hat das Gleichgewicht verloren und ist gefallen, und du hast es im gleichen Moment gedacht, das war ein Zufall, nichts weiter.

Ich habe es auch meiner Mutter erzählt. Sie hat mich ganz ernst angeschaut und gesagt, dass sie sich manchmal auch gewünscht hat, dass er tot ist. Dann hat sie ganz furchtbar geweint.

Ich glaube nicht an Zufall. Ich weiß, dass Gedanken Kraft haben.

# GRÜNABFALL

Sven Hassler setzt sein schweres Fahrzeug ein paar Meter zurück, damit er genug Überblick hat. Er will sehen, wo er mit der Schaufel ansetzen muss, um die Ansammlung von Baumschnitt, Holzabfällen, Blättern und Rasenschnitt auf den großen Berg zu schieben, der sich in der Mitte des Grünabfallplatzes auftürmt. Am Ende der Anlieferungszeit muss das gemacht werden, damit wieder Platz für neues Material entsteht. Es ist Hasslers Job. Sie haben den Platz pünktlich geschlossen, die Kollegen sind schon gegangen, aber er muss noch bleiben. Er ist dafür verantwortlich, dass die Anlieferung reibungslos vonstatten geht und dass der Berg von Grünabfall, der auf den Schredder und die Kompostierung wartet, sachgemäß aufgeschichtet ist.

An diesem Samstag war besonders viel Betrieb. Es ist Mitte Oktober, Zeit für den Rückschnitt von Bäumen und Hecken. Die Leute haben den ganzen Nachmittag Schlange gestanden mit ihren Autos und Anhängern. Entsprechend viel Material hat sich angesammelt. Sven umfährt den Berg rechts, um noch etwas Platz zu schaffen. Die riesige Schaufel frisst sich in den Haufen, nimmt eine Ladung auf und hebt sie hoch. Gewohnheitsmäßig schaut Hassler nach vorn, um den Platz auszusuchen, wo er die Ladung deponieren kann. Da sieht er unten zwischen den stählernen Zähnen etwas herunterhängen. Im ersten Moment denkt er an ein Stück Holz, aber als er genauer hinschaut, ist es ein Arm, an dem eine Hand baumelt.

Einige Sekunden lang bleibt er unbeweglich auf seinem Fahrersitz sitzen, bevor er die Schaufel nach links schwenkt und ganz vorsichtig herunterlässt. Er steigt ab und geht nach vorn, wo die Schaufel die Erde berührt. Da ist tatsächlich ein Arm. Er ragt aus einem Bündel von halb verrottetem Rasenschnitt heraus. Es ist noch kein Skelett, aber man kann unter den Resten von Fleisch und Haut die Knochen deutlich sehen. An einem Finger steckt sogar noch ein Ring. Hassler greift sich einen Stock aus dem großen Haufen und schiebt das gelb und schwarz gewordene Gras ein Stück zur Seite. Zum Vorschein kommen eine Schulter und ein halb verwester Schädel mit rötlich schimmerndem Haar.

Erst in diesem Moment wird ihm klar, was er da auf seiner Schaufel hat. Er lässt den Stock fallen und lehnt sich gegen einen der mannshohen Reifen seines Fahrzeugs. Er spürt, wie sich ihm der Magen hebt. Normalerweise kann ihn so leicht nichts umhauen, aber das hier ...

Schwankend geht er hinüber zu der Gartenhütte, die als Verwaltungsgebäude dient, und greift zum Telefon.

Kriminalassistent Knoth hat ein paar Papiere vor sich liegen und liest halblaut vor.

„Rosi Weinert, zweiunddreißig, Kellnerin im City-Pub. Keine Vorstrafen. Sie war als vermisst gemeldet. Wir suchen sie seit drei Monaten."

Er schaut zu seiner Chefin hinüber. Die sitzt mit undurchdringlicher Miene auf ihrem Schreibtischstuhl und scheint nichts zu sehen und zu hören. Knoth weiß, dass sie nachdenkt, wenn sie so da sitzt, und dass er sie unter keinen Umständen stören darf.

Da geht die Tür leise auf, und Huber von der Spurensicherung streckt seinen kahlen Kopf herein. Knoth deutet mit dem Kinn auf die Hauptkommissarin und legt den Finger an die Lippen. Huber nickt und überreicht dem Kriminalassistenten einen kleinen Plastikbeutel.

„Chef", sagt Knoth sanft.

Keine Reaktion. Er wird etwas lauter.

„Hallo, Frau Hauptkommissarin."

Hildegard Löfflers Gesicht wendet sich ihm zu. Sie ist sichtlich verärgert.

„Knoth, wie oft habe ich Ihnen schon gesagt, dass Sie mich nicht anquatschen sollen, wenn ich nachdenke! Und nennen Sie mich nicht immer Chef, verdammt noch mal."

„Ja, Chef... äh, ja. Entschuldigen Sie, dass ich Sie gestört habe. Aber es ist wichtig. Die Jungs von der Spurensicherung haben das hier bei ihr gefunden."

Knoth hebt den Plastikbeutel hoch. Hauptkommissarin Hildegard Löffler erwacht aus ihrer Starre. Sie nimmt einen Ring aus dem Beutel und betrachtet ihn von allen Seiten.

„Hm, massives Silber. Auf der Rückseite ist etwas eingraviert. ‚Für R. von E. M.' Für Rosi von E. M." sagt sie mehr zu sich als zu ihrem Kollegen.

„E. M.", sagt Knoth, „wir müssen herauskriegen, wer das ist."

Die Hauptkommissarin dreht sich auf ihrem Stuhl zu Knoth hin und nickt.

„Rosi Weinert ist praktisch entsorgt worden", sagt sie, „Jemand wollte sie loswerden. Sonst wäre sie nicht auf dem Grünabfallplatz gelandet. Und jemand hat sie dort hingebracht. Wenn dieser Fahrer, dieser…"

„Sven Hassler", springt ihr Knoth bei.

„… dieser Sven Hassler sie nicht zufällig ausgegraben hätte, wäre sie nie wieder aufgetaucht. Ihre Leiche wäre über Winter weiter verwest, und man hätte sie irgendwann geschreddert. Kein Mensch hätte sie je gefunden."

„Wir müssen uns intensiv mit Rosi Weinert beschäftigen", sagt Knoth.

„Sehr gut bemerkt, Herr Kriminalassistent", grinst die Hauptkommissarin. Knoth macht ein säuerliches Gesicht. Wenn er an seiner Chefin etwas nicht leiden kann, dann ist es Ironie auf seine Kosten.

„Ist die Presseerklärung schon raus?", fragt sie.

Knoth kratzt sich am Kopf.

„Ich bin noch dran."

„Wir können ruhig ein bisschen übertreiben. Machen Sie eine kleine Horrorstory draus. Und schreiben Sie unbedingt rein, was auf dem Ring stand. Das kann in diesem Fall nützlich sein. Vielleicht macht der Täter einen Fehler."

„E. M.", sagt Knoth, „das kommt wahrscheinlich ziemlich häufig vor."

Hildegard Löffler öffnet die oberste Schreibtischschublade, holt ein Telefonbuch heraus und hält es ihrem Assistenten hin.

„Das ist Ihr Job, Knoth", sagt sie mit unbewegter Miene.

Das Gartenhaus am Grünabfallplatz ist eng. Die Hauptkommissarin hat nicht viel Platz, um darin herumzulaufen. Nur vier Schritte hin und wieder zurück. Kriminalassistent Knoth schaut ihr dabei zu. Er weiß, dass seine Chefin geladen ist, wenn sie so herumtigert.

„Wir sind zu zweit", sagt Sven Hassler und rutscht nervös auf dem Stuhl hin und her, „ich mache den Samstag und Herbert macht den Mittwoch."

Er schaut zu seinem Kollegen hinüber, der scheinbar unbeteiligt neben der Tür steht und an seiner Zigarette zieht. Die Ermittlerin bleibt stehen.

„Das sagen Sie mir jetzt schon zum dritten Mal!", schnaubt sie gereizt, „Aber uns interessiert Ihr Dienstplan nicht. Uns interessiert, wie Rosi Weinerts Leiche auf Ihren Grünabfall gekommen ist. Und irgendwie muss sie ja hierher gekommen sein. Sie beide sind für die Abläufe auf dem Platz verantwortlich."

„Sie verdächtigen uns doch nicht, oder?"

Hassler schaut die Ermittlerin mit großen Augen an.

„Habe ich das gesagt? Aber Sie müssen zugeben, dass Sie beide die besten Chancen gehabt hätten, die Leiche von Rosi Weinert verschwinden zu lassen."

Ihre Stimme klingt jetzt metallisch.

Herbert Koller hebt für einen Moment den Blick. Im Unterschied zu seinem groß gewachsenen Kollegen Sven Hassler ist er ein schmächtiger Mann mit schütterem Haar. Er scheint völlig unbeeindruckt. Ein Aal, denkt Knoth, er ist kalt wie ein Aal und genau so glatt.

„Aber … aber ich …", stammelt Hassler.

„Ja, ich weiß", sagt die Hauptkommissarin ungerührt, „Sie haben sie gefunden. Aber das bedeutet gar nichts. Sie wären nicht der erste Täter, der uns auf diese Art an der Nase herumzuführen versucht. Wie lange arbeiten Sie eigentlich schon hier?"

„Über fünf Jahre."

Sie wendet sich an Koller.

„Und Sie?"

„Noch nicht lange. Ungefähr vier Monate."

„Und Ihr Vorgänger?"

„Schorsch Meier ... der hat mit mir hier angefangen", mischt sich Hassler ein. „Dann haben sie ihn befördert. Der ist jetzt beim Recycling-Hof."

Knoth steht im Hintergrund und macht sich Notizen.

Später, als sie im Auto sitzen, sagt er:

„Sie waren heute gar nicht gut drauf, was?"

„Im Gegenteil", gibt die Hauptkommissarin zurück, „ich bin bestens gelaunt."

„Aber Sie haben die beiden ganz schön rangenommen."

„War nur Schau", sagt Hildegard Löffler und grinst ihren Mitarbeiter an, „manchmal ist es von Vorteil, wenn man die Verdächtigen ein bisschen mit schlechter Laune unter Druck setzt."

Knoth wirft ihr einen Seitenblick zu.

„Vor Ihnen muss man sich ja richtig in Acht nehmen, Chef!"

Die Hauptkommissarin schaut ihn strafend an.

„Herr Knoth! Sie sollen mich nicht immer Chef nennen!"

Die alte Frau sitzt auf dem Küchenstuhl und macht einen sichtlich unglücklichen Eindruck. Ihr Rücken ist krumm, und sie sieht aus, als habe sie nächtelang nicht geschlafen. Ihr gegenüber sitzt Hildegard Löffler und wartet ab. Knoth steht neben dem Küchenschrank und mustert die Einrichtung.

„Wenn Sie mich nach meiner Tochter fragen ...", fängt die Frau an und stockt.

„Wir müssen Ihnen diese Fragen stellen, Frau Weinert. Sie haben Ihre Tochter vor drei Monaten als vermisst gemeldet. Wir haben jetzt die Leiche gefunden. Sie haben sie identifiziert, und wir wollen herausfinden, wer sie umgebracht hat. Dazu müssen wir genauer wissen, wer sie war und wen sie gekannt hat."

„Wen sie gekannt hat ...", echot die alte Frau. Ihre Stimme klingt bitter. „Sie hat praktisch jeden gekannt, der Hosen anhat."

„Heißt das ...", setzt Knoth an.

„Das heißt, dass sie ein Flittchen war", sagt die Alte mit gepresster Stimme. „Sie hat ja in dieser Spelunke bedient, diesem City-Pub. Ich habe ihr immer gesagt, Rosi lass das, das geht nicht gut. Aber sie hat nicht auf mich gehört. Lass mich, hat sie gesagt, ich brauche das Geld."

„Das Geld?"

„Muss ich Ihnen das erklären?"

Die Stimme der Alten klingt bitter.

Hildegard Löffler wirft ihrem Assistenten einen Blick zu. Der tritt einen Schritt vor und zeigt der Frau den Ring.

„Wir haben diesen Ring bei ihr gefunden. Kennen Sie ihn?"

„Nein."

„Sagt Ihnen die Abkürzung E. M. etwas?"

Frau Weinert überlegt ein paar Sekunden.

„E. M.? Nein, das sagt mir nichts. Aber nachdem meine Tochter hier ausgezogen ist, haben wir ja kaum noch Kontakt gehabt."

„Haben Sie sich gestritten?"

Rosi Weinerts Mutter presst die Lippen zusammen. Ihr Rücken scheint noch ein wenig krummer zu werden.

„Wenn Ihnen noch etwas einfällt, rufen Sie uns an", sagt die Hauptkommissarin und legt ihre Visitenkarte auf den Küchentisch.

„Mir wäre es lieber gewesen, man hätte sie nicht gefunden", sagt die alte Frau leise, „Ich habe so ein Gefühl ... Da kann nichts Gutes dabei herauskommen."

Die Einrichtung des City-Pub ist so, dass sie nur bei schummrigen Lichtverhältnissen etwas hermacht. Bei

Tageslicht sieht sie wie eine Geschmacksverirrung aus. Hauptkommissarin Löffler und ihr Assistent stehen darin herum wie in einer schlechten Theaterkulisse. Nach dem Klingeln ist niemand erschienen. Die Tür war nur angelehnt, so dass sie einfach eingetreten sind.

„Hallo, ist da jemand?“, ruft Knoth.

„Moment!“, antwortet eine Stimme aus einem der angrenzenden Räume.

Nach ein paar Minuten erscheint ein jüngerer Mann in Pullover und Jeans.

„Klaus Wickert, ich bin hier der Pächter. Entschuldigen Sie, dass Sie warten mussten, ich hatte noch etwas zu erledigen.“ Er wirft einen kurzen Blick auf Hildegard Löfflers Dienstausweis.

„Ah, Sie kommen sicher wegen Rosi Weinert. Ich habe es in der Zeitung gelesen. Schrecklich!“

Die Ermittlerin ist einen Moment irritiert. Sie hat als Pächter dieses Etablissements einen anderen Typ Mann erwartet.

„Ja“, fährt Wickert fort, „das war ein schwerer Schlag für uns, als Rosi von einem auf den anderen Tag weg war. Ich habe den City-Pub vor einem Jahr übernommen und wollte einen Treff für junge Leute daraus machen. Rosi war meine Geschäftspartnerin. Sie war so etwas wie die Seele von diesem Laden hier.“

Er wirkt bekümmert.

„Wie lief das denn so ab hier, ich meine, so beim täglichen Geschäft?“, will Knoth wissen.

„Rosi hat bedient und die Abrechnung gemacht. Sie war sehr korrekt. Auch mit den Gästen. Es hat sich nie jemand über sie beschwert. Im Gegenteil.“

„Rosi Weinerts Mutter hat angedeutet, dass sie …“, setzt die Hauptkommissarin an.

„Ich kann mir schon denken, was sie Ihnen gesagt hat“, unterbricht Wickert. „Sie hat ihre Tochter für eine Nutte gehalten, nur weil sie hier gearbeitet hat. Aber sie war alles andere als das. Manchmal war sie nach meinem

Geschmack eher zu zurückhaltend. Sie war eine Frau, die etwas auf sich hielt und die wusste, was sie wollte. Mit ihrer Mutter hat sie sich nur gestritten. Sie hat es schließlich zu Hause nicht mehr ausgehalten und ist nebenan in die Zweizimmer-Wohnung gezogen."

„Können wir uns die Wohnung einmal ansehen?"

„Gerne", sagt der Pächter, „Kommen Sie mit."

Er führt die beiden zu einem Seiteneingang des Hauses. Sie steigen die Treppe zum ersten Stock hinauf. Wickert zieht einen Schlüsselbund aus der Hosentasche, aber er braucht nicht aufzuschließen. Die Tür ist offen.

„Seltsam. Ich hätte geschworen, dass abgeschlossen war. Allerdings war ich auch lange nicht mehr hier drin."

Sie treten ein. Es riecht muffig. Wickert öffnet ein Fenster.

Die Wohnung besteht aus einem einfach eingerichteten Wohnzimmer mit Küche und Essecke und einem Schlafzimmer, in dem noch ein kleiner Schreibtisch steht. Darüber ein Hängeregal mit Büchern und Ordnern.

„Hier war jemand drin", sagt Wickert, „Rosis Schreibtisch sah normalerweise nicht so aus."

„Wie sah er denn aus?"

„Nicht so … nicht so aufgeräumt."

„Also", sagt Hildegard Löffler und kommt hinter ihrem Schreibtisch hervor, „Rosi Weinert war im City-Pub nicht nur Bedienung, sondern Teilhaberin. Klaus Wickert und sie hatten vor, sich mit dem Lokal eine Existenz aufzubauen."

„Aber wie passt denn das zu dem, was ihre Mutter uns gesagt hat?", fragt Knoth irritiert.

„Mütter haben manchmal so viel Angst um ihre Töchter, dass sie sie eher kaputtmachen, als sie loszulassen", erklärt seine Chefin.

Knoth schüttelt den Kopf.

„Verstehe ich nicht."

„Sie sind ja auch keine Mutter", gibt die Hauptkommissarin zurück. „Die Durchsuchung von Rosi Weinerts Wohnung hat übrigens keinen einzigen Hinweis ergeben.

Keine Notizen, keine Fotos, keine fremden Fingerabdrücke, nichts. Da war jemand vor uns drin und hat mögliche Spuren beseitigt."

„Wickert?"

„Unwahrscheinlich. Dem habe ich die Überraschung geglaubt, als er merkte, dass die Tür nicht abgeschlossen war. Er konnte sich an den Ring erinnern, wusste aber nichts von der Widmung und den Initialen. Wickert konnte kein Interesse an Rosi Weinerts Verschwinden haben."

„Wer denn sonst?"

„Das ist genau die Frage", sagt die Hauptkommissarin.

„Das scheinen Profis gewesen zu sein, die da in der Wohnung waren", sinniert Knoth.

„Den Eindruck habe ich auch. Übrigens, wie sieht es denn mit der Suche nach E. M. aus?"

„Im örtlichen Telefonbuch gibt es zweiunddreißig Personen, mit diesen Initialen. Hier ist die Liste."

Die Ermittlerin überfliegt die Namen.

„Ach, schau an! Erhard Mahlmeister ist auch dabei, unser zukünftiger Bürgermeister."

„Ist das nicht der, den man jetzt von allen Plakatwänden heruntergrinsen sieht?", fragt Knoth.

„Genau der."

Hildegard Löffler stutzt einen Moment.

„Mahlmeister ist zurzeit noch Dezernent für Umwelt, Entsorgung und Recycling."

„Das ist ja interessant", sagt Knoth, „dann ist er der Chef von diesem Grünabfallplatz. Wenn das kein Grund ist, bei ihm anzuklopfen."

Hauptkommissarin Hildegard Löffler starrt den Mann an, der ihr gegenübersitzt.

„Erklären Sie mir mal, warum Sie ausgerechnet jetzt ein Geständnis ablegen, Herr Koller."

Ihr Gegenüber sieht sie aufmerksam an. Sein Gesicht verrät keinerlei Regung.

„Jetzt, wo Sie sie gefunden haben, kann ich auch sagen, wie sie da hingekommen ist“, sagt er ruhig.

„Und warum haben Sie uns das nicht gesagt, als wir bei Ihnen waren?“

„Da war ich noch nicht so weit.“ Kollers Mundwinkel heben sich leicht.

Der verarscht mich, denkt die Ermittlerin, der macht mir hier was vor.

„Also noch einmal von vorn: Sie haben die Leiche von Rosi Weinert vor drei Monaten auf dem Grünabfallplatz gefunden, dann haben Sie sie mit Ihrem Schaufelbagger auf dem großen Haufen deponiert und mit anderem Material zugedeckt.“

„Genau so war's.“

„Warum haben Sie den Fund nicht gemeldet? Sie hätten uns doch sofort anrufen müssen! Oder Ihren Vorgesetzten! “

„Ja, das war ein Fehler. Aber damals habe ich gedacht, es macht nur unnötiges Aufsehen. Es ist besser, wenn niemand außer mir davon weiß.“

„Sie wissen, dass Sie sich damit strafbar gemacht haben.“

„Ja, weiß ich.“

Herbert Koller sieht nicht aus wie jemand, dem das etwas ausmacht. Er wirkt entspannt. Wieder hat die Hauptkommissarin das Gefühl, dass sie an der Nase herumgeführt wird. Aber sie hat vorerst keine Handhabe gegen diesen Mann.

„Gut, Herr Koller, Sie können gehen. Halten Sie sich bitte zu unserer Verfügung.“

Koller grinst.

„Wird gemacht!“

Das Büro ist vom Feinsten. Designermöbel und echte Holzvertäfelung. Kriminalassistent Knoth schaut sich um und schürzt anerkennend die Lippen.

Der Mann hinter dem Schreibtisch wirkt sportlich und

vital. Er ist etwas über mittelgroß, schlank und schwarzhaarig. Er steht auf und streckt ihnen die Rechte entgegen.

„Ah, die Herrschaften von der Kriminalpolizei. Guten Tag, was kann ich für Sie tun?"

Seine Stimme klingt voll und jovial.

„Löffler", sagt die Ermittlerin und schüttelt dem Mann die Hand. „Wir müssen Ihnen ein paar Fragen stellen im Fall Rosi Weinert."

„Fragen Sie, fragen Sie!"

Das ist ein Profi, dieser Mahlmeister, denkt Hildegard Löffler, das ist Granit, in Watte verpackt.

„Herr Mahlmeister ..."

„Dr. Mahlmeister, wenn ich bitten dürfte."

„Herr Dr. Mahlmeister, kannten Sie Rosi Weinert?"

„Ja, flüchtig. Ich war vielleicht zwei- oder dreimal im City-Pub. Da hat sie bedient."

„Hatten Sie eine engere Beziehung zu ihr?"

„Nein, warum fragen Sie?"

„Wir haben bei der Toten einen Ring gefunden mit den Initialen E. M."

„Verstehe", sagt Mahlmeister lächelnd, „und da müssen Sie natürlich die Personen mit diesen Initialen überprüfen."

Knoth tritt vor und zeigt dem Dezernenten das Schmuckstück.

„Kennen Sie diesen Ring?"

Der Mann schaut ihn sich an. In seinem Gesicht bewegt sich kein Muskel.

„Nein, tut mir leid, nie gesehen."

„Es ist eine Widmung eingraviert: Für R. von E. M."

„Interessant", sagt Mahlmeister, und plötzlich ist seine Stimme eiskalt. „Aber Sie nehmen doch nicht im Ernst an, dass ich das sein könnte."

„Es ist unsere Aufgabe, allen Spuren nachzugehen", sagt die Ermittlerin ebenso kalt. „Deshalb muss ich Sie bitten, uns Ihren privaten Terminkalender zur Überprüfung zu überlassen."

Ungerührt öffnet Mahlmeister die mittlere Schublade seines Schreibtisches, holt ein schmales Büchlein heraus und reicht es der Hauptkommissarin.

„Hier, bitte sehr."

Hildegard Löffler blättert den Kalender durch. Keine Besonderheiten. Oder doch?

„Warum sind hier erst seit drei Monaten Eintragungen vorgenommen?"

„Leider habe ich meinen alten Terminkalender verloren", sagt Mahlmeister. „Ich musste mir einen neuen kaufen. War gar nicht so einfach, die Termine zu rekonstruieren, das kann ich Ihnen versichern."

„Vor drei Monaten ist Rosi Weinert verschwunden."

„Ach ja? Merkwürdiger Zufall."

Mahlmeister sitzt hinter seinem Schreibtisch und lächelt die Ermittlerin verbindlich an.

„Tja, tut mir leid, dass ich Ihnen nicht weiterhelfen kann. Jedenfalls wünsche ich Ihnen viel Erfolg in dieser Angelegenheit, Frau Kommissarin."

„Hauptkommissarin", sagt Hildegard Löffler.

Mahlmeister drückt einen Knopf am Telefon.

„Frau Groß, die Herrschaften möchten gehen."

Kurz darauf öffnet eine sehr junge und sehr gut aussehende Frau die Tür.

Als sie auf dem Rathausplatz stehen, sagt Kriminalassistent Knoth:

„Schon beeindruckend, unser Bürgermeister in spe, finden Sie nicht?"

„Ja", stimmt ihm seine Chefin zu, „der wird es noch weit bringen."

Kriminalassistent Knoth nimmt einen Schluck Kaffee. Seine Chefin sitzt mit finsterem Gesicht hinter ihrem Schreibtisch.

„Wir werden hier nach Strich und Faden verschaukelt", knurrt sie, „Soll ich Ihnen sagen, was meiner Meinung nach wirklich passiert ist?"

„Ich kann es mir denken", meint Knoth.

„Gut, dann denken Sie mal!"

„Also, ich fantasiere jetzt: Rosi Weinert hatte was mit Erhard Mahlmeister. Wahrscheinlich war sie seine heimliche Geliebte, und er schenkte ihr diesen Silberring mit Widmung. Dann machte er in der Stadtverwaltung Karriere und wurde Bürgermeisterkandidat. Da war sie irgendwann im Weg."

„Möglicherweise hat sie ihn auch erpresst", vermutet die Hauptkommissarin. „Sie brauchte Geld für das Lokal. Da beschloss er, sie zu beseitigen und heuerte einen Killer an, der Rosi Weinert umbrachte und auf dem Grünabfallplatz verschwinden ließ."

„Das war dieser Koller, jede Wette", unterbricht Knoth.

„Das glaube ich auch", sagt die Ermittlerin, „aber Koller kann so tun, als sei er geständig, und frech behaupten, er habe die Leiche nur gefunden. Das hat er sicher mit Mahlmeister abgesprochen, weil wir dann einen Viertelschuldigen haben. Aber wir können weder beweisen, dass Mahlmeister den Mordauftrag erteilt hat, noch dass Koller Rosi Weinert umgebracht hat. Es spricht einiges dafür, dass Koller von Mahlmann vor vier Monaten nur deswegen eingestellt worden ist. Sein Vorgänger Meier wurde genau zu diesem Zeitpunkt auf den Recycling-Hof befördert. Ich vermute auch, dass es Koller war, der in der Wohnung von Rosi Weinert aufgeräumt hat. Aber das können wir ihm ebenfalls nicht beweisen. Sie hatten genug Zeit, um alle Spuren zu verwischen. Dieser verschwundene Terminkalender zum Beispiel. Es ist garantiert kein Zufall, dass Mahlmann ihn ausgerechnet zu der Zeit verloren hat, als Rosi Weinert verschwunden ist."

„Und der Ring?", fragt Knoth.

Die Hauptkommissarin starrt düster vor sich hin.

„Den Ring hatten sie vergessen. Das war wirklich Zufall, genau wie das Auftauchen der Leiche. Aber es hat uns nicht geholfen. Wir müssen den Fall leider abschließen, ohne dass wir die Täter der Justiz übergeben können. Wir haben nichts in der Hand."

„Scheiße!", sagt Knoth aus tiefster Seele. „Früher hätte man bei Typen wie Koller Streckbank und Daumenschrauben angewandt."

„Das will ich überhört haben, Herr Kriminalassistent", sagt die Hauptkommissarin ernst.

Aber Knoth redet sich in Fahrt.

„Das ist doch zum Verrücktwerden! Wir legen den Fall zu den Akten, und Herbert Koller kriegt ein paar Jährchen auf Bewährung wegen Verdeckung einer Straftat. Das ist doch läppisch! Wahrscheinlich hat er sich das Geständnis vergolden lassen, genau wie den Mord an Rosi Weinert. Und diesem Mahlmann, der eigentlich der Täter ist, passiert überhaupt nichts, weil wir ihm nichts beweisen können. Wir können nicht einmal an die Öffentlichkeit gehen, weil Mahlmann uns dann mit Dienstaufsichtsbeschwerden und Klagen überzieht." Knoth fasst sich an den Kopf. „Wo bleibt da die Gerechtigkeit!?"

Hildegard Löffler lässt ein paar Sekunden verstreichen, ehe sie antwortet.

„Wo steht geschrieben, dass es im Leben gerecht zugehen soll?"

„Aber ... aber", schnappt Knoth.

Seine Chefin klopft ihm sachte auf den Rücken.

„Was aber?"

# IM DICKICHT

Hallimasch, überall Hallimasch! Der ganze Wald scheint voll davon zu sein. Robert verzieht das Gesicht. Warum können hier nicht wenigstens ein paar Rotfußröhrlinge wachsen? Auch nicht das Wahre, aber immer noch besser als Hallimasch. Je weniger Robert findet, desto intensiver träumt er von einem zünftigen Pilzomelett.

Seit er in Pension ist, hat Robert seine Leidenschaft für die Pilze entdeckt. Früher hat er als Chirurg im Kreiskrankenhaus in Hofheim gearbeitet. Oberarzt Dr. Robert Weidmann. Zum Chefarzt hat es nicht gereicht. Ab Mitte vierzig hat er dann alle Ambitionen aufgegeben und sich systematisch auf seinen Ruhestand vorbereitet. Er fühlt sich fit, nur das Gehör lässt in letzter Zeit ein bisschen nach.

Es ist ein schöner Septembertag, die Sonne scheint. Vor ein paar Tagen hat es geregnet. Feuchte Wärme. Ideales Pilzwetter. Robert bleibt stehen, öffnet den Stoffbeutel und betrachtet seine Ausbeute: zwei magere Parasolpilze und ein paar junge Hallimasch. Das geht eindeutig gegen seine Ehre. Er schaut zu dem Dickicht hinüber, das in einiger Entfernung vom Weg eine fast undurchdringliche Mauer bildet. Dort geht er normalerweise nicht hinein, da holt man sich blutige Striemen von den Brombeerranken, aber vielleicht sollte er es heute einmal versuchen. Er geht näher heran und findet tatsächlich einen Durchschlupf. Vielleicht ein Wildwechsel. Aber der Pfad dahinter ist für einen Wildwechsel eigentlich zu breit. Robert heftet seinen Blick gewohnheitsmäßig auf den Boden. Auch hier überall Hallimasch. Aber dann erspäht sein geübtes Auge einen dunkelbraunen Hut.

Er bückt sich und schneidet einen großen Steinpilz ab. Er scheint eine ergiebige Pilzstelle gefunden zu haben, denn er findet noch ein paar Prachtexemplare. Er steigt über umgestürzte Bäume, bewegt sich immer tiefer in das Dickicht hinein. Dicke Brombeerranken kratzen über seine

Hosenbeine, haken sich fest. Da, wieder ein Steinpilz! Er geht in die Knie, zückt das Messer … und erstarrt.

Etwa einen halben Meter neben dem Pilz liegt etwas Längliches, Helles. Es ist ein Knochen, genauer gesagt zwei Knochen, die zusammen gehören. Radius und Ulna, eine Elle und eine Speiche. Roberts medizinisches Gedächtnis funktioniert immer noch präzise. Ohne den Kopf zu bewegen lässt er seine Augen weiter wandern und bleibt an einer Hand hängen. Ganz eindeutig sind das die skelettierten Fingerknochen einer Hand, die da aus dem Laub ragen. Einer linken menschlichen Hand, die allerdings nicht ganz vollständig ist, wie Robert mit geschultem Blick sofort bemerkt. Der kleine Finger fehlt. Der Unterarm und die Hand wirken in dieser Wildnis ganz organisch, als gehörten sie hierher. Sie sind schön, denkt Robert, fast elegant. Wie zerbrechliche, helle Ästchen sehen sie aus …

Er ruft sich zur Ordnung. Zu einer menschlichen Hand und einem Arm gehört mit großer Wahrscheinlichkeit auch ein Körper. Er lässt seinen Blick zu dem niedrigen Haufen aus Moos, Erde und altem Laub wandern, der halb unter dem gefallenen Baumstamm verborgen liegt. Kein schlechtes Versteck für eine Leiche! Hier kommt normalerweise in hundert Jahren niemand her, außer … ja, außer ein paar Tieren und einem verirrten Pilzsammler vielleicht.

Er nimmt einen kleinen Ast zur Hand und entfernt das Laub vorsichtig an der Stelle, wo der Kopf sein muss. Er braucht nicht lange zu scharren, dann sieht er schon einen Teil des Stirnschädels und eine leere Augenhöhle. Darüber Reste von ehemals üppigem blondem Haar. Weibliches Haar. Hier liegt eine tote Frau!

Robert wundert sich über seine Ruhe. Das ist natürlich seinem professionellen Chirurgenblick zuzuschreiben, er hat weiß Gott genug menschliche Knochen und sterbliche Überreste gesehen in seinem Berufsleben, aber es drängt sich ihm die Frage auf, ob er in diesem Fall überhaupt etwas gesehen haben will. Wäre es nicht besser, ein bisschen Erde und Laub zu nehmen und die Leiche damit zu bedecken? Ruhe in Frieden, wer auch immer du bist! Robert kaut auf seiner Unterlippe herum. Andererseits, was kann schon groß passieren? Ein bisschen Polizei, eine Vernehmung, eine Beschreibung des Fundhergangs …

Nein, er kann diese Sache nicht auf sich beruhen lassen. Das hier sieht ganz nach einem Verbrechen aus. Und ein Verbrechen muss aufgeklärt werden! Robert Weidmann hat es schon immer gehasst, wenn etwas nicht zu Ende gebracht wird.

Er lässt sein Messer in den Stoffbeutel gleiten und nestelt sein Handy aus der Innentasche des Anoraks. Er ist so beschäftigt, dass er die Äste hinter sich nicht knacken hört. Sie brechen unter den Schritten einer gedrungenen Gestalt. Als er sich umdreht, ist es schon zu spät. Ein Schlag von unten gegen seinen Unterarm, und sein Handy verschwindet im hohen Bogen im Gestrüpp.

„He, was fällt Ihnen ein!"

Obwohl Robert fast geschrien hat, hört es sich seltsam kraftlos an.

„Nicht telefonieren!"

Die Stimme des Mannes klingt wie Samt.

„Hier liegt … hier liegt …", stammelt Robert.

„Ich weiß", unterbricht ihn die Stimme.

Robert spürt, wie sich ein eisernes Band um seinen Brustkorb schlingt und ihm den Atem nimmt. Er versucht zu erkennen, wer der Mann ist. Aber der steht im Gegenlicht, so dass Robert sein Gesicht nur als dunkle Fläche wahrnehmen kann. Unwillkürlich geht sein Blick zurück zu dem kleinen Hügel.

„Hilde Morbach", sagt die Stimme.

Roberts Synapsen fangen an zu feuern. Hilde Morbach? Da gab es doch vor anderthalb Jahren diesen mysteriösen Fall mit der spurlos verschwundenen Frau. Hieß die nicht Hilde Morbach? War die nicht auch blond gewesen? Er hatte sie gekannt, weil sie als Bedienung im Hofheimer Stadtcafé gearbeitet hatte, wo er immer seinen Kaffee trank. Sie war ihm aufgefallen. Und er hatte es sehr bedauert, dass sie plötzlich weg war, denn sie war eine Augenweide. Manchmal hatte er sogar mit ihr geflirtet. Alle Männer taten das oder versuchten es zumindest. Und sie schien es zu genießen. Aber dann war sie vom einen auf den anderen Tag verschwunden. Damals war der Fall wochenlang durch die Presse gegangen. Aber die Polizei des gesamten Main-Taunus-Kreises hatte trotz intensivster Suche keine Spur von ihr gefunden.

„Hilde war eine wunderbare Frau. Ich habe sie geliebt."

Die Stimme unterbricht seine Gedanken. Sein Blick wandert nach unten. Dieser längliche Gegenstand, den der Mann in der Hand hat, ist das nicht ein Messer? Roberts Herz hämmert gegen die Rippen. Die Finger seiner linken Hand krampfen sich um den Griff des Stoffbeutels, die rechte bewegt sich langsam in Richtung Beutelöffnung. Die Stimme spricht weiter, leise und eindringlich:

„Einmal im Monat komme ich hierher, um sie zu besuchen. Haben Sie sie gekannt?"

„Ja", krächzt Robert. Das ist ihm einfach so herausgerutscht. Seine Zunge fühlt sich an wie ein Stück Styropor. Das eiserne Band um seinen Brustkorb wird immer enger. Das ist ein Verrückter, schießt es ihm durch den Kopf, ein Mörder, er hat sie umgebracht. Seine Augen irren nach rechts und links. Überall dichtes Unterholz, Gestrüpp, Brombeeren, da ist kein Durchkommen. Roberts rechte Hand ist schon im Stoffbeutel verschwunden, tastet nach dem Messer.

„Hilde Morbach", sagt die Stimme und wird noch sanfter, „Alle haben sie gekannt. Hilde war schön. Zu schön. Da waren zu viele Männer um sie herum."

Endlich hat Robert den Messergriff in der Hand. In diesem Augenblick bewegt sich die dunkle Gestalt blitzartig auf ihn zu. Robert spürt einen scharfen Schmerz an seinem rechten Unterarm. Er reißt die Hand aus dem Beutel heraus, will dem Mann das Pilzmesser in den Bauch rammen. Aber er kann den Griff nicht festhalten, seine Finger gehorchen ihm nicht mehr. Sehnen durchtrennt, registriert sein Chirurgengehirn sachlich.

„Zu viele Männer“, fährt die Samtstimme fort, „Sie war in großer Gefahr, aber ich habe sie gerettet. Hier hat sie ihre Ruhe.“

Robert kann nicht mehr denken. Er muss hier weg. Der Sprung nach rechts ins Dickicht ist noch einigermaßen leicht, der erste Schritt auch noch, aber beim zweiten Schritt schlingen sich schon die Brombeerranken wie Fesseln um seine Beine. Dann spürt er einen unmenschlichen Schmerz zwischen den Schulterblättern. Danach gibt es nur noch Dunkelheit.

Dr. Robert Weidmann merkt nichts mehr davon, dass die dunkle Gestalt ihn von den Brombeerranken befreit, ihn sorgfältig neben Hilde bettet und mit Laub, Erde und Moos bedeckt. Er merkt auch nicht, dass sein linker kleiner Finger fachgerecht abgetrennt, in einen Plastikbeutel verpackt und in die Tasche geschoben wird.

„Schönes Stück für meine Sammlung“, murmelt der Mann.

Er bleibt noch eine Weile mit gesenktem Kopf vor dem Hügel stehen wie jemand, der auf dem Friedhof in stillem Gedenken vor dem Grab seiner Angehörigen verweilt. Dann dreht er sich um und bewegt sich ohne Hast den Pfad zurück. Als er das Dickicht verlässt, arrangiert er ein paar kleinere Äste so geschickt, dass der Eingang fast nicht mehr zu erkennen ist.

Wäre Robert Weidmann noch am Leben gewesen, hätte er die samtene Stimme flüstern hören können:

„Bis zum nächsten Mal, Hilde.“

# SAUNA

Waltraud war in der Sauna eingenickt. Das passierte ihr in letzter Zeit öfter. Langsam werde ich alt, dachte sie. Sie erinnerte sich an ihren Großvater, der auch ein paar Mal am Tag eingeschlafen war, einmal sogar beim Mittagessen. Sie seufzte und steckte sich. Ein Blick auf die Sanduhr zeigte ihr, dass die Viertelstunde längst um war. Sie fuhr sich über Stirn und Augen. Ihr Kopf glühte, das Haar war klatschnass. Das Thermometer zeigte 95 Grad. Zeit, dass ich hier rauskomme, dachte sie, setzte sich ächzend auf, griff nach ihrem Handtuch und wollte die Tür aufstoßen. Aber sie bewegte sich nicht. Sie versuchte es noch einmal, diesmal stärker. Die Tür bewegte sich keinen Millimeter.

Plötzlich hatte sie das Gefühl, als werde auf einmal die Luft knapp. Keine Panik, dachte sie, keine Panik! Sie ließ sich auf die untere Bankreihe gegenüber der Tür fallen und atmete einmal tief durch. Dann erhob sie sich wieder und stemmte sich mit ihren gesamten hundertzehn Kilo gegen die Tür. Das Kiefernholz ächzte, aber es gab nicht nach. Waltraud rieb sich die Schulter. Die Wände waren ziemlich heiß.

Das kann doch nicht wahr sein, nein, das darf nicht wahr sein, fuhr es ihr durch den Kopf.

Sie spähte durch das schmale Glasfenster nach draußen. Im Gang vor der Sauna war es dunkler als im Innenraum mit seiner warmen indirekten Beleuchtung. Sie hatte Wert gelegt auf dieses Licht, weil sie fest daran glaubte, dass es ihrem Teint und ihrer Figur schmeichelte. Ja, sie hatte zugelegt in letzter Zeit, sie hatte sich gehen lassen und war fett geworden. Aber die neue Sauna war gut dagegen. Es war Herberts Idee gewesen.

„In der Sauna verlierst du jedes Mal zwei Kilo, auch wenn es nur Wasser ist“, hatte er gesagt und dabei gegrinst.

Sie trat ganz dicht an das Fenster heran und legte die Hand über die Augen. Und da sah sie ihn: Herbert stand etwas seitlich rechts an der gegenüberliegenden Wand und schaute sie an. Er war nur mit einer seiner lächerlichen Feinripp-Unterhosen bekleidet. Sie konnte seine mageren Arme und seine Rippenbögen sehen, andeutungsweise auch sein Geschlecht, das schlapp zwischen den Schenkeln hing. Er hatte nicht mehr gekonnt in letzter Zeit. Sie hatte ihn ausgelacht, hatte ihn Schlappschwanz genannt bei seinem letzten erbärmlichen Versuch. Ihre Augenlider begannen zu flattern. Herbert! Nein, er würde es nicht wagen.

Aber da sah sie das Brett. Es war auf der linken Seite zwischen die Tür und die gegenüberliegende Wand geklemmt, ein massives, genau passendes Brett, das verhinderte, dass sie die Tür aufbekam. Waltraud schnappte nach Luft. Sie hatte das Gefühl, als ob ihr jemand mit einer Pumpe das Gehirn aussaugte. Es dauerte ein paar Sekunden, bis sie schreien konnte.

„Mach die Tür auf, lass mich raus! Herbert! Herbert!"

Ihre Stimme kippte ins Falsett. Aber Herbert rührte sich nicht vom Fleck. Er verzog keine Miene, lehnte mit verschränkten Armen an der Wand und schaute zu, wie sie schrie. Sie fing an, mit den Fäusten gegen die Tür zu trommeln.

„Herbert, mach auf, ich bitte dich! Herbert!"

Nichts, keine Reaktion. Wieder spürte sie diese Leere im Kopf, diesen schwarzen Strudel, der alles einzusaugen schien. Ich muss hier raus, dachte sie panisch, ich muss hier raus! Sie schaute an sich herunter. Unförmige Brüste, ein wulstiger Bauch, keine Taille.

Er will mich loswerden, dachte sie, Herbert will mich umbringen, dieses Schwein, dieser Schwächling!

Sie trat einen Schritt zurück und warf sich gegen die Tür. Die Holzkonstruktion der Sauna erzitterte, aber die Tür ging nicht auf. Ihr Atem kam jetzt stoßweise, die Lungen brannten. Nur keine Panik, nur keine Panik, aber sie spürte, wie sie in jeder Sekunde stärker von Angst überschwemmt wurde. Ihr wurde schwindlig. Sie hatte das Gefühl, ihr Kopf müsse in der nächsten Sekunde platzen.

Ihre Knie gaben nach, sie musste sich an der Wand abstützen. Ihr wurde klar, dass ihr für einen zweiten Versuch, sich gegen die Tür zu werfen, die Energie fehlte.

Er bringt mich um, er bringt mich um, er tut es wirklich, dachte Waltraud noch, bevor sie sich kraftlos zu Boden gleiten ließ.

Mit dem Unterarm berührte sie die glühendheißen Lavasteine auf dem Ofen, es zischte, aber es tat kaum weh. Komisch, dachte sie und schloss die Augen. Sie war auf einmal müde, sehr müde.

„Herbert, du mieser Schlappschwanz“, murmelte sie vor sich hin. Sie hatte es herausschreien wollen, aber zum Schreien reichte ihre Kraft nicht mehr.

Die Bodendielen waren heiß. Sie versuchte, sich mit der Zunge die Lippen zu lecken, aber es ging nicht. Die Zunge klemmte ihr im Mund wie ein Stück trockenes Holz. Sie nahm noch einmal ihre ganze Kraft zusammen, zwang ihre Lider auf und sah hinauf zur Tür.

Da waren Herberts dünne, behaarte Beine. Er war ganz dicht an das Türfenster herangetreten, presste seinen mageren Körper gegen das Glas und schaute ganz ruhig auf sie herab.

# IM HIMMEL DER GLÜCKLICHEN FRAUEN

Sterben, wenn das Leben am schönsten ist. Das wünschen sich viele, aber nur wenigen ist es vergönnt. Lina war eine von diesen wenigen, da bin ich mir sicher.

Ich habe sie am Lago Maggiore kennen gelernt, genauer gesagt am Lido von Cannobio am Lago Maggiore. Ich hatte den halben Nachmittag gesurft. Mir war die elegante ältere Dame im schwarzen, gut geschnittenen Einteiler schon die ganze Zeit aufgefallen, weil sie immerzu in meine Richtung schaute. Als ich meine Surfsachen zusammenpackte, sprach sie mich an und lud mich zu einem Campari Orange ein. Wir tranken ihn zusammen in der Strandbar.

Es war unglaublich, wie gut wir uns vom ersten Augenblick an verstanden haben. Wir brauchten uns nur ein Stichwort zu geben, und schon fing das Feuerwerk an. Sie war gebildet und konnte sagenhaft gut mit Worten umgehen. Ich kann das auch, und so kamen die geistreichsten Gespräche zustande.

Sie lud mich gleich in ihr Haus ein. Es war ein altes Rustico, nicht groß, aber stilvoll renoviert. Man merkte sofort, dass hier Geschmack und Geld zusammenkamen. Sie gestand mir ohne Umschweife, dass sie sich in mich verliebt habe. Überhaupt hatte sie die Fähigkeit, in wichtigen Dingen keine Umwege zu machen. Und so landeten wir schon am ersten Abend im Bett.

Wir trafen uns von da an jeden Tag am Lido. Ich konnte spüren, wie sie es genoss, mit mir zusammen zu sein. Auch äußerlich passte es. Von mir kann ich sagen, dass ich recht gut aussehe, sie hatte sich für ihr Alter sehr gut gehalten. Und sie blühte regelrecht auf in unserer gemeinsamen Zeit. Ich glaube, sie gab auch ganz gern ein bisschen mit mir an, vor allem wenn Frauen in ihrem Alter in der Nähe waren.

Ich hatte damals gerade keinen Job und war ziemlich

abgebrannt. Lina war auch in dieser Hinsicht ein Glück für mich. Und sie gab mir das Gefühl, dass ich ein Glück für sie war.

„Frühlingsgefühle", sagte sie, „mit dir hab ich Frühlingsgefühle."

Wir heirateten noch im selben Jahr. Ihr konnte es gar nicht schnell genug gehen. Sie war schon seit einigen Jahren Witwe. Ihr Mann war ein großes Tier bei der Deutschen Bank gewesen und überraschend an einem Herzinfarkt gestorben. Von ihm erfuhr ich nicht viel, außer dass er ihr eine schöne alte Villa im Frankfurter Nordend und ein dickes Aktienpaket plus Bankkonto hinterlassen hatte. Kinder waren zum Glück keine da.

Unsere Hochzeit feierten wir im kleinen Kreis, weil ihre Verwandten sie allesamt boykottierten. Eine Siebzigjährige, die einen Dreißigjährigen heiratet! Das fanden sie obszön, das war ein öffentlicher Skandal! Lina nahm es erstaunlich gelassen. „Ich habe von dieser Mischpoke nichts anderes erwartet", sagte sie.

Sie war es auch, die sehr bald ein Testament machte, in dem ich als Alleinerbe eingesetzt war. Ihr Kommentar war: „Wenn ich mal sterbe, sollst du alles kriegen. Diese Heuchler" – damit meinte sie ihre Geschwister plus Anhang – „werden sich schwarz ärgern, wenn sie in die Röhre gucken."

Aber vorerst konnte von Sterben nicht die Rede sein. Sie würde sicher hundert Jahre alt werden, gesund und fit wie sie war.

Habe ich sie geliebt? War ich glücklich mit ihr? Auch mit etwas zeitlichem Abstand kann ich beide Fragen mit Ja beantworten. Wir hatten zwei wunderbare Jahre, vor allem wenn wir am Lago Maggiore waren. Und wir waren oft da. Wir machten Wanderungen, unternahmen Fahrten in die Umgebung, kochten zusammen und fühlten uns wie zwei frisch Verliebte. Bei jedem unserer Aufenthalte setzten wir uns mindestens einmal in die Strandbar und tranken in Erinnerung an unser erstes Treffen einen Campari Orange, ihr Lieblingsgetränk.

Ich habe noch sehr gut unseren letzten Abend im Gedächtnis. Wir wohnten wie immer in ihrem Haus in Traffiume. Nach dem Abendessen machten wir einen ausgezeichneten Barolo auf und unterhielten uns über das Leben, die Liebe und die Vergänglichkeit, die großen Themen der Literatur. Nachdem wir miteinander geschlafen hatten, umarmte sie mich und sagte:

„Wenn ich jetzt auf der Stelle tot umfalle, könnte ich mich über mein Leben nicht beklagen."

Da wusste ich, dass die Zeit gekommen war.

Beim Frühstück am nächsten Morgen gab ich ihr die zwanzig Tropfen in den Kaffee. Walter hatte mir gesagt, es sei ein neues, sehr starkes Narkosemittel mit verzögerter Wirkung. Er ist Arzt, Anästhesist, und kommt an so etwas heran. Spätestens zwanzig Minuten, nachdem ich sie ihr verabreicht hätte, sollten wir im Wasser sein, hatte er mir eingeschärft. Und so geschah es dann auch.

Es war ein strahlender Morgen mit einem Sonnenaufgang, wie man ihn nur am Lago Maggiore erlebt. Ich schlug Lina vor, zum Lido von Cannobio zu fahren und im See ein Morgenbad zu nehmen. Es war nicht das erste Mal, dass wir das machten. Wir brachen sofort auf. Am Strand war so früh niemand außer uns. Sie hatte wieder ihren schwarzen Einteiler an, der ihr so gut stand. Wir schwammen hinaus, der Sonne entgegen. Sie sagte noch zu mir:

„Schau mal nach unten, der See ist ganz dunkel."

Als wir ungefähr zweihundert Meter vom Ufer entfernt waren, wurden ihre Schwimmbewegungen langsamer. Sie fasste sich kurz die Stirn, als wolle sie einen Gedanken verscheuchen, dann versank sie ohne einen Laut.

Beim Zurückschwimmen ließ ich mir Zeit. Später saß ich lange auf den Steinen am Lido. Die Sonne wurde immer stärker und trocknete mich. Erst gegen Mittag, als die ersten Badegäste schon ihre Utensilien zusammenpackten, um zum Essen zu gehen, suchte ich die Strandaufsicht auf und meldete Lina als vermisst.

Sie wurde nie gefunden, obwohl die Polizei und die Guardia di Finanza den ganzen See vor Cannobio absuchten. Als Surfer wusste ich, dass der Lago Maggiore an seiner engsten Stelle starke Unterströmungen hat. Lina war zu der Zeit, als sie mit der Suche anfingen, womöglich schon ein paar Kilometer weiter südlich. Aber selbst wenn man sie gefunden hätte, wäre das Narkosemittel nicht mehr nachweisbar gewesen. Es ist ein Teufelszeug, ideal für einen perfekten Mord. Das hatte ich auch Walter gesagt.

„Natürlich ist es perfekt. Deshalb gebe ich es dir ja", war sein Kommentar.

Ich lebe jetzt schon seit einiger Zeit mit Walter im Frankfurter Nordend. Wir haben die Villa, die etwas altmodisch war, nach unseren Plänen stilvoll renoviert. Es war ja genug auf dem Konto.

Inzwischen haben wir geheiratet. Linas Verwandtschaft schäumte, aber sie konnten nichts machen. Es war alles legal. Eine der wenigen Sachen, die ich Lina verschwiegen hatte, war die, dass ich eigentlich auf Männer stehe. Aber ich kann auch mit Frauen. Wenn Lina mich brauchte, war ich immer da. Sie kam mir aber auch entgegen mit ihrem Typ: jungenhaft, sportlich, wenig Busen, kaum Hüften, das graue, sehr kurz geschnittene Haar …

Als ich sie kennen lernte, gab es Walter allerdings noch nicht. Ihn habe ich im Herbst letzten Jahres am Lido von Cannobio getroffen, als Lina eine ihrer ausgiebigen Shopping-Touren in die Schweiz unternahm. Es war Liebe auf den ersten Blick. Eigentlich habe ich die ganze Sache nur seinetwegen gemacht. Wenn es nach mir gegangen wäre, hätte ich es mit Lina noch ein paar Jährchen ausgehalten. Aber Walter wurde eifersüchtig und drängte. Das mit den Tropfen war seine Idee. Ich kam dann ganz von selbst auf das Schwimmen am Morgen.

Ich werde dieses Jahr zum ersten Mal mit Walter in mein Haus am Lago Maggiore fahren. Gleich nach unserer Ankunft werden wir uns in die Strandbar setzen und einen Campari Orange trinken. Auf das Wohl von Lina, die wahrscheinlich im Himmel ist. Wo sonst sollten Frauen hinkommen, wenn sie glücklich sterben?

# KASSANDRA

Seit Ferdinand denken konnte, interessierte er sich für Verbrechen und für diejenigen, die sie verübten: die Verbrecher. Schon als Junge hatte er intensiv über den perfekten Mord nachgedacht. Ihn interessierten die Motive der Täter. Aber mehr noch faszinierten ihn die Bedingungen der Möglichkeit einer solchen Tat und die damit einhergehenden intellektuellen und logistischen Herausforderungen. Das perfekte Verbrechen war ein komplexes Zusammenspiel aus Planung, Wahrscheinlichkeit und Zufall. Die Chancen, nicht entdeckt zu werden, wurden größer, wenn der Täter gar nicht in Erscheinung trat, so viel war klar. Denn nur, wenn er sich quasi in Luft auflöste, konnte es keine Spuren geben.

Ferdinand wollte aber nicht Mörder werden, sondern Anwalt. Aus diesem Grund studierte er Jura an der Universität Frankfurt. Sein Interesse am perfekten Mord war in erster Linie ein theoretisches, und das blieb es auch, bis er vom Frankfurter Ostend nach Kelkheim in die Gundelhardtstraße umzog. Seine Tante Luise besaß dort ein Haus, eine Jugendstilvilla mit großem Garten. Sie war die einzige Verwandte, die er noch hatte, seit seine Eltern bei einem Flugzeugabsturz ums Leben gekommen waren. Ferdinand hatte von ihnen nichts geerbt außer Schulden und litt unter chronischem Geldmangel. Da kam das Angebot seiner Tante, gratis bei ihr zu wohnen, gerade recht. Das schöne alte Haus in der Gundelhardtstraße hatte ihm schon immer gefallen. Als Kind hatte er häufig die Ferien in Kelkheim verbracht. Da hatte sein Onkel Otto noch gelebt, den er sehr gemocht hatte. Er musste also nicht lange überlegen, brach kurzerhand seine Zelte in Frankfurt ab und übersiedelte mit seinen wenigen Habseligkeiten nach Kelkheim.

Schon nach kurzer Zeit wurde ihm klar, dass er einen großen Fehler gemacht hatte. Tante Luise war zwar alt und schon ein bisschen gaga, aber sie wusste genau, warum sie ihn bei sich wohnen ließ. Sie war schon früher extrem sparsam gewesen, aber jetzt trat der blanke Geiz bei ihr hervor, und sie nutzte den Umstand, dass sie seine Erbtante war, schamlos aus. Das Haus, das er irgendwann einmal bekommen würde, war zwar ein Schmuckstück, aber es brauchte natürlich Pflege, und zwar viel Pflege. Und als Pfleger, oder besser gesagt Hausmeister, Gärtner und Faktotum, hatte sich Tante Luise ihren einzigen Erben auserkoren. Ferdinand ahnte schon, worauf das Ganze hinauslief. Nicht nur das Haus und der Garten, auch Tante Luise selber würde Pflege brauchen, und da sie sich weigerte, ein Pflegeheim auch nur zu betreten, war klar, dass er über kurz oder lang auch seine alte Tante pflegen musste.

Ferdinand war nicht nur Gärtner und Hausmeister, sondern auch Koch. Tante Luise wollte täglich bekocht werden. Auf seinen Protest hin hatte sie nur gesagt, dass sie sich das Geld für Personal sparen könne, solange sie ihn habe. Wenn er damit nicht einverstanden sei, könne er ja wieder ausziehen. Jetzt sei er ihr Alleinerbe, aber sie könne ihr Testament jederzeit ändern. Für Ferdinand war das ein klarer Fall von Nötigung, wenn nicht gar Erpressung.

Aber das war noch nicht alles. Seine Tante hatte zur Bedingung gemacht, dass er auch ihre Tiere rund um die Uhr zu versorgen hatte. Es gab drei Aquarien im Haus, die regelmäßig gereinigt werden mussten. Und da war Koko, der neurotische Papagei, der ohrenbetäubend schrie, wenn er sich ihm näherte, und der sich ständig selbst die Schwanzfedern ausriss. Mit Pudel Cäsar, verwöhnt und launisch, der ganz alleine eine Kompanie von Hundepflegern gebraucht hätte, musste er Konversation machen und dreimal am Tag Gassi gehen. Außerdem war da noch Kassandra, die Schildkröte, das einzige von Tante Luises Tieren, das wenig Arbeit machte und zu dem Ferdinand eine echte Zuneigung verspürte.

Es gab Tage, die vollständig mit Haus-, Garten-, Tier- und Tantenpflege ausgefüllt waren. Die Universität sah er nur noch selten. Je länger der Zustand dauerte, desto unzufriedener wurde Ferdinand, er fühlte sich ausgenutzt. Nicht nur die Tiere gingen ihm zunehmend auf die Nerven, Tante Luise hatte auch eine Stimme wie eine Kreissäge. Wenn sie nach ihm rief, ging es ihm durch und durch. Außerdem hatte sie an allem etwas auszusetzen und wurde immer unleidlicher, je älter sie wurde. Aber es war ihm auch klar, dass er sich fügen musste, wenn er in Tante Luises Testament bedacht werden wollte. Sie saß am längeren Hebel. An einem dieser Tage voller Schufterei war in Ferdinand ein Plan gereift. Wie von selbst fügte sich ein Gedanke zum anderen, bis er in leuchtender Klarheit vor ihm stand.

„Brav, Kassandra!" murmelte Ferdinand halblaut vor sich hin. Wieder hatte die Schildkröte von der Ecke des Rosenbeets bis zu ihrem Fressplatz in der Küche fast genau die gleiche Zeit gebraucht. Mit ihrem beharrlichen Wiegeschritt war sie quer durch den riesigen Garten durch ihre Klappe in der Terrassentür und dann an der Treppe vorbei in die Küche gewandert. Dort hatte sie sich die besonders saftigen Salatblätter vorgenommen, die Ferdinand immer bei seinen Versuchen benutzte. Fünf Mal hintereinander war Kassandra nur um höchstens eine Sekunde abgewichen. Und das Wichtigste: Sie hatte immer den gleichen Weg benutzt, und an der Markierung vor der Treppe war sie exakt zur gleichen Zeit vorbeigekommen. Sie brauchte bis zum Punkt X acht Minuten und fünfzehn Sekunden. Ferdinand hatte ausgerechnet, dass er sich eine Toleranz von zwei Sekunden leisten konnte, damit sein Plan eine Chance hatte.

Die Idee war ihm gekommen, als ihm auffiel, dass sich seine Tante nach dem Abendessen immer in ihren Lehnstuhl im Wohnzimmer setzte, die Stehlampe einschaltete und noch ein wenig las. Oder zumindest tat sie so als ob.

Sie hockte dann mit ihrer dicken Brille da wie eine alte Eule. Tante Luise sah nämlich schlecht, sehr schlecht sogar. Ein Vorteil, fand Ferdinand. Pünktlich mit dem zweiten Schlag der alten Wanduhr um halb acht legte sie ihr Buch zur Seite und nahm umständlich die Brille ab. Dann stand sie ächzend auf, machte die Stehlampe aus und ging durch den dunklen Raum zur Treppe, um sich in ihrem Schlafzimmer im ersten Stock zur Ruhe zu begeben. Ferdinand war aufgefallen, dass Tante Luise sich zwar sehr langsam, aber mit der Präzision eines Uhrwerks bewegte, jahrzehntelange Gewohnheit eben. Er hatte mehrmals heimlich die Zeit gestoppt. Sie kam an der Markierung vor der Treppe genau siebenundzwanzig Sekunden nach dem Schlagen der Wanduhr an. Sie machte kein Licht, sie brauchte keines, halb blind, wie sie war.

Ferdinand lächelte versonnen und beugte sich nieder, um Kassandra den Panzer zu tätscheln. Es würde eine Wohltat sein, endlich alleine in dem schönen Haus zu leben. Er wollte und konnte einfach nicht warten, bis seine Tante von selbst das Zeitliche segnete.

Als Ferdinand mit seiner Tante zusammen schweigend am Tisch im Esszimmer saß, spürte er zum ersten Mal so etwas wie Anspannung. Keine Nervosität, aber eine Spannung im Körper, die er vorher nicht wahrgenommen hatte. Lampenfieber, dachte er, das ist das Lampenfieber vor dem großen Finale. Er warf einen Blick auf Tante Luise, die ihm gegenüber saß und in Zeitlupe ihr Kürbissüppchen löffelte. Seltsamerweise fühlte er nichts, weder Sympathie noch Abneigung.

Das Abendessen war vorüber. Wie jeden Abend zog sich die alte Frau in ihren Lehnstuhl zurück. Ferdinand räumte ab und türmte das Geschirr in der Spüle auf. Nicht mehr lange spiele ich hier den Sklaven, dachte er mit grimmiger Vorfreude. Er biss die Zähne zusammen und wischte den Abendbrottisch ab. Kurz nach halb sieben verabschiedete er sich von seiner Tante, um in einen Vortrag an der Uni zu gehen. „Täterpsychologie" war das Thema. Als er ihr tags zuvor davon erzählt hatte, hatte sie mit Misstrauen reagiert. Er hatte ihr nur mit Mühe beibringen können, dass der Vortrag für sein Studium wichtig war. Na gut, ich gebe dir ausnahmsweise frei, hatte sie gesagt, für Ferdinand ein Indiz, dass sie anfing, ihn einzusperren.

Um zwanzig vor sieben zog er die Haustür hinter sich zu und drehte den Schüssel zweimal um. Das gehörte zu seinen offiziellen Pflichten, denn Tante Luise fürchtete sich vor Einbrechern. Jetzt hatte er noch ein halbes Stündchen Zeit zum Spazierengehen. Gemächlich schlenderte er die sanft ansteigende Gundelhardtstraße in Richtung Wald hinauf. Die Häuser waren durchweg groß und gepflegt. Es war eine gutbürgerliche Gegend. Ein Immobilienmakler würde sagen: Bestlage. Er lächelte zufrieden und beschleunigte seinen Schritt.

Als Ferdinand wieder zurück kam, schlich er vorsichtig um das Haus herum. Von Koko und Cäsar war ausnahmsweise einmal nichts zu hören. Unter dem Wohnzimmerfenster blieb er stehen und schaute auf seine Armbanduhr. Es waren noch ein paar Minuten Zeit. Er hielt die Nase in den leichten Wind, der vom Berg herüber wehte. Die Luft war hier besonders gut. Taunusluft, dachte Ferdinand. Der Verkehrslärm, der von Kelkheim hier herauf drang, hörte sich wie ein gedämpftes Rauschen an. Das war schon ein goldenes Plätzchen. Wenn er erst das Haus hatte, würde sich alles andere schon finden. Examen machen, Anwaltskanzlei aufbauen, Geld verdienen, viel Geld, irgendwann heiraten, Kinder ...

Da schlug die Wanduhr drinnen einmal, der Schlag für Viertel nach sieben. Ferdinand drückte den Stellknopf seiner Uhr und atmete tief durch. Die Uhren waren synchronisiert, jetzt musste er nur noch Kassandra finden. Das war aber kein Problem, weil sich die Schildkröte um diese Zeit immer bei den Rosen aufhielt. Nach einigem Suchen fand er sie, nahm sie hoch und ging mit ihr zur Startmarkierung an der Ecke des Rosenbeets. Es war um diese Jahreszeit schon recht dunkel. Ferdinand schaute auf die Uhr. Er musste noch etwas warten. Genau um sieben Uhr, zweiundwanzig Minuten und zwölf Sekunden zog Ferdinand das Salatblatt vor Kassandras Nase weg und ließ sie los.

„Lauf, mein Mädchen! sagte er zärtlich.

Kassandra machte sich unverzüglich auf den Weg. Ferdinand tat das gleiche. Bevor er in seinen Opel Astra stieg, ließ er sich noch von dem alten Grossmann von gegenüber in ein Schwätzchen verwickeln. Nach fünf Minuten entschuldigte er sich und fuhr los. Der Vortrag fing um acht Uhr an, und er wollte auf jeden Fall pünktlich da sein.

Als Ferdinand kurz nach zehn wieder zurück kam, war die Tür aufgebrochen. Er fand einige aufgeregte Nachbarn und die Polizei im Haus vor. Vor der Treppe sah er seine Tante liegen. Sie lag mit leicht verdrehten Gliedmaßen auf dem Gesicht. Unter ihrem Kopf auf der steinernen Stufe sickerte etwas Blut hervor.

„Sie sind wohl der Neffe? Ihre Nachbarin hat uns bereits fast alles Wichtige erzählt." Der Mann, der neben ihn getreten war, warf einen genervten Blick in Richtung von Frau Lehmann, die in einiger Entfernung stand und die leblose Gestalt vor der Treppe mit einer Mischung aus Neugier und Grausen betrachtete.

„Oh Entschuldigung, ich habe mich Ihnen noch gar nicht vorgestellt", fuhr der Mann fort, „Ich bin Hauptkommissar Melchers, Kripo Hofheim. Der Form halber muss ich Sie fragen, wo Sie in den letzten drei Stunden gewesen sind."

„Ich war in der Uni Frankfurt zu einem Vortrag. Ich studiere Jura."

„Wann sind Sie weggefahren?"

Ferdinand tat so, als müsse er überlegen.

„Das muss etwa um zwanzig nach sieben gewesen sein."

„Hat jemand gesehen, wie sie weggefahren sind?"

„Ich glaube, Herr Grossmann von gegenüber."

„Herr Grossmann hat das schon zu Protokoll gegeben. Der Vortrag begann um acht?"

„Ja."

„Worum ging es denn?", fragte Melchers.

„Täterpsychologie", sagte Ferdinand.

„Ah", machte der Hauptkommissar, „das hätte mich auch interessiert."

Ferdinand lächelte schwach.

„Haben Sie Zeugen?"

„Ich kann Ihnen jederzeit mehrere Kommilitonen nennen", sagte Ferdinand.

„In Ordnung, das genügt mir. Wir nehmen das so ins Protokoll auf. Ihre Tante ist wahrscheinlich kurz nach halb acht verunglückt. Offenbar kam sie vor der Treppe ins Straucheln und stürzte mit dem Kopf auf die Treppenkante. Bevor sie fiel, muss sie noch einmal laut geschrien haben. Das hat Frau Lehmann beim Abendspaziergang gehört. Sie hat uns sofort angerufen. Als wir hier hereinkamen, war Ihre Tante bereits tot. Der Notarzt hat eine schwere Schädelfraktur festgestellt. Ihre Tante hat nicht leiden müssen. Außer ihr war niemand im Haus, die Tür war abgeschlossen. Wir mussten sie leider aufbrechen. Ein Notfall, Sie verstehen."

„Verstehe", sagte Ferdinand.

„Ach, eine Frage noch hätte ich noch", sagte Melchers.

Ferdinand sah ihn aufmerksam an.

„Als wir ins Haus kamen, brannte kein Licht ..."

„Ach ja", sagte Ferdinand, „meine Tante brauchte kein Licht. Sie kannte sich in ihrem Haus blind aus. Ihre Augen waren nicht mehr so gut, wissen Sie."

„Tja", sagte der Hauptkommissar, „ein bedauerlicher Unfall. Mein herzliches Beileid. Wir haben das Beerdigungsunternehmen schon verständigt, Pietät Kniffler."

„Danke", sagte Ferdinand und legte sein Gesicht in schmerzliche Falten. Es gelang ihm sogar, ein wenig Feuchtigkeit in seine Augen zu praktizieren. Insgeheim hatte er es gehofft, aber mit so viel Dusel hatte er nicht rechnen können. Was für ein Zusammenspiel von Planung und Zufall, dachte er, besser hätte es nicht laufen können. Der alte Grossmann war im richtigen Moment aufgetaucht, Tante Luise hatte im Fallen geschrien, und die Lehmann, diese neugierige alte Krähe, hatte es gehört. Sie hatte die Polizei angerufen, und die hatte bereits alles aufgenommen. Der Fall war klar. Tante Luise war tödlich gestürzt. Und ihr einziger Neffe und Erbe hatte ein hieb- und stichfestes Alibi.

Die Nachbarn kamen auf ihn zu und schüttelten ihm die Hand. Ferdinand nahm ihre Beileidsbekundungen gefasst entgegen. Als sie gegangen waren, tat er einen tiefen Atemzug und ging mit gemessenen Schritten in die Küche hinüber. An ihrem Fressplatz war die Schildkröte gerade dabei, die letzten Bissen ihrer Salatmahlzeit zu vertilgen. Er beugte sich zu ihr hinunter.

„Das war perfekt, Kassandra!“, flüsterte er fast unhörbar.

Draußen fuhr der Leichenwagen vor.

# MESSER UND STANGE

Der dicke Mann auf der Edelstahlliege war eindeutig Hermann Freiling, Bauunternehmer und einer der reichsten Bürger von Kriftel. Hauptkommissar Krüger ging bedächtig um die Leiche herum. Er hatte Freiling, als er noch lebte, zwar nicht sehr sympathisch gefunden, aber jetzt tat er ihm aufrichtig leid.

„Das hat weh getan“, murmelte Krüger und schaute sich die klaffende Platzwunde am Hinterkopf genauer an.

„Mit Sicherheit nicht.“ Dr. Lammert, der noch ziemlich junge Gerichtsmediziner, trocknete sich die Hände ab. „Die Kopfwunde stammt sehr wahrscheinlich von einer Eisenstange. Die Verletzung wäre tödlich gewesen. Aber als man ihm die Stange über den Schädel geschlagen hat, war er schon tot.“

„Sind Sie sicher?“

„Absolut. Er hat fünf Stiche in die Brust bekommen, von einem mittelgroßen Messer mit spitzer Klinge. Gezielte Stiche, drei davon tödlich, zwei haben die linke Herzkammer durchbohrt. Da scheint ein Profi am Werk gewesen zu sein.“

Krüger betrachtete den Toten nachdenklich.

„Und Sie meinen nicht, dass es umgekehrt gewesen sein könnte? Zuerst der Schlag, dann die Stiche?“

Der Doktor warf einen Seitenblick auf den Hauptkommissar.

„Sehen Sie Blut an der Kopfwunde?“

„Nein, nicht viel jedenfalls.“

„Das ist ein Indiz dafür, dass ihm die Wunde nach dem Tod beigebracht worden ist. Sonst hätte sie viel stärker geblutet.“ Die Stimme des Mediziners klang herablassend.

„Hm“, machte Krüger und ärgerte sich. Er hatte noch nicht viel mit dem jungen Doktor zu tun gehabt, aber jedes Mal hatte dieser Grünschnabel es nicht lassen können, ihn zu belehren. Wenn Hauptkommissar Krüger irgendetwas hasste, dann war es, von einem solchen Jungspund von oben herab behandelt zu werden.

Auf der Fahrt von der Gerichtsmedizin in der Frankfurter Kennedyallee nach Hofheim zur Polizeistation war Krügers Ärger immer noch nicht verflogen. Dieser Lammert war ein eingebildeter Schnösel! Er kramte in der Ablage und fischte einen Kaugummi heraus. Der scharfe Minzgeschmack beruhigte ihn etwas, und er musste sich eingestehen, dass seine Empfindlichkeit und sein Ärger zum guten Teil auch daher kamen, dass er überhaupt noch keinen Schimmer hatte, wie er in diesem Fall vorgehen sollte.

Die erste Vernehmung war wenig ergiebig verlaufen. Die Frau des Bauunternehmers war zu einer klaren Aussage nicht fähig gewesen. Die Tochter hatte angegeben, die Leiche abends in der Gartenhütte gefunden zu haben, und zwar nur deshalb, weil der Hund sich so merkwürdig benommen hatte. Sie hatte sich überrascht gezeigt, denn sie hatte ihren Vater in der Firma vermutet, während dieser schon seit einigen Stunden tot in der Gartenhütte gelegen haben musste. Die Hütte war jedoch nicht der Tatort. Es deutete alles darauf hin, dass Freiling auf dem hinteren Teil seines Grundstücks ermordet worden war. Die Leiche war anschließend nach vorn in die Hütte geschleift worden. Die Spuren auf dem Rasen waren noch zu sehen.

Der Hauptkommissar saß im Büro hinter seinem Schreibtisch. Schräg gegenüber stand Benner, frisch gebackener Kriminalkommissar und Krügers Assistent, und beobachtete ihn schon seit geraumer Zeit.

„Was guckst du!“, fauchte Krüger.

„Du siehst irgendwie zerknittert aus.“

„Ach ja! Du machst dir hier einen lauen Lenz, und ich muss mir die Leichen anschauen. Der dicke Freiling war in keinem appetitlichen Zustand.“

„Das kann ich mir denken. Und? Irgendwelche neuen Erkenntnisse?“

„Nein. Ich habe mich nur über diesen Gerichtsmediziner geärgert, diesen Dr. Lammert.“

„Kluger Kopf“, meinte Benner.

Krügers Blick machte ihm klar, dass er gerade genau das Falsche gesagt hatte. Der Hauptkommissar stand schwerfällig auf und kam hinter seinem Schreibtisch hervor.

„Es hilft alles nichts, wir müssen noch einmal zum Tatort. Vielleicht haben wir etwas übersehen. Vor allem brauchen wir das Messer. Und die Eisenstange oder was auch immer das war, was man ihm über den Kopf gezogen hat."

Benner schaute skeptisch.

„Die Spurensicherung hat alles abgesucht, sogar die Nachbargrundstücke, aber nichts gefunden."

„Wir brauchen die Tatwerkzeuge oder irgendeinen anderen Hinweis, sonst haben wir gar keine Chance", knurrte Krüger und angelte nach seiner Jacke. „Kommst du mit?"

Benner begriff sofort, dass das keine Frage war, sondern ein Befehl.

„Karlsbader Straße, hier ist es."

Benner bog in die beschauliche Wohnstraße ein. Das war schon eine gediegene Gegend, in der die Freilings wohnten. Freistehende Einfamilienhäuser, Bungalows, Villen, so weit das Auge reichte, gepflegte Vorgärten, schön eingewachsene Grundstücke.

„Ein Paradies für Leute, die es ruhig mögen", sagte er.

„Und für Makler", ergänzte Krüger.

Freilings Tochter, eine schmale Frau schätzungsweise Anfang dreißig, öffnete auf ihr Klingeln. Benner fiel ihr perfektes Make-up auf. Keine roten Augenlider, keine Tränenspuren. Sie erschrak, als sie die Kriminalbeamten wiedererkannte. Der Hund, ein Schnauzer, den sie am Halsband zurückhielt, knurrte die beiden an.

„Sie schon wieder!", sagte sie tonlos.

„Entschuldigen Sie die Störung, aber wir müssen uns noch einmal den Garten ansehen."

„Bitte sehr", flüsterte sie und ließ die beiden Polizisten eintreten.

„Ist Frau Freiling nicht da?", fragte Benner.

„Doch, sie ist oben. Sie hat sich etwas hingelegt."

Krüger warf einen schnellen Blick zur Treppe hinüber.

Ihm schien, als habe oben jemand gerade in diesem Augenblick den Kopf zurückgezogen. Aber das konnte auch Einbildung gewesen sein.

Er ließ den Blick durch das Wohnzimmer wandern. Schon beim ersten Mal war ihm aufgefallen, dass es hier aussah wie ein Hochglanzfoto aus einem Schöner-Wohnen-Heft. Alles am richtigen Platz, alles hell und freundlich, alles penibel sauber und aufgeräumt, nirgends ein Stäubchen. Die Teppichfransen lagen genau parallel. Sogar der Hund, der sie an der Tür angeknurrt hatte, lag jetzt friedlich in seinem Korb lag und machte einen keimfreien Eindruck. Das einzige, was nicht rechtwinklig auf dem Wohnzimmertisch lag und deswegen ins Auge stach, war ein schmales gelbes Reclam-Bändchen: Karoline von Günderode, Gedichte und Phantasien. Das hatte bei ihrem letzten Besuch noch nicht da gelegen.

Krüger und Benner gingen über die Terrasse und den Kiesweg zu der Gartenhütte. Auch der Garten sah übertrieben ordentlich aus, da war kein Platz für Unkraut oder Wildwuchs. Sie folgten den noch schwach sichtbaren Schleifspuren auf dem gepflegten Rasen in den hinteren Teil des Grundstücks. Dicht am Zaun war das Gras etwas stärker zertreten, und man sah dunkle Flecken auf dem Boden. Aber auch hier hatte schon jemand versucht, die Spuren zu beseitigen.

„Diese peinliche Ordnung, diese Perfektion“, sagte Krüger, „Das hält ja kein normaler Mensch auf die Dauer aus, ein Mann schon gar nicht. Hast du das Wohnzimmer gesehen?“

„Hab ich. Sieht total aufgeräumt aus, aber auch irgendwie unbewohnt, wie tot.“

Krüger nickte und postierte sich auf der Stelle, wo das Gras flach am Boden lag.

„Also“, sagte er, „hier hat der Täter zugestochen, dann später mit der Eisenstange zugeschlagen und den Körper anschließend in die Gartenhütte geschleppt.“

Benner sagte nichts, sondern schaute sich die Abdrücke

im Rasen genau an, ging ein paar Schritte in Richtung Gartenhütte, dann kam er wieder zurück.

„Ich frage mich, warum sie ihn nicht einfach liegen gelassen haben."

Der Hauptkommissar wandte sich an seinen Assistenten.

„Habe ich eben richtig gehört? Du hast sie gesagt. Plural!"

„Ja", sagte Benner, „Plural, weil es vielleicht nicht ein Täter war, sondern zwei. Schau mal hier."

Er deutete auf die Schleifspur, die vom Tatort weg führte. Krüger ging in die Hocke und beugte sich darüber wie ein Fährtenhund. Er ließ den Blick ein paar Mal hin und zurück wandern, dann erhob er sich und nickte.

„Du hast Recht. Die Spurensicherung hat offenbar was übersehen. An dieser einen Stelle sieht es ganz danach aus, als ob ihn zwei Personen geschleift hätten. Eine an jeder Seite."

„Das heißt", warf Benner ein, „dass die Täter ihn nicht tragen konnten, entweder weil sie zu schwach waren oder weil Freiling zu schwer war."

„Weil er zu schwer war", bestätigte Krüger, „Hermann Freiling wog über hundert Kilo."

In diesem Augenblick hörten sie einen gellenden Schrei vom Haus her. Krüger und Benner sahen sich eine Sekunde lang an, dann sprinteten sie fast gleichzeitig los. Die Tochter kam ihnen entgegen, kreidebleich.

„Kommen Sie, schnell! Meine Mutter ..."

Sie lag im Schlafzimmer auf dem Bett. Auch hier war alles aufgeräumt und geschmackvoll arrangiert bis ins kleinste Detail. Es sah fast dekorativ aus, wie die Frau des Bauunternehmers auf der altrosa Tagesdecke lag. Ihre Frisur saß tadellos, und ihr Gesicht war perfekt geschminkt. Sie trug einen schwarzen Rock und eine weiße Bluse, auf der sich ein großer Blutfleck ausbreitete. Mit beiden Händen hielt sie ein mittelgroßes Messer umklammert, dessen blutige Klinge sie offenbar mit letzter Kraft aus der

Stichwunde in der Herzgegend gezogen hatte.

„Sie hat es getan, mein Gott, sie hat es wirklich getan!“, stammelte die Tochter.

Benner nestelte sein Handy aus der Jackentasche und rief den Notarzt. Hauptkommissar Krüger warf nur einen kurzen Blick auf die Frau. Dann sagte er ruhig:

„Das kannst du dir sparen. Sie ist tot.“

Benner starrte fassungslos die Gestalt auf dem Bett an.

„Sie hat … sie hat sich selbst erstochen!“

„Sieht ganz so aus“, sagte Krüger trocken.

Die Tochter stand da und starrte mit weit aufgerissenen Augen auf ihre tote Mutter. Dann wanderte ihr Blick weiter.

„Das Messer …“, stammelte sie, „das Messer …“

„Was ist mit dem Messer?“, fragte Krüger.

Die junge Frau schloss die Augen und atmete tief ein und aus. Sie wirkte plötzlich ganz ruhig und gefasst.

„Wir haben es schon länger vorgehabt“, begann sie leise, „Wir haben gedacht, wir machen es im Garten, da gibt es die wenigsten Probleme.“

„Probleme?“, fragte Benner dazwischen.

„Na, Flecken und so.“

„Ach!“ sagte Krüger und hob erstaunt eine Braue.

„Ja. Ich habe ihn abgelenkt, und Mutter hat zugestochen. Mit diesem Gartenmesser.“ Sie deutete auf das Messer in den Händen der Toten.

Benner starrte sie mit offenem Mund an.

„Und die Stange“, fragte Krüger, „wo ist die?“

Die Tochter ging zum Schlafzimmerschrank und holte eine Eisenstange von etwas über einem halben Meter Länge heraus.

„Sie steckte an der Hortensie. Er war schon tot, als ich zugeschlagen habe, aber ich wollte nicht, dass sie ihn allein umbringt. Ich wollte ihn auch umbringen.“

„Aber wieso …?“

Benner schüttelte verständnislos den Kopf. Die junge Frau sah ihn einen Moment lang an. Ihr Blick ging ihm durch und durch.

„Mein Vater war ein … ein Barbar. Das können Sie sich gar nicht vorstellen. Wir konnten es einfach nicht mehr ertragen. Jahrelang haben wir versucht, ihn zu ändern, alles umsonst. Es wurde immer schlimmer. Das Schlimmste war …“ Sie stockte.

„Was war das Schlimmste?“, hakte Krüger nach.

„Das Schlimmste war sein Schmutz, die Unordnung, die er überall angerichtet hat. Er war ein fürchterlicher Chaot, hat alles fallen lassen, wo er ging und stand. Wir mussten ständig hinter ihm herräumen. Schauen Sie sich mal sein Schlafzimmer an. Als hätte eine Bombe eingeschlagen. Das Zimmer hat er übrigens immer abgeschlossen, da durften wir nicht rein. Und die ganze Zeit hat er Dreck von draußen in die Wohnung geschleppt, von diesen Baustellen. In der letzten Zeit wurde es immer mehr, es war nicht mehr zum Aushalten. Wenn wir ihm Vorhaltungen gemacht haben, hat er getobt, Er hat uns sogar geschlagen, aber so, dass man hinterher nichts sah. An diesem einen Tag war es besonders arg. Mutter hat mich angeschaut, ich habe sie angeschaut, und da war klar, dass wir Schluss machen mussten.“

Krüger und Benner wechselten einen Blick.

„Sie und Ihre Mutter“, sagte Krüger, „warum haben Sie sich nicht gewehrt? Oder Anzeige erstattet?“

„Ich bitte Sie! Dann hätten es doch die Nachbarn mitgekriegt. Mutter hätte nie zugegeben, dass in der Familie etwas nicht stimmt. Sie war so erzogen … und ich auch.“

Einen Augenblick war es ganz still im Raum.

„Nachdem wir es getan hatten, war Mutter mit ihren Nerven völlig am Ende. Das war alles zu viel für sie.“

„Eins würde mich interessieren“, schaltete Benner sich ein, „Warum haben Sie ihn eigentlich nicht im Garten liegen lassen?“

„Das konnten wir doch nicht! Wie sieht denn das aus, auf dem Rasen!“

Krüger schickte einen Blick zur Decke.

„Als wir ihn in die Gartenhütte geschafft hatten, ist

Mutter zusammengebrochen. Sie hat nur noch geheult und gesagt, wenn das rauskommt, bringt sie sich um. Als die Kriminalpolizei zum ersten Mal hier war, hat sie es mit knapper Not überstanden. Sie wollte unter keinen Umständen ein zweites Mal befragt werden. Als Sie beide vorhin vor der Haustür standen, habe ich schon Schlimmes geahnt. Aber ich habe es nicht für möglich gehalten, dass sie es wirklich tun würde … und dass sie ausgerechnet das Messer nehmen würde, mit dem …"

„… sie ihren Mann erstochen hat", ergänzte Benner.

„Ja. Sie hat genau recherchiert, wie man es macht, wo man die Klinge ansetzen muss, wie man zusticht. Sie wollte ganz sicher gehen, dass er stirbt. Und dann hat sie noch gesagt …" Die junge Frau musste eine Pause machen, weil ihr die Stimme versagte. „Sie hat gesagt, wenn ich einmal sterben muss, dann wie die Günderode. Die hat sich ins Herz gestochen."

Dem Hauptkommissar fiel das gelbe Reclam-Bändchen auf dem Wohnzimmertisch ein. Er nahm sich vor, den Namen Günderode später zu googeln.

In diesem Augenblick klingelte es an der Haustür.

„Der Notarzt", sagte Benner.

# MISCHPILZE

„Wer den Champignon mit dem grünen Knollenblätterpilz verwechselt, hat von Pilzen keine Ahnung. Sehen Sie hier!“

Etwa ein Dutzend meist älterer Herrschaften drängt sich um Ulrich Breitner, den Pilzexperten der Volkshochschule. Er ist ein hagerer Mann in den späten Fünfzigern, dem man ansieht, dass er viel draußen unterwegs ist. Jetzt hält er zwei Pilze hoch. In der rechten Hand hat er den Wiesenchampignon, in der linken den tödlichen Knollenblätterpilz.

„Die wichtigsten Unterscheidungsmerkmale“, doziert Breitner, „sind die Lamellenfarbe und die Stielbasis. Die Lamellen des Knollenblätterpilzes sind nie rosa oder bräunlich wie beim Champignon, sondern rein weiß. Und am unteren Ende des Stiels befindet sich eine Verdickung, die sogenannte Zwiebelknolle. Die fehlt beim Champignon. Natürlich gibt es noch andere Unterscheidungsmerkmale, aber das sind die wichtigsten. Die sollten Sie sich gut einprägen.“

Eine füllige Dame mit schwarzer Brille fragt:

„Wie giftig ist eigentlich der Knollenblätterpilz?“

Breitner wendet sich ihr zu. Sein Gesicht ist ernst, fast finster.

„Tödlich giftig“, sagt er, „deshalb sollten Sie auch nie eine Geschmacksprobe nehmen, wenn Sie den Verdacht haben, dass es sich um einen Knollenblätterpilz handelt. Schon geringste Mengen führen zu Leberschäden, und ab dreißig Gramm haben Sie keine Chance mehr. Das bedeutet, wenn auch nur einer dieser Giftpilze bei einer Pizmahlzeit dabei ist, wird Ihre Leber wird völlig zerstört.“

Die Dame macht große Augen. Ein Raunen geht durch die Gruppe.

„Wie merkt man denn das?“, fragt ein weißhaariger älterer Herr.

Breitner verzieht sein Gesicht zur Andeutung eines Lächelns.

„Keine Ahnung, ich habe noch keinen gegessen."
Die Gruppe lacht. Breitner wartet geduldig, bis das Lachen verebbt ist.
„Nein, im Ernst, Sie bekommen nach ein paar Stunden einen Brechdurchfall. Dann ist es aber bereits zu spät, weil das Gift schon im Darm ist. Dann glauben Sie ungefähr zwei Tage lang, dass es besser wird, bis ungefähr fünf Tage nach der Pilzmahlzeit die Leber versagt. Nach zehn Tagen sind Sie tot."
Schweigen. Man hört vereinzeltes Aufschnaufen.
„Und da kann man nichts machen?" Eine junge Frau hat sich gemeldet.
„Früher nicht, heute sind die Chancen etwas besser, wenn die Vergiftung früh genug erkannt wird."
„Und wenn nicht?"
Wieder die junge Frau. Breitner macht eine Kunstpause.
„Transplantation."
„Die Leber?"
„Ja, und manchmal auch die Nieren. Aber auch dazu kann es schon zu spät sein."
Es ist absolut still im Raum. Breitner schaut sich zufrieden um. Erst wenn er den Kopf hebt, sieht man, dass er tief liegende, stechende Augen hat. Die Gruppe steht ganz offensichtlich unter Schock. Genau das hat er erreichen wollen.
„Ja, meine Damen und Herren, das war unser Giftigster. Jetzt wollen wir aber wieder von den Pilzen sprechen, die Sie ohne Bedenken verspeisen können. Sehen Sie diesen hier!"
Breitner hebt einen Pilz in die Höhe.
„Eine Rotkappe?" fragt eine weißhaarige Dame.
„Bravo!", sagt Breitner.

„Wie ist so etwas möglich?"
Hauptkommissar Frank Rothmann tigert vor seinem Schreibtisch auf und ab. Gerd Kühner, sein junger Assistent, sitzt auf einem Stuhl und schaut ihm dabei zu. Er

sieht aus wie ein abgebrochener Abiturient, klein gewachsen und ein bisschen dicklich, während Rothmann ein grauhaariger Hüne in den Fünfzigern ist. Er ist Tatortanalytiker und Profiler, wird von der Kripo bei schwierigen Fällen hinzugezogen.

Kühner zuckt die Achseln.

„Ich habe die Literatur gewälzt und im Internet recherchiert“, sagt er, „der Fall scheint ziemlich einzigartig zu sein. Ich habe keinen zweiten gefunden, wo das Opfer einer Knollenblätterpilzvergiftung gleichzeitig auch Pilzexperte war. Neunundneunzigkommaneun Prozent der Opfer sind deswegen gestorben, weil sie keine Ahnung von Pilzen hatten.“

Rothmann hält einen Augenblick inne.

„Genau deswegen haben sie uns ja eingeschaltet. Weil das eigentlich gar nicht geht. Ich kenne selbst die Pilze. Nur ein Depp kann den Grünen Knollenblätterpilz mit einem anderen Pilz verwechseln.“

Kühner steht auf.

„Breitner hat sogar einen Pilzführer geschrieben. „Unser Weg zum Pilz“. Hab ich bei meinen Recherchen herausgefunden.“

Rothmann schüttelt seine graue Mähne.

„Ich kapier’s nicht. Bei Breitner wurde eine Konzentration von Amanitin gefunden, die ein Pferd hätte töten können.“

„Amanitin?“, fragt Kühner.

„Das Gift“, sagt Rothmann, „Der Knollenblätterpilz enthält verschiedene Gifte. Eins davon ist Amanitin. Als Breitner ins Krankenhaus eingeliefert wurde, war es für eine Lebertransplantation schon zu spät. Er war Experte, er hat wohl selber nicht an eine Pilzvergiftung geglaubt.“

Kühner kratzt sich am Kopf.

„Also doch Mord?“

„Sieht so aus“, brummt Rothmann.

„Wissen wir, wie er zu der Pilzmahlzeit gekommen ist?“

Rothmann verschränkt die Hände auf dem Rücken und nimmt seine Wanderung wieder auf.

„Nein, eben nicht. Das ist das fehlende Glied. Wenn wir das wüssten, wären wir weiter. Aber eins ist klar: Breitner kann die Pilze unmöglich selbst gesammelt haben."

„Dann müssen wir herausbekommen, woher sie kamen."

„Die Kripo hat es nicht geschafft. Sie haben nirgendwo einen Hinweis gefunden, im Haus nicht, in der Umgebung nicht und bei seinen Freunden und Bekannten auch nicht. Keiner hat ihm Pilze gegeben."

„Hm", macht Kühner und schaut Rothmann aus seinen Kinderaugen an, „Dann müssen wir wohl noch mal ganz neu nachdenken."

„Genau!", sagt Rothmann.

In einer Ecke des Zimmers steht ein Bett, an dessen Kopfende man das Gesicht einer alten Frau sieht. Der Mund steht offen. Das ist Frau Schaub. In der anderen Ecke steht ein leeres Bett. Daneben ein riesiger Sessel mit Aufstehhilfe. Im Sessel eine verkrümmte Gestalt, die man im ersten Moment gar nicht wahrnimmt, so zusammengeschrumpft ist sie. Das ist Frau Breitner. Um sie herum sind Kissen drapiert, damit sie nicht seitlich umfällt.

Vor dem Sessel hat ein massiger Mann auf einem Stuhl Platz genommen und redet leise auf die Alte ein. Es ist Herr Gräfe, der Leiter des Pflegeheims Cäcilienstift. Das Cäcilienstift ist eines der preiswerteren Pflegeheime. Es kostet bei Pflegestufe drei unter dreitausend Euro im Monat. Dafür ist das Haus ein bisschen heruntergekommen. Auf den Fluren riecht es nach Putzmitteln, Essen und Windeln, und das Doppelzimmer, das Frau Breitner mit Frau Schaub zusammen bewohnt, hätte eine Renovierung dringend nötig.

Gräfe legt seine Pranke auf die knochige Hand der Greisin.

„Können Sie mich hören, Frau Breitner?"

Seine Stimme dröhnt durch das Zimmer. Er muss mit den alten Leuten laut sprechen. Eine schwache Handbewegung ist die Antwort. Der Heimleiter weiß, dass die Frau ihn möglicherweise versteht, aber nicht sprechen kann. Demenz im fortgeschrittenen Stadium plus Folgen eines Schlaganfalls, da weiß man nicht, was noch ankommt und was nicht.

„Frau Breitner, ich muss Ihnen eine traurige Mitteilung machen."

Keine Reaktion.

„Haben Sie mich verstanden?"

Die faltigen Augenlider zucken. Ein schwaches Geräusch kommt aus dem Mund der alten Frau. Gräfe nimmt es als Zustimmung.

„Ihr Sohn Ulrich ist tot", sagt der Heimleiter langsam und deutlich. „Er ist vorgestern ganz plötzlich verstorben."

Die Lider flattern kurz und kommen dann zur Ruhe.

„Es tut mir leid", sagt Gräfe, „mein herzliches Beileid!"

Er steht auf und bleibt noch einen Augen - blick vor der zusammengesunkenen Gestalt stehen. Traurig, wenn die Kinder vor den Eltern sterben, denkt er, aber die alte Frau Breitner kriegt das sicher nicht mehr mit.

Auf Zehenspitzen geht er zur Tür und zieht sie behutsam hinter sich zu.

Oberkommissar Janneck sitzt hinter seinem Schreibtisch und blättert in einem Aktenstapel. Vor dem Schreibtisch steht Rothmann. Janneck hat ihm den Stuhl angeboten, aber der Profiler will sich nicht setzen.

„Was ist mit dem Mageninhalt?", fragt Rothmann, „können wir da die Untersuchungsergebnisse noch einmal überprüfen?"

„Wieso?" Die Stimme des Hauptkommissars ist spröde. Er kann diesen besserwisserischen Pinkel nicht leiden. Die Kripo hat ihre Arbeit getan und damit basta.

„Weil wir wissen wollen, was für Pilze es waren."

„Steht alles im Bericht", sagt Janneck, „es waren Mischpilze. Steinpilze, Maronen, Champignons, Schopftintlinge, Täublinge, aber eben auch einige Knollenblätterpilze."

„Das habe ich nicht gemeint“, sagt Rothmann geduldig, „wir wollen wissen, ob es frische Pilze waren oder eingelegte.“

Der Kommissar schaut ihn verständnislos an.

„Was macht das für einen Unterschied? Die Dosis war allemal tödlich.“

„Vielleicht ist es wichtig für die Herkunft der Pilze. Wir gehen davon aus, dass Breitner vergiftet worden ist.“

Janneck gibt einen undefinierbaren Laut von sich.

„Hören Sie, Herr Hauptkommissar Janneck“, sagt Rothmann förmlich, „Ich möchte eine zweite Analyse!“

„Klären Sie das mit dem Chef“, sagt Janneck schroff und wendet sich wieder seinen Akten zu.

„Da ist noch was“, insistiert Rothmann.

Unwillig schaut der Hauptkommissar von seinen Akten auf.

„Haben Sie nach einem Behälter gesucht, in dem die Pilze waren, bevor Breitner sie zubereitet hat?“

„Ein Behälter?“

„Ja, eine Dose oder ein Glas zum Beispiel.“

„Nein, warum sollten wir?“

Rothmann hebt resigniert die Augenbrauen, wendet sich ab und verlässt das Büro.

„Ich fasse zusammen“, sagt Kühner, „Wir gehen davon aus, dass Breitner vorsätzlich vergiftet worden ist. Die zweite Analyse der Pilzmahlzeit hat ergeben, dass es eingemachte Pilze waren und keine frischen. Das erklärt auch, weshalb Breitner die Knollenblätterpilze nicht identifizieren konnte. Aber wir wissen nach wie vor nicht, wie Breitner zu den Pilzen gekommen ist. Wir haben seinen gesamten Abfall durchwühlt und nichts gefunden.“

Rothmann sitzt da und kaut an seiner Unterlippe.

„Du darfst nicht vergessen, dass er seinen Glasabfall am Vortag entsorgt hatte. Vielleicht ist uns da eine entscheidende Spur verloren gegangen.“

„Wenn die Pilze in einem Glas waren, ja“, sagt Kühner, „Die Container sind längst geleert. Das werden wir jetzt auf dem Wertstoffhof nie mehr wiederfinden.“

Rothmann lässt sich in den Stuhl zurücksinken, „Dann können wir den Fall abhaken. Das wäre unsere einzige Spur gewesen.“

Kühner stützt seinen Babykopf in beide Hände.

„Na gut, das war's dann“, sagt er.

Es klopft an der Tür. Wachtmeister Bender.

„Da ist einer draußen, der behauptet, der Bruder von Herrn Breitner zu sein.“

Rothmann und Kühner wechseln einen schnellen Blick.

„Lassen Sie ihn rein!“, sagt Rothmann.

Ein hagerer Mann mit tief liegenden Augen betritt das Zimmer.

„Ernst Breitner“, stellt er sich vor.

„Vorsicht hier im Keller“, sagt Breitner, „die Decke ist etwas niedrig.“

Rothmann, sein Assistent Kühner und Ernst Breitner steigen die Treppe zum Vorratskeller von Breitners Haus hinunter. Nach einigen Schritten stehen sie vor einem großen Regal mit Marmeladen und Eingemachtem.

„Hier“, sagt der Hagere und nimmt ein Einmachglas vom Regal. „Ich hatte es total vergessen, aber als ich erfuhr, dass Ulrich an einer Pilzvergiftung gestorben ist, fiel es mir wieder ein.“

Rothmann nimmt das Glas in die Hand.

„Mischpilze, richtig?“

„Mischpilze“, betätigt Breitner, „Sie hat uns diese Gläser vor etwas über einem Jahr geschenkt, Ulrich eins und mir eins, kurz bevor wir sie ins Heim brachten“, sagt der Hagere. „Sie hat uns jedes Jahr so ein Glas Mischpilze eingemacht. Ich habe sie nie so gern gemocht, aber Ulrich war ganz scharf drauf. Er war ja auch der Experte.“

„Sie haben davon gegessen?“

„Ja, kürzlich erst das Glas vom Jahr davor."
„Da waren offenbar keine Knollenblätterpilze drin", stellt Kühner trocken fest.
Breitner starrt ihn erschrocken an.
„Glauben Sie …" Er stockt.
„Ob in diesem Glas welche drin sind, werden wir feststellen", sagt Rothmann ruhig. „Hat Ihre Mutter eigentlich etwas von Pilzen verstanden?"
„Mindestens so viel wie mein Bruder."
„Verwechslungen sind also ausgeschlossen?"
„Definitiv!"
„Schauen Sie mal, Chef", sagt Kühner, da ist was am Deckel."
Rothmann nimmt das Glas genauer in Augenschein.
„Ein Etikett, aber auf der Innenseite angeklebt. Mit transparentem Klebeband."
„Das hat unsere Mutter immer so gemacht", fällt Breitner ein, „Sie hat dort die Jahreszahl und alle Pilzarten vermerkt."
„Eine Frage, Herr Breitner", sagt Rothmann, „Was für ein Verhältnis hatten denn Sie und Ihr Bruder zu Ihrer Mutter?"
Breitner wirkt plötzlich verlegen.
„Na ja", sagt er zögernd, „nicht das beste. Vor allem Ulrich hat sich in den letzten Jahren ständig mit ihr gestritten. Wegen des Hauses, wissen Sie. Sie wollte es ihm nicht überschreiben."
„Und? Hat sie es ihm überschrieben?"
„Ja", sagt Ernst Breitner mit gepresster Stimme, „er hat sie dazu gezwungen."
„Und Sie?"
Breitner beißt sich auf die Lippen.
„Ich habe das Geld bekommen."
Der Satz bleibt ein paar Sekunden im Raum stehen.
„Wo ist Ihre Mutter zurzeit?", fragt Rothmann schließlich.
„Cäcilienstift, Sauerbruchstraße."
„Tut mir leid, meine Herren", sagt Heimleiter Gräfe mit

sanfter Stimme, „aber Sie können Frau Breitner nicht sprechen. Sie ist heute Morgen verstorben."

„Mist!", entschlüpft es Kühner. Rothmann wirft ihm einen missbilligenden Blick zu.

„Ja, sie ist friedlich eingeschlafen. Zuletzt sah sie fast glücklich aus."

Er macht den Eindruck, als sei er aufrichtig betrübt.

„Aber selbst wenn Sie sie noch lebend angetroffen hätten", fährt Gräfe fort, „hätten Sie nicht viel Freude an ihr gehabt. Die alte Dame war ..." Er macht eine Handbewegung vor der Stirn.

„Dement", sagt Rothmann.

„Ja, leider. Am Anfang war sie noch ziemlich klar im Kopf. Da hat sie uns große Schwierigkeiten gemacht. Sie war nämlich nicht freiwillig hier, müssen Sie wissen."

„Ach!", macht Kühner.

„Nein, ihre Söhne haben sie hergebracht. Sie hat tagelang getobt damals. Wir mussten sie sedieren. Dann kam der Schlaganfall. Danach ging es dann rapide mit ihr bergab."

„Haben die Söhne sie besucht?"

Der Heimleiter zögert einen Augenblick.

„Nicht dass ich wüsste. Aber warum interessiert Sie das?"

„Einer ihrer Söhne ist ..."

„Tot, ich weiß", unterbricht Gräfe.

„Ulrich Breitner ist ermordet worden, genauer gesagt vergiftet. Knollenblätterpilze."

„Oh!", sagt der Heimleiter. „Glauben Sie etwa, dass Frau Breitner etwas damit zu tun hatte? Das ist doch absurd."

„Das Absurde ist immer und überall", sagt Rothmann mit Nachdruck. „Guten Tag."

Die beiden Polizisten gehen und lassen einen verblüfften Pflegeheimleiter zurück.

„Sie war es", sagt Kühner.

„Ja, sie war es", stimmt Rothmann zu, „zur Tatzeit muss sie noch bei klarem Verstand gewesen sein. Sie war mit

Sicherheit sehr aufgebracht. Ihre Söhne haben sie zuerst kalt enteignet und sie dann gegen ihren Willen ins Pflegeheim abgeschoben."

„Das ist nicht strafbar", wirft Kühner ein.

„Nein, leider nicht. Aber sie muss sie gehasst haben. Alle beide."

Rothmann nickt.

„Sie hat offenbar schon länger gewusst, dass sie ins Heim sollte. Da hat es bei ihr ausgehakt."

„Und sie hat ihren Söhnen vorher noch die Pilze untergejubelt", sagt Kühner."

„Mischpilze", sagt Rothmann.

Einen Augenblick herrscht Schweigen im Raum.

„Übrigens", unterbricht Rothmann die Stille, „was kam eigentlich bei der Laboruntersuchung heraus?"

„Es waren vier große Knollenblätterpilze im Glas. Sie hat viel mehr genommen als nötig. Mit Sicherheitspuffer sozusagen."

„Die alten Damen", sagt Rothmann versonnen, „die haben's faustdick hinter den Ohren. Was stand denn auf dem Etikett unter dem Deckel?"

Kühner blättert kurz in der Akte, die vor ihm liegt, und holt eine Klarsichthülle hervor. Darin befindet sich ein quadratisches Stück Papier.

„Keine Jahreszahl, keine Pilzsorten. Da steht nur: Gruß von Mutter."

# NEUNZEHN STEINE

Mit einer eleganten Bewegung, die ihm niemand nachmachte, klemmte Giuliani die Lupe in sein rechtes Auge und ergriff die Pinzette. Dann ließ er sich erst einmal Zeit, tat so, als lägen die Steinchen gar nicht auf dem Tisch. Natürlich lagen sie nicht einfach so auf dem Tisch. Auf schwarzem Samt hatte ich sie drapiert, damit sie richtig zur Geltung kamen. Sie waren so platziert, dass das Licht seitlich von vorn einfiel. Dadurch bekamen sie den optimalen Glanz, dieses verlockende Funkeln, wie es nur Brillanten zustande bekommen. Es waren neunzehn Steine verschiedener Größe, neunzehn Wunderwerke der südafrikanischen Natur und der deutschen Schleifkunst.

So hatte ich sie Kretschmann angepriesen und ihm die Geschichte der Steine erzählt. Ich hätte sie aus einer Erbschaft übernommen und verkaufte sie im Auftrag eines Erben, der nicht genannt werden wolle. Kretschmann war nicht nur steinreich, er war auch ein Fuchs, das wusste ich. Wir spielten das alte Käufer-Verkäufer-Spiel. Nein, ließ Kretschmann mich wissen, er habe im Augenblick kein sonderliches Interesse an den Steinen. Das war selbstverständlich eine Finte. Ich tat so, als sei ich am Verkauf zwar interessiert, hätte es aber nicht eilig. Außerdem hatte ich ihm signalisiert, dass es noch zwei ernsthafte Interessenten gebe, was er mir natürlich nicht glaubte. Aber schließlich biss er doch an. Ich hätte darauf wetten können. Typisch Kretschmann. Wenn Brillanten im Spiel waren, konnte er nicht widerstehen. Er rief mich an, wir machten einen Termin, er bestellte den Gutachter. Es war Giuliani. Ich kannte Giuliani. Niemand machte ihm bei Diamanten was vor. Er galt in Fachkreisen nicht nur als der beste Kenner, er war der Beste. Seine Gutachten war ultimativ und unanfechtbar.

Jetzt nahm er den ersten Brillanten mit der Pinzette auf. Ganz langsam, fast wie in Zeitlupe, ließ er den Stein in einem eleganten Halbkreis in die Höhe wandern. Drei

Augenpaare folgten der Bewegung. Etwa fünf Zentimeter vor der Lupe kam sie zum Stehen. Millimeterweise bewegte Giuliani die Pinzette vor und zurück. Er sagte nichts, aber sein Mund arbeitete. Die Lippen vollführten einen Tanz, der alles Mögliche bedeuten konnte. Kretschmanns Augen wanderten nervös von dem Stein zu Giulianis Mund und wieder zurück.

„Na, was sagen Sie?"

Giuliani schwieg, führte die Pinzette von der Lupe weg und legte den Brillanten unendlich sachte wieder auf den schwarzen Samt. Er nahm den nächsten auf, hob ihn sanft empor und betrachtete ihn genau so eingehend wie den ersten. Es war still im Raum, aber man konnte die Anspannung mit Händen greifen. Kretschmann biss sich auf die Lippen und strich sich mit einer fahrigen Bewegung über die Augen.

„Und? Sind sie in Ordnung?"

Wieder sagte Giuliani nichts, sondern nahm den nächsten Stein auf. Seine Bewegung hatten wirklich etwas unglaublich Vornehmes und Vertrauenerweckendes gleichzeitig. Kretschmann wurde immer nervöser, aber Giuliani schien die Ruhe selbst zu sein. Ich bewunderte ihn. Immerhin ging es bei dem Deal um fast drei Millionen. Jeden einzelnen Stein nahm er auf und betrachtete ihn eingehend mit seinem lupenbewehrten Auge. Kretschmann verging schier vor Ungeduld, aber Giuliani ließ sich nicht beirren. Wie ein Hohepriester zelebrierte er die Prüfung der Steine. Schließlich hatte er den letzten Brillanten, den größten, zwischen den Greifern der Pinzette und hielt ihn gegen das Licht. Sein Mund kam zum Stillstand.

„Dieser hier ...", sagte er und verstummte wieder. Ich war immer wieder beeindruckt von Giulianis Stimme. Tief und klangvoll, mit einem winzigen südländischen Akzent. Zwei Worte genügten, um dem Kunden Vertrauen einzuflößen. Seine Stimme war Gold wert.

„Was ist damit?", platzte Kretschmann dazwischen. Giuliani bedachte ihn mit einem tadelnden Seitenblick.

„Dieser hier ist absolut lupenrein."

Kretschmann beugte sich vor und schluckte. Giuliani sprach weiter mit seiner Pfarrerstimme.

„Die kleineren haben ein paar unwesentliche Unreinheiten. Ansonsten ...“ Er legte eine effektvolle Pause ein und streifte mich mit einem kurzen Blick. Dann fuhr er fort: „Es sind wunderbare Stücke, die besten, die ich seit langem gesehen habe.“

Ich muss gestehen, dass ich in diesem Augenblick mindestens genau so fasziniert war wie Kretschmann. Beide starrten wir die funkelnden Brillanten auf dem schwarzen Samt an, während Giuliani Pinzette und Lupe in einem teuer aussehenden Etui verstaute. Dann nahm er einen goldenen Füllhalter aus der Brusttasche seines Jacketts und unterschrieb das Gutachten, das ich vorbereitet hatte. Die Steine waren echt. Giuliani verabschiedete sich mit vollendeter Höflichkeit und ging.

Es dauerte nicht einmal eine Viertelstunde, bis Kretschmann und ich uns auf dreizwei geeinigt hatten. Er überreichte mir den Scheck und bestand darauf, die Steine gleich mitzunehmen. Ich leistete ein wenig Widerstand wegen der Sicherheit und so, dann überließ ich sie ihm. Ich wusste, er würde sie zu Hause erst einmal stundenlang betrachten und sie dann in seinem Safe einschließen. Von Zeit zu Zeit würde er sie hervorholen und sie wieder anschauen. Ganz allein, ohne Zeugen. Sehr reiche Leute haben manchmal solche Macken.

Als Kretschmann gegangen war, rief ich Giuliani an.

„Sie waren superb, Giuliani!“, sagte ich, „Unvergleichlich.“

Er ließ ein leises Lachen hören.

„Wie viel?“, fragte er.

„Die Hälfte, wie abgemacht.“

„In Zahlen, wenn ich bitten dürfte.“ Seine Stimme klang sanft wie der Abendwind.

„Einsfünf“, sagte ich, eineinhalb Millionen.“ Es entstand eine kleine Pause.

„In Ordnung“, sagte er und legte auf.

Einsfünf war zwar nicht ganz die Hälfte, aber fast. Es war mehr, als wir erwartet hatten. Für mich fielen einssieben ab. Nicht schlecht für neunzehn falsche Brillanten.

# DER OSTERHASE VERSTECKT SICH IM GEMÜSE

Ich denke gern an die Beerdigung der Frau Doktor. Es war schön, irgendwie ergreifend. Ein ganz junger Pfarrer hat es gemacht, aber sehr gut. Er hat so gesprochen, dass es einem direkt zu Herzen ging. Des Menschen Leben ist eine winzige Flamme, die ganz leicht ausgeblasen werden kann und so weiter. Über hundert Leute waren da. Es war aber auch ein herrliches Wetter in der Woche nach Ostern. Sehr stimmungsvoll, wie die Frühlingssonne durch das Geäst der alten Platanen blitzte und die Trauergemeinde beleuchtete.

Ich musste sogar ein bisschen weinen. Auch der Doktor, ich meine Gerhard, hat geweint, als sie den Sarg heruntergelassen haben und die ersten Erdbrocken drauf fielen von der kleinen Schaufel, die sie immer neben die Grube stellen. Damit man den Verstorbenen sozusagen symbolisch mitbegraben kann, bevor sie mit dem Bagger kommen. In dem Fall war es eine Verstorbene, nämlich die Frau vom Doktor. Marieluise hat sie geheißen, auch eine Doktorin, aber keine medizinische. Dr. phil. Marieluise Elsenbast.

Der Doktor stand schräg gegenüber. Er war ganz blass um die Nase. Ich bin hinübergegangen und habe mich einfach neben ihn gestellt. Als die Trauergäste am offenen Grab vorbeigegangen sind und Blumensträußchen und Erde hineingeworfen haben, hat er meine Hand genommen und ganz fest gedrückt. Da habe ich erst recht weinen müssen. Eine Zentnerlast ist von meiner Seele gefallen. Eine Sekunde lang war ich in Sorge, dass man vielleicht hört, wie es rumpelt. Aber man hat nichts gehört, alles lief ordentlich ab. Gerhard hat den Trauergästen die Hände geschüttelt und ein würdiges Gesicht gemacht. Manche haben mir auch die Hand gegeben, weil sie mich kannten und weil ich als Köchin und Hausdame sozusagen zur Familie gehörte.

Ich kann mich noch genau erinnern, wie ich damals vor dem Haus gestanden habe. Das ist es, habe ich gedacht, das ist es! Ich hatte mir schon immer gewünscht, Köchin in so einem Haus zu sein. Wobei Haus stark untertrieben ist, es ist eine alte Villa am Kapellenberg, einer der besten Wohngegenden von Hofheim. Ich sehe es noch wie heute vor mir, wie die Frau Doktor ein hochmütiges Gesicht gemacht und den Mund verzogen hat. Als Frau spürt man das instinktiv, wenn eine andere Frau einen ablehnt. Wahrscheinlich war ich ihr zu attraktiv, obwohl ich mich mit Absicht nicht zurechtgemacht hatte und ihre Figur auch noch ganz passabel gewesen ist damals, nur ein bisschen zu füllig. Der Doktor hat sofort ja gesagt, als er mich gesehen hat. Viel später hat er mir anvertraut, dass er in diesem Moment schon alles gewusst hat. Alles? habe ich gefragt. Alles! hat er gesagt.

Jedenfalls musste ich erst einmal ein halbes Jahr Probezeit überstehen. Meine Chance war, dass sie gerne aß. Es war für mich nicht schwer, herauszufinden, was sie besonders gern mochte. Zum Beispiel meine Aufläufe und meine Pastagerichte, vor allem aber mein raffiniert gewürztes Kaninchen im Gemüsebett, eine meiner Spezialitäten. Sie nannte es: Der Osterhase versteckt sich im Gemüse. Das wird unser Festessen, hat sie gesagt. Also habe ich das Kaninchen für das traditionelle Ostermenü im Hause Elsenbast zubereitet, und das hat dann den Ausschlag gegeben. Zwölf Gäste waren da, alle hellauf begeistert. Ein Krifteler Zahnarzt wollte mich sofort als Köchin abwerben. Da hat sie schon aus Konkurrenzgründen nicht mehr nein sagen können, obwohl ich ihr das Misstrauen und die Eifersucht an der Nasenspitze angesehen habe. Mir war nämlich ziemlich schnell klar, dass es nicht gestimmt hat zwischen dem Doktor und der Doktorin.

Als Köchin war ich eigentlich schon immer gut. Sonst ist in meinem Leben leider einiges schief gelaufen. Ich musste die Realschule kurz vor dem Abschluss abbrechen, weil ich von meinem Englischlehrer schwanger war. Den habe ich heiß geliebt damals. Das Baby musste ich abtreiben. Meine Eltern haben mich dazu gezwungen. Ich habe fast nur geheult in der Zeit. Dann bin ich nach Frankfurt ins Steigenberger gekommen als Auszubildende. Da habe ich das Kochen von der Pike auf gelernt.

Von Männern hatte ich die Nase erst einmal gestrichen voll. Aber wenn man so aussieht wie ich, zieht man sie halt an wie das Licht die Motten. Zwei davon habe ich geheiratet, blöd wie ich war. Nach kurzer Zeit haben sich beide als Irrtum herausgestellt. Es gab dann noch ein paar Männer in meinem Leben, aber das waren alles Nieten. Überhaupt gibt es unter den Männern erstaunlich viele Nieten, auch wenn sie auf den ersten Blick nicht so aussehen.

Beim Doktor, ich meine Gerhard, war das anders. Ich kann es schlecht beschreiben, weil mir manchmal die richtigen Worte fehlen. Er sieht nicht besonders imposant aus, eher ein bisschen unscheinbar mit seiner Halbglatze und seiner Brille. Ich wusste sofort, der tut mir nichts Böses. Wir haben uns auch später immer irgendwie ohne Worte verstanden. Das hat die Frau Doktor natürlich mitgekriegt und sich fürchterlich aufgeregt. Aber sie konnte nichts machen, weil es nur ein Gefühl war und nichts Reales. In der ersten Zeit ist ja auch nichts passiert. Aber wenn wir in einem Raum zusammen waren, hat es geknistert. Ich hatte schon manchmal Angst, dass man die Funken sehen könnte, wenn wir uns die Hand gaben.

Richtig angefangen hat es Ostern vor einem Jahr. Da fiel das Festessen aus, weil ich nämlich wegen akutem Blinddarm ins Hofheimer Krankhaus musste, wo Gerhard als Chefarzt in der Chirurgie arbeitet. Er hat es sich nicht nehmen lassen, mich selbst zu operieren, obwohl mir die Krankenkasse so was eigentlich nicht bezahlt. Helene, hat er gesagt, Ihr Blinddarm ist für mich Chefsache. Nach der Operation bin ich noch ein paar Tage drin geblieben. Er hatte dafür gesorgt, dass ich ein Einzelzimmer bekam. Und da ist es dann passiert. Am Tag vor meiner Entlassung hat er die Tür abgeschlossen und sich einfach zu mir gelegt. Ohne Worte. Vielleicht hätte er es nicht gemacht, wenn ich ihm nicht vorher ein paar ziemlich klare Signale gegeben hätte. Wir haben natürlich nicht miteinander geschlafen wegen der frischen Narbe, aber es war paradiesisch. Keiner meiner Männer hat mich jemals so angefasst wie der Doktor, ich meine Gerhard. Er war übrigens auch hin und weg. Helene, was bist du für ein wonniges Weib! Das hat er mindestens vier oder fünf Mal gesagt.

Die Frau Doktor hat natürlich sofort gemerkt, dass da was gelaufen ist im Krankenhaus. Gerhard und ich müssen so etwas ausgedünstet haben. Gerade wenn man nicht will, dass die anderen es merken, kommt es einem zu allen Knopflöchern heraus. Zuerst wollte sie mich sofort entlassen, aber das hat Gerhard verhindert. Ich wusste nicht, dass er so wütend werden kann. Er hat mich verteidigt wie ein Löwe. Sie hat dann angefangen, mir das Leben zur Hölle zu machen. Ich habe das Haus in Ordnung gehalten und gekocht wie immer, aber plötzlich war ihr nichts mehr gut genug. Ständig hat sie am Essen herumgemäkelt, an meiner Kleidung, an der Art, wie ich serviert habe. An allem hatte sie etwas auszusetzen. Sie mag mich nicht, habe ich zu Gerhard gesagt. Sie mag sich selber nicht, hat er geantwortet.

Wenn man so eng in einem Haus mit Leuten zusammen lebt, bekommt man allerhand mit. Zum Beispiel, dass sie sich immer häufiger stritten und dass bei ihr und Gerhard im Bett nichts mehr lief. Nach außen sah alles ganz normal aus, wie das in den besseren Kreisen so ist. Nur ich wusste, dass Gerhard ziemlich verzweifelt war. Von meiner Seite hätte er keine Schwierigkeiten gehabt. Ich war offen für ihn. Aber er gab lange die Hoffnung nicht auf, dass es mit seiner Ehe noch was werden würde. Zu lange, fand ich.

Denn es wurde nicht besser, sondern immer schlimmer. In einem halben Jahr wurde aus der gutaussehenden Frau Doktor eine fette Matrone, die zuviel aß und viel zu viel trank. Sie fing schon am Vormittag an, ein Likörchen hier, ein Piccolöchen da. Später kam dann die Cognacflasche. Meist war sie betrunken, ohne dass man es ihr groß angemerkt hätte. Irgendwie tat sie mir leid, aber mehr noch hasste ich sie dafür, dass sie mich tagtäglich mit ihren Launen traktierte.

Ostern rückte näher und das traditionelle Osteressen musste vorbereitet werden. Diesmal war niemand eingeladen. Frau Doktor fühlte sich nicht danach. Wahrscheinlich wollte sie sich den Leuten nicht in ihrem Zustand zeigen. Man sah ihr die Trinkerei deutlich an. Auch eine Kur hatte nicht geholfen. Im Gegenteil. Sie kränkelte in letzter Zeit immer häufiger, war ständig erschöpft, musste sich mitten am Tag hinlegen.

Am Ostersamstag kam der Doktor zu mir in die Küche, was er sonst nie tat. Er schaute mir eine Weile zu, wie ich hantierte. Gibt's zu Ostern das Übliche? fragte er. Ich nickte. Sie hat eine angeborene Herzschwäche, sagte er und schaute mir so hungrig in die Augen wie seit der Sache im Krankenhaus nicht mehr.

Ich machte Kaninchen im Gemüsebett mit Salzkartöffelchen, das Gemüse allerdings in zwei getrennten Töpfen. Einen für Gerhard und mich, den anderen für die Frau Doktor. Ich hatte mich genau informiert, wie viel getrocknete Herbstzeitlose ich nehmen musste, um ihre Herzschwäche wirksam zu unterstützen. Den Vorrat hatte ich schon vorher angelegt. Das ist so eine Angewohnheit von mir: Vorräte anlegen. Aber auf die Herbstzeitlose wäre ich nicht von allein gekommen. Den Tipp hatte ich von Gerhard. Man muss übrigens die Samen nehmen, die sind viel giftiger als die Blätter.

Ich habe die Tafel für drei gedeckt. Herbert wollte, dass ich dabei bin. Die Frau Doktor störte sich nicht daran, sie war schon zu betrunken. Aah, der Osterhase versteckt sich im Gemüse, sagte sie mit schwerer Zunge. Eine Sekunde lang dachte ich, sie hat was gemerkt. Aber dann hat sie gar nichts mehr gesagt und sich nur noch auf das Essen gestürzt.

Normalerweise dauert es mehrere Stunden, aber bei ihr ging es viel schneller. Herzversagen als Folge einer angeborenen Herzschwäche, so hieß es auf dem Totenschein. Niemand hat das in Frage gestellt, auch der Notarzt nicht, der ihren Tod festgestellt hat. Er habe schon länger so etwas befürchtet, sagte Gerhard jedem, der es wissen wollte. Außerdem hatten alle gesehen, wie rapide es abwärts ging mit ihr im letzten halben Jahr. Es gab natürlich ein bisschen Gerede, aber das legte sich schnell. Gerhard sorgte dafür. Sein Wort hat Gewicht. Für die Leute ist er der renommierte Chefarzt Dr. Elsenbast und ein Ehrenmann. Jedenfalls wurde die Kriminalpolizei gar nicht erst eingeschaltet. Ich hätte also meinen Herbstzeitlosenvorrat gar nicht so gut zu verstecken brauchen.

Gerhard und ich haben selbstverständlich das Trauerjahr abgewartet. Allen schien es logisch, dass wir heirateten. Ein Mann wie er braucht halt eine Frau, die repräsentieren und das Haus führen kann.

Herbert und ich sind jetzt über ein Jahr verheiratet. Leider muss ich sagen, dass unser Verhältnis nicht mehr das ist, was es am Anfang war. Wir sind freundlich zueinander, keine Frage, aber das Knistern ist weg. Nach außen ist alles Hochglanz, aber innen sieht es ganz anders aus. Immer öfter sitzen wir ganze Abende stumm nebeneinander vorm Fernseher. Das ist eigentlich nicht das, was ich mir vorgestellt habe. Gerhard ist eine Enttäuschung, um es mal klar zu sagen. Wenn er nicht arbeitet, ist er zu nichts zu gebrauchen. Man merkt halt doch, dass er älter wird. Es sieht ganz so aus, als wäre er genau so eine Niete wie die anderen.

Seit einiger Zeit habe ich die Kontakte zu unserem Nachbarn intensiviert. Roland ist ein gut aussehender, sportlicher Endfünfziger. Früher war er ein hohes Tier bei der Hoechst AG, jetzt lebt er nach einer komfortablen Abfindung ganz allein in seiner riesigen Villa, die noch ein bisschen größer und luxuriöser ist als unsere. Er ist Junggeselle, hatte gelegentlich Frauen, war aber nie verheiratet. Ich habe mir angewöhnt, ihn regelmäßig zu besuchen und ihn ein bisschen zu verwöhnen. Er redet gern, und er mag es, wenn ihm jemand zuhört. Also höre ich ihm zu. Was machen wir noch? Musik hören, Filme anschauen, ein Weinchen zusammen trinken, solche Sachen. Er flirtet heftig mit mir. Und ich bekoche ihn heftig. Helene, hat er gestern Abend nach einem exquisiten Essen zu mir gesagt, wenn ich eine Frau wie dich an meiner Seite hätte, wäre ich unsterblich. Und dann hat er mich geküsst wie ein Zwanzigjähriger.

In letzter Zeit muss ich immer öfter an die Beerdigung der Frau Doktor denken. Wie die Sonne durch das frische Grün blitzte und wie schön der junge Pfarrer gesprochen hat! Des Menschen Leben ist eine winzige Flamme, die ganz leicht ausgeblasen werden kann.

Nächste Woche ist Ostern. Gerhard will, dass ich ihm das traditionelle Menü koche. Kaninchen im Gemüsebett. Ich glaube, diesmal versteckt sich der Osterhase wieder im Gemüse.

# ÖLSPUR

*Heike Teschner, 31, Ehefrau, Bankangestellte*

Der Kalli war mein Erster. Meine große Liebe. Er war schon was Besonderes mit seinen langen Haaren, seinem Schnauzer und seinem Ring im Ohr. Wir haben uns im Hornauer Blasorchester kennen gelernt. Ich Klarinette, er Posaune. Es war Liebe auf den ersten Blick, jedenfalls bei mir. Er wusste, wie er mich anfassen musste, so mit beiden Händen fest um die Taille, dass ich seine Kraft spürte. Und er hatte Kraft, der Kalli.

Wir haben geheiratet und dann kamen auch bald die Kinder. Wir haben das Haus von seinen Eltern renoviert, alles in Eigenarbeit. Kalli verdiente nicht schlecht, aber ich musste dazu verdienen als Bankangestellte, sonst hätten wir das nicht geschafft mit der Hypothek. Der Kalli war zum Glück ein Häuslicher, rauchte nicht, trank nicht. Höchstens mal ein paar Bierchen zum Feierabend. Da hatte ich wirklich Glück.

Ich hatte nur Angst, dass er mir eines Tages vom Dach fallen würde, weil er ja Dachdecker war. Oder dass er mit seiner Honda verunglückt. Das war das einzige, was ich bei ihm nicht verstand. Dass er diese Touren machte. Dass er das brauchte, immer wieder. Aber er hatte mir versprochen, vorsichtig zu sein. Seit die Kinder da sind, hat er gesagt, fahre ich nur noch halb so schnell wie früher, ich weiß doch, was ich meiner Familie schuldig bin.

Und hat gelacht, wie nur der Kalli lachen konnte.

Diesmal hältst du mich nicht zurück an Heiligabend, hat er zu mir gesagt. Ich habe gemault, wie ich jedes Mal maulte, wenn er seine Kombi anzog und den Helm aus der Garderobe nahm.

Vorletztes Jahr an Heiligabend habe ich es geschafft. Da hat er tatsächlich die Kombi wieder ausgezogen und den Helm ins Garderobenregal zurückgelegt. Aber da war meine Angst auch berechtigt, es war glatt auf der Straße. Überfrierende Nässe, nicht gut fürs Motorrad.

Er hatte eine feste Tour. Von Kelkheim-Hornau, wo wir wohnen, ging es über Königstein und Oberursel durch den Wald hoch zum Sandplacken und dann über Glashütten und Eppstein wieder zurück. Ungefähr vierzig Kilometer. Die fuhr er, wenn er Zeit hatte und das Wetter mitspielte, mindestens einmal in der Woche.

Die Krönung war seine Heiligabendtour. Da bin ich fast allein auf der Straße, hat er gesagt, und wenn ich zurückkomme, ist Bescherung.

Letzte Weihnachten spielte das Wetter mit. Es war mild, die Straßen waren trocken. Kein Schnee und Eis weit und breit. Die Sonne hat sogar geschienen, und wir haben nach dem Mittagessen einen Spaziergang zur Roten Mühle gemacht.

Als ich die Vorbereitungen für das Abendessen machte, hat er wohl die Honda aus der Garage geholt.

*Charlotte Lang, 57, Autofahrerin*

Ich musste mich beeilen, wenn ich noch rechtzeitig in Königstein bei meiner Mutter sein wollte. Sie legt Wert auf Pünktlichkeit. Und dass ich ihr an Heiligabend ihren Weihnachtsstollen bringe. Sie ist jetzt fünfundachtzig und langsam auch schon ein bisschen tüttelig. Vorletztes Jahr hat sie versucht, selbst einen Stollen zu backen wie früher, obwohl ich ihr gesagt habe, lass es, Mutter, ich backe dir doch einen. Sie hat ihn im Herd vergessen, und als sie es gemerkt hat, war er schon schwarz.

Mir war klar, dass ich mich auf die Straße konzentrieren musste. Die Strecke von Eppstein hinauf durch den Wald nach Glashütten ist nicht ungefährlich. Vorletztes Jahr bin ich beinahe ins Schleudern gekommen, aber da war auch Reifglätte. Am vorigen Heiligabend war es besser, alles trocken.

Was macht denn der da vorne mit seinem Motorrad, habe ich noch gedacht, fährt nur auf dem Hinterrad! Und dann …

Nein! habe ich geschrien.

Nein!

Ich konnte nach dem Aufprall gerade noch rechts ran fahren, dann wurde mir schwarz vor Augen. Ich hatte einen Schock, habe nur die Hälfte mitgekriegt. Aber nie werde ich das Geräusch vergessen, als der Motorradfahrer in die Seite von meinem Auto gekracht ist. Und nie geht mir das Bild von dem Motorrad aus dem Kopf, das da mit verbogenem Lenker auf der Straße lag.

Den Fahrer habe ich gar nicht gesehen, den haben sie wohl am Straßenrand behandelt. Aber später haben sie mir gesagt, dass er keine Chance hatte zu überleben. Und dass ich keine Chance hatte auszuweichen. Da war Öl auf der Straße, und er kam ins Schleudern.

Das Ganze hat höchstens ein paar Sekunden gedauert. Hätte ich es nicht eilig gehabt und wäre ich ein bisschen langsamer gefahren, wäre ich nicht mit ihm zusammengestoßen. Aber was nützt das „wäre“ und „hätte“? Es ist passiert und lässt sich nicht ungeschehen machen.

Ich muss damit leben.

*Kevin Bartsch, 26, Rettungssanitäter*

Da war nichts mehr zu machen. Der Mann muss von seiner Honda herunter auf die Gegenfahrbahn geschleudert worden sein und ist direkt in die linke Seite des entgegenkommenden Opel Astra gekracht.

Noch am Unfallort haben wir alles versucht, das ganze Reanimationsprogramm, sogar einen Luftröhrenschnitt haben wir gemacht, weil wir vermuteten, dass er seine Zunge verschluckt hat. Aber er war wohl sofort tot. Bei so einem Aufprall zerreißt es einem die inneren Organe.

Wo das Motorrad gelegen hat, war ein ziemlich großer Ölfleck, und Glassplitter lagen auf der Straße herum. Sah aus, als ob jemand das Öl absichtlich da ausgegossen hat. Ein normaler Motorradunfall war das jedenfalls nicht.

Das Schlimmste ist immer, wenn wir es den Angehörigen sagen müssen. Wir machen das manchmal im Auftrag der Polizei. Die Frau hat geschrien, als würde man ihr die

Haut abziehen. Wir mussten ihr eine Beruhigungsspritze geben.

Der Mann war Familienvater, zwei Kinder.

Das ist aber auch hart.

*Hans Albrecht, 43, Kriminalhauptkommissar*

Von Anfang an war uns klar, dass es kein Unfall war. Aber was war es? Ein gezielter Anschlag, eine Terrorakt gegen Motorradfahrer? Und der Täter? War er ein Psychopath, ein durchgeknallter Motorradhasser? Wir wissen es nicht. Wir haben die Akten nach ähnlichen Vorfällen durchgekämmt, wir haben die ZDF-Sendung „XY – ungelöst" eingeschaltet, sogar einen Profiler aus Frankfurt angefordert, ohne Ergebnis.

Der Täter muss die Tat genau geplant haben. Er hat Motoröl in Aldi-Sektflaschen abgefüllt. Dann muss er die Strecke abgefahren sein und vor der langen Rechtskurve zwei Flaschen aus dem Fenster auf die Fahrbahn geworfen haben. Er hat wohl bewusst die Nebenstraße zwischen Glashütten und Eppstein gewählt. Kurz darauf kam Karl Teschner mit seiner Honda vorbei. Wir haben die Reste der Flaschen sichergestellt und Ölproben genommen. Aber das hat auch nichts genützt. Keine Chance herauszufinden, wo die Flaschen und das Öl herstammten.

An Hinweisen aus der Bevölkerung hat es nicht gemangelt. Da wollten wohl auch einige private Rechnungen begleichen, indem sie andere in Verdacht brachten. Aber die Spurenlage war so, dass wir keine konkreten Hinweise auf eine Täterschaft hatten. Es gibt bis heute keine einzige heiße Spur. Wir können nur hoffen, dass der Täter sich offenbart, weil er die Schuld nicht mehr erträgt, oder sich durch einen Fehler verrät.

Irgendwann machen die meisten einen Fehler.

*Heike Teschner, 31, Bankangestellte, Ehefrau*

Kalli wollte im Januar die Küchenschränke verkleiden, und im Frühjahr die Terrasse vor dem Wohnzimmer pflastern. Er war ja ein guter Handwerker, konnte alles selber machen. An manchen Tagen kann ich gar nicht glauben, dass er tot ist, da meine ich, der Schlüssel dreht sich im Schloss, und er steht vor mir.

Ich habe gar nicht mitgekriegt, dass er schon unterwegs war an diesem Heiligabend. Er ist einfach losgefahren. Wollte wahrscheinlich nicht, dass ich irgendetwas dagegen sage.

Als der Sanitäter vor der Tür stand, habe ich es sofort gewusst. Frau Teschner, Ihr Mann ist tot, hat er gesagt. Ich war von einer Sekunde auf die andere wie taub. Sie haben mir hinterher gesagt, dass ich geschrien hätte. Davon weiß ich nichts.

Ich weiß auch nicht mehr, wie ich es den Kindern beigebracht habe, dass ihr Vater nicht mehr lebt. Sie wissen es, aber sie können es nicht so richtig fassen. Sie sind ja auch noch so klein. Wann kommt der Papa, fragt der Bub immer wieder.

Ich glaube, dass der Täter hier aus der Gegend stammt und dass er genau weiß, welche Familie er zerstört hat. Er muss auch gewusst haben, dass Kalli mit der Honda genau an dieser Stelle vorbei kommt. Aber warum hat er das getan? Ich habe viel darüber gegrübelt. Aber mir fällt niemand ein, der meinem Mann ernsthaft schaden wollte. Am Anfang habe ich gedacht, ich werde verrückt. Auf der Straße oder an der Supermarktkasse habe ich die Leute gemustert und mir überlegt, wer von denen es getan haben könnte. Es ist etwas besser geworden, aber ich glaube, dass das Gefühl erst aufhören wird, wenn der Täter gefunden ist.

*Sandra Vorfelder, 23, Kassiererin bei Aldi*

Ich habe dem Sascha, dem Schuft, schon nach drei Wochen gesagt, dass ich ihn umbringe, wenn er mich verlässt. Ich bin so, ich kann nichts dafür. Bei mir heißt es immer alles oder nichts. In der Liebe sowieso. Und wenn ich eifersüchtig bin, garantiere ich für nichts.

Er hat nur gelacht. Mach mal halblang, Mädel, hat er gesagt.

Wir haben uns ja auch ganz gut verstanden am Anfang. War alles in Butter. Kurz nachdem wir uns kennen lernten, haben wir an Heiligabend die Tour gemacht mit dem Bike durch den Taunus. Sascha ist nämlich Biker, aber nicht so ein normaler, mehr ein Motorradverrückter. Ich fahre auch Motorrad, eine kleine Yamaha. Ist schon ein geiles Gefühl. Wir sind damals auf seiner Harley durch den Wald geschwebt. War wunderbar! Dass er vorhatte, die gleiche Tour mit seiner neuen Tussi zu machen, habe ich von ihm selbst erfahren. Er hat mir genau beschrieben, wo er entlang fahren wollte. Sogar die Uhrzeit hat er mir gesagt, genau die gleiche Strecke und die gleiche Zeit wie bei unserer Fahrt. Es war die pure Gemeinheit, er wollte mir noch mal so richtig eins auswischen.

Ich habe überlegt, wie ich es mache. Sascha hat immer davon gesprochen, dass er nichts so sehr fürchtet wie eine frische Ölspur. Öl auf der Straße ist ein Alptraum, hat er immer gesagt. Das hat mich auf die Idee gebracht. Ich habe das Öl besorgt und in die leeren Sektflaschen abgefüllt.

An Heiligabend bin ich mit meiner Yamaha die Strecke abgefahren und habe zwischen Glashütten und Eppstein in der langen Kurve zwei Flaschen auf die Fahrbahn geworfen. Dann habe ich die Maschine versteckt und eine Stelle gesucht, von der aus ich alles im Blick hatte. Ich wollte unbedingt sehen, wie der Typ mit seiner Tussi in den Graben rutscht und sich die Gräten bricht.

Aber kaum hatte ich meinen Beobachtungsposten bezogen, da kam auch schon Kalli, dieser Sonntagsfahrer. Die Maschine hat sich sofort aufgestellt, er ist durch die Luft geflogen und direkt auf das Auto geknallt, das zufällig vorbei kam.

Ich habe das nicht gewollt, wirklich nicht.

Es ist einfach dumm gelaufen.

Mir tut die Frau leid mit den Kindern. Und der Kalli natürlich. Ich habe ihn gekannt, nur vom Sehen allerdings, aber er hatte eine Menge Freunde und Bekannte in der Szene.

Später habe ich erfahren, dass Sascha mich angelogen hat. Er hat die Tour gar nicht gemacht hat, sondern war die ganze Zeit mit seiner Tussi in der Disco.

In den ersten Tagen nach dem Unfall wollte ich mich der Polizei stellen. Aber dann habe ich es doch nicht gemacht. Ich will nicht in den Knast, und den Kalli macht es auch nicht wieder lebendig.

Außerdem habe ich noch eine Rechnung mit Sascha offen.

Jetzt erst recht.

Zurzeit sind die zwei auf Mallorca. Mit mir ist er nie dahin geflogen. Zu teuer, hieß es immer. Ich weiß, in welchem Hotel sie sind. Morgen fliege ich auch hin. Last minute.

Sascha ist Taucher. Wär doch gelacht, wenn ich nicht etwas hinkriege, das wie ein Tauchunfall aussieht.

# ZWEITE HEIMAT EIFEL

Als Margots schwarzer Polo hinter der Wegbiegung verschwunden war, atmete Bernd hörbar auf. Er war allein, endlich allein. Keine Streitereien mehr über Bagatellen, keine spitzen Bemerkungen und keine Vorwürfe mehr. Nicht mehr ihr unaufhörlich an- und abschwellendes Parlando, das ihm zunehmend auf die Nerven ging genau wie ihre Zigaretten, nach denen das ganze Haus stank. Es war ein altes Eifeler Bauernhaus, das sie sich im Laufe der Jahre für ihre Bedürfnisse umgebaut hatten. Er fand, dass Zigaretten nicht zu diesem Haus passten. Einen Augenblick lang schloss er die Augen. Es war nichts zu hören als ländliche Stille. Bernd liebte diese Stille. Er hatte darauf bestanden, dass es hier kein Fernsehen und kein Internet gab. Auch die Handys ließen sie zu Hause. Bernd genoss es, für ein paar Tage nicht erreichbar zu sein. Die einzige Verbindung nach draußen war das Telefon, zu dem man noch ‚Fernsprecher' sagen konnte, so alt war es.

Er betrat das Haus durch den Hintereingang und ging in die Küche, um sich noch eins von den köstlichen Buttercroissants zu holen. Dazu noch einen kleinen Espresso mit viel Zucker. Es war sein zweites Frühstück. Margot hätte ihn deswegen missbilligend angeschaut. Du kannst dich wieder mal nicht beherrschen, hätte dieser Blick gesagt, du wirst zu fett. Er schaute an sich hinunter. Da war tatsächlich eine Speckrolle um die Mitte. Ihn kümmerte das wenig. Er hielt sich für einen Genussmenschen, da durfte ein bisschen Speck sein.

Er schaute auf die Uhr. Halb elf. Margot würde in ungefähr einer Stunde zu Hause in Köln sein. Das ist schon ein Luxus, dachte Bernd, man wohnt direkt neben Belgien und ist in Nullkommanichts an der Nordsee. Oder eben auch in der Eifel, wo sie schon seit über zwanzig Jahren ihr Ferienhaus hatten. Es stand in Kronenburg, sehr schön am Hang gelegen in der Nähe des Kronenburger Sees mit herrlichem Blick auf auf das Tal der Kyll. Bernd betrachtete dieses Haus als seine zweite Heimat. Auch Margot hatte das getan, früher, als sie noch ein durchschnittlich glückliches Ehepaar waren.

Bernd saß am Küchentisch und schlürfte seinen Kaffee. Er dachte mit Wehmut an Helene, seine letzte große Liebe. Vor zwei Jahren hatte er mit ihr Schluss machen müssen, weil Margot dahinter gekommen war. Er hatte seine Frau in dreißig Jahren Ehe dreimal betrogen, alle zehn Jahre einmal. Nicht zu viel, wie er fand. Die ersten beiden Male waren nicht der Rede wert gewesen, und er hatte es geschafft, die Affären vor ihr geheim zu halten. Ausgerechnet bei Helene, die ihm wirklich etwas bedeutete, musste es schief gehen Zu allem Überfluss hatte Margot ihn und seine Geliebte in flagranti erwischt. Wochenlang hatte es furchtbare Szenen gegeben. Margot hatte nichts ausgelassen, hatte nach allen Regeln der Kunst die gedemütigte, erniedrigte, beleidigte Ehefrau gespielt. Als Betrogene brauchte sie keine Skrupel ihm gegenüber zu haben, konnte auf ihm herumhacken, wie sie wollte. Er war als der untreue Ehemann automatisch im Unrecht.

Auch noch nach zwei Jahren packte sie seine Verfehlung bei jeder passenden Gelegenheit aus und rieb sie ihm unter die Nase. Bernd ahnte, dass sie ihn bis an sein Lebensende damit piesacken würde. Er hatte die Schnauze gestrichen voll davon und hatte ihr das auch mehrfach gesagt. Sie hatte nur hämisch gelacht und gemeint, dass er sich bloß nicht einbilden solle, so billig davonzukommen. Typisch Margot! Am Anfang ihrer Ehe hatte er sie noch unterschätzt, aber sie hatte ihn bald eines Besseren belehrt. Sie war intelligent und nachtragend, er musste sich vor ihr in Acht nehmen und ihr ausweichen, wo er nur konnte.

Bernd seufzte und machte sich noch einen Espresso. Am Haus und im Garten war noch einiges zu tun, bevor er wieder nach Köln fuhr. Köln, seine erste Heimat. Er war in dieser Stadt geboren und aufgewachsen. Es lebte sich angenehm dort, sie hatten sich in den letzten Jahren sehr gut eingerichtet in ihrem neuen Haus in Köln-Marienburg, wo die Immobilienpreise in letzter Zeit explodiert waren. Schade drum, dachte Bernd. Zu Margot hatte er gesagt, er wolle noch ein paar Tage bleiben wegen des Gartens. Aber wahrscheinlich würde er sogar schon an diesem Abend fahren müssen. Sein alter Volvo stand vollgetankt vor der Haustür.

Es wird wie ein Unglück aussehen. Margot macht die Haustür auf, geht ins Wohnzimmer und setzt sich in den Sessel. Sie steckt sich wie immer als erstes eine Zigarette an und macht ein paar Züge. Dann steht sie auf, die Zigarette in der Hand, öffnet die Tür zur Küche und ...

Bernd versuchte erst gar nicht, sich die Explosion des Gas-Luft-Gemischs vorzustellen. Auf jeden Fall würde es einen gewaltigen Schlag tun. Wahrscheinlich würde das ganze Haus in die Luft fliegen. Es war ihm egal. Wenn die ganze Aufregung vorbei war, würde er ohnehin wegziehen aus Köln. Er konnte es hier in der Eifel sehr gut aushalten.

Er war sich sicher, dass sein Plan funktionieren würde. Kurz vor der Abreise hatte er die Leitung am Gasherd ganz leicht perforiert, so dass nur ein Hauch von Gas austrat. Aber in drei Tagen konnte sich da schon einiges ansammeln, wenn Türen und Fenster dicht schlossen ...

Wieder seufzte er. War da doch so etwas wie Bedauern oder gar Schuldgefühl? Bernd schüttelte es ab. Nein, jetzt war es ohnehin zu spät für so etwas. Er musste an andere Dinge denken.

Entschlossen stand er auf und ging zur Anrichte hinüber, wo sein Notizzettel lag. Er hatte sich angewöhnt, die Dinge, die zu erledigen waren, aufzuschreiben und systematisch abzuarbeiten. „Rotwein für Wolfgang besorgen" stand da. Wolfgang Junker war sein Nachbar zur Rechten, der am Nachmittag gegen drei auf ein Gläschen vorbeikommen wollte. Den Rotwein hatte Bernd schon früh am Morgen eingekauft, als er in Stadtkyll die Brötchen geholt hatte. Außerdem stand da noch „Pool sauber machen" und darunter mit Unterstreichung: „Quitte stutzen". Ja, dachte Bernd, das wird gehen, mit dem Pool und dem Quittenbaum könnte ich gerade fertig werden, bevor sie hier anrufen … wenn sie überhaupt hier anrufen.

Er trat vor das Haus und streckte sich. Es versprach ein wunderschöner Septembertag zu werden, mit diesem besonderen Licht, das es nur hier in der Eifel und nur um diese Jahreszeit gab. Er öffnete die Tür zum Schuppen, zog den blauen Overall an, schlüpfte in die Arbeitsschuhe und streifte sich die Gartenhandschuhe über. Dann griff er sich die Astschere. Bevor er die Kettensäge einsetzen konnte, musste er noch einige kleinere Äste abschneiden, damit er an die größeren herankam.

Der Baum stand auf der oberen Terrasse, kurz vor der hohen Natursteinmauer. Bernd stellte sich unter die Quitte und machte im Geist einen Plan für die Schnitte. Aus dieser Perspektive sah die Krone wunderschön aus mit den großen, silbrig grünen Blättern. Leider war der Baum zu groß geworden in den letzten Jahren. Er hätte schon viel früher gekappt werden müssen. Na, das war jetzt auch egal. Er würde fürs erste ein paar von den dickeren Ästen herausnehmen und dem Baum im nächsten Jahr die endgültige Form geben.

Bernd ging wieder zum Schuppen zurück, um die hölzerne Ausziehleiter zu holen, die schon fast so alt war wie das Haus. Unwillkürlich musste er grinsen. Dieses antike Gerät war nämlich im letzten Jahr schon einmal Gegenstand seiner Überlegungen gewesen, Margot verunglücken zu lassen. Aber als er sie zur Zeit der Quittenernte probeweise auf die Leiter locken wollte, hatte sie nur gesagt: Du bist wohl nicht ganz bei Trost, auf das Ding kriegen mich keine zehn Pferde! Damit war der Plan gestorben.

Er zog das obere Teil ganz heraus und klappte das mittlere nach hinten ab. So hatte die Leiter einen sicheren Stand. Das musste sein, denn gleich hinter dem Baum kam das Geländer, und dann ging es vier Meter hinunter zur unteren Terrasse. Er nahm die Astschere in die Hand und stieg die ersten Sprossen hinauf. Die Blätter streichelten ihn am Kopf. Wieder musste er grinsen. Bevor seine Frau auf die Leiter gestiegen wäre, hätte er vorher die linke seitliche Führungsschiene gelockert bis auf eine Schraube. Dadurch wäre der obere Teil ab einer bestimmten Höhe durch Margots Gewicht seitlich abgekippt, genau auf das Geländer der Terrasse geschlagen, und sie wäre die restlichen vier Meter auf die Betonplatten darunter gestürzt. Das hätte wahrscheinlich genügt. Bernd hielt einen Augenblick mit der Arbeit inne. Ob die Sache mit dem Gas sicher war? Er wusste es nicht, aber er hatte ein gutes Gefühl. Ein Blick auf die Uhr sagte ihm, dass Margot in etwa einer Stunde in Köln ankommen musste.

Die ersten kleinen Äste fielen. Bernd fühlte sich wohl bei der Gartenarbeit. Das hatte er schon immer gern gemacht. Bewegung an frischer Luft, eine Wohltat für Leib und Seele. Er spitzte die Lippen und pfiff leise vor sich hin.

Allmählich arbeitete er sich nach oben. Die Sonne hatte schon fast ihren höchsten Stand erklommen und wärmte ihm angenehm den Rücken. Bernd streckte sich, um mit der Schere den Ast links über ihm zu erreichen.

In den ersten Sekunden spürte er noch nicht, wie die Leiter sich neigte. Erst als der Ast, den er abschneiden wollte, sich immer schneller nach rechts oben entfernte, merkte er es. Er warf einen hastigen Blick nach unten und sah mit Entsetzen, dass die linke seitliche Führungsschiene weggebogen war und nur noch an einer Schraube hing. Margot, du verdammtes Biest, konnte er gerade noch denken, bevor ihm die Äste des Quittenbaums hart ins Gesicht peitschten und der obere Teil der Leiter mit einem metallischen Krachen auf das Geländer der Terrasse aufschlug. Die restlichen vier Meter seines Sturzes erlebte Bernd in extremer Zeitlupe, was ihm aber auch nichts mehr nützte.

Wolfgang Junker entdeckte seinen Nachbarn gegen fünfzehn Uhr am Fuß der Terrassenmauer mit dem Gesicht nach unten liegend. Ein Griff der Astschere, die er im Fallen umklammert hatte, musste sich knapp unterhalb des Brustbeins in seinen Körper gebohrt haben. Die Wucht des Aufpralls war so groß gewesen, dass der Griff auf dem Rücken knapp neben der Wirbelsäule wieder ausgetreten war.

Nachdem Junker seinen ersten Schock überwunden hatte, rief er mit seinem Handy die Polizei und einen Rettungswagen an.

Die Beamten fand im Portmonee des Toten außer dem Personalausweis, dem Führerschein, den Fahrzeugpapieren und ein paar Kreditkarten eine Visitenkarte mit seiner Kölner Adresse und Telefonnummer. Als sie dort anzurufen versuchten, war die Leitung tot.

# RAUCHER STERBEN FRÜHER

Dass ich es mache, war eigentlich schon seit einem Jahr klar. Die Frage war nur noch das Wie. Ich habe lange nachgedacht, bis der Plan feststand. Sie war seit Jahren Kettenraucherin, das kam mir entgegen. Ich meine, irgendwann wäre sie sowieso gestorben an Lungenkrebs oder Raucherbein oder Herzinfarkt. Das hätte aber noch dauern können. Man sieht ja an Helmut Schmidt, wie zäh Raucher sein können. Also musste ich etwas tun. Das klingt jetzt vielleicht unsensibel, aber eine Frau, die eine Stimme wie eine rostige Gießkanne hat, ununterbrochen redet und dann auch noch dabei Kette raucht, sollte entweder allein in einer Höhle im Wald leben oder sich zum Schutz der Umwelt ein Paketband über den Mund kleben. Auf keinen Fall sollte sie verheiratet sein.

Mein Entschluss stand also fest. Ein Problem war das Mittel. Aber da kam mir der Zufall zu Hilfe. Ich hatte sowieso meinen Freund Peter fragen wollen. Peter ist einer von den relativ seltenen Menschen, mit denen du alles besprechen kannst, wirklich alles, und die dann eisern den Mund halten, wenn du sie darum bittest, den Mund zu halten. Er ist Apotheker mit Schwerpunkt Toxikologie. Er kann sämtliche Gifte auswendig. Und er hat alle spektakulären Fälle von Vergiftungen parat, die passiert sind, seit es schriftliche Aufzeichnungen darüber gibt. Sein Gedächtnis ist wie ein Lexikon, nein, besser, weil ein Lexikon nicht so spannend erzählen kann.

Als ich Peter aufsuchte, um ihm einige heikle Fragen bezüglich meines Vorhabens zu stellen, hielt er mir ungefragt einen Vortrag über ein neuartiges Nervengift, das nach nichts riecht, nach nichts schmeckt und nach zwei Stunden im Blut nicht mehr nachweisbar ist.

„Man darf es den Frauen gar nicht sagen“, meinte er, „sonst steigt die Giftmordrate raketenartig an.“

„Du meinst die Dunkelziffer“, sagte ich.

Er brauchte einen Augenblick, um zu verstehen.

„Ja, du hast recht, die Dunkelziffer. Aber das wäre ja noch schlimmer.“

Ich nickte, schlenderte wie von ungefähr durch seine Apotheke und blieb vor dem Giftschrank stehen, der vor dem kleinen Nebenraum in die Wand eingelassen war. Von außen sah man gar nichts, aber ich wusste, dass dort der Giftschrank war, weil Peter mich schon einmal hatte hineinschauen lassen.

„Hast du es da?“, fragte ich beiläufig.

„Nein“, sagte er. Aber er sagte es auf eine Art, dass ich sofort merkte, dass er es doch da hatte.

„Schade“, murmelte ich bedauernd.

„Wieso schade?“

„Weil ich es gern mal in der Hand gehabt hätte, das Supergift. Nur wegen dem Gefühl, wenn du verstehst, was ich meine.“

Peter sagte erst einmal nichts, aber dann griff er wortlos in die Seitentasche seines Apothekerkittels und holte einen kleinen Schlüssel heraus.

„Wenn es jemand versteht, dann ich“, grummelte er. „Eigentlich dürft ich es gar nicht dahaben, aber …“

Er schloss den Giftschrank auf, holte ein winziges Fläschchen heraus und reichte es mir.

„Sei bloß vorsichtig damit“, sagte er, „das ist wirklich ein höllisches Zeug. Ein paar Milligramm genügen, um einen Ochsen zu töten.“

„Ich will ja gar keinen Ochsen töten, sondern …“

Es entstand eine spannungsreiche Pause. Mein Freund schaute mich erwartungsvoll an.

„… sondern diese Nacktschnecken, die meinen Salat vernichten.“

„Da gibt es spezielle Mittel“, meinte Peter kühl.

„Ich weiß“, sagte ich, „hab ich alle probiert. Nützen so gut wie nichts.“

„Da hast du allerdings recht.“

Ich beschloss, alles auf eine Karte zu setzen.

„Peter, du bist doch mein Freund", sagte ich mit der vertrauenswürdigsten Stimme, die mir zu Verfügung stand. „Du kannst dich voll auf mich verlassen. Ich brauchte nur eine winzige Menge von deinem Supergift für ..."

Wieder entstand eine Pause.

„... für eine Superschneckenfalle."

Peter schaute mir in die Augen. Kann sein, dass er in diesem Augenblick schon alles wusste. Aber noch stand er da und rang mit sich. Man sah es ihm an. Schließlich sagte er:

„Ich habe selber schon daran gedacht. Diese verdammten Viecher! Na gut, du kriegst zwei Milligramm. Das reicht für ungefähr zwei Millionen Schnecken."

Ich legte ihm meinen Arm um die Schultern. Es könnte sogar sein, dass ich ihm einen Schmatz auf die Wange gegeben habe.

Zu Hause habe ich dann die Zigarettenschachtel präpariert, die offen auf dem Couchtisch im Wohnzimmer lag. Es waren noch drei Zigaretten drin. Kurz nach Mitternacht, als sie schon im Bett lag und schnarchte, habe ich die Filter mit einer winzigen Menge von dem Zeug aus der Pipette beträufelt.

Der Rest ergab sich automatisch.

Wenn sie morgens aufsteht, geht sie nicht zuerst ins Bad, sondern ins Wohnzimmer an den Couchtisch, um sich die erste Morgenzigarette anzustecken. Ich bekam mit, dass sie aufstand, aber ich tat so, als würde ich noch schlafen. Plötzlich hörte ich einen dumpfen Fall.

Als ich ins Wohnzimmer kam, war es schon vorbei. Peter hatte nicht übertrieben, das Gift war wirklich der Hammer. Sie lag ganz friedlich auf dem Rücken, als ob sie schliefe. Ich nahm die angerauchte Zigarette, die sie noch zwischen den Fingern hielt, und verbrannte sie mit den beiden anderen aus der Schachtel im Kaminofen.

Nach der Beerdigung, als die Leute schon zum großen Teil abgewandert waren, kam Peter auf mich zu.

„Mein herzliches Beileid", sagte er und drückte mir die Hand.

Dann brachte er seinen Mund ganz nahe an mein rechtes Ohr. Ich dachte schon, er wolle mir den Schmatz aus der Apotheke zurückgeben. Aber dann hörte ich seine Stimme wie einen Hauch:

„... und meinen herzlichen Glückwunsch!"

Er ist halt ein echter Freund.

# DER TROJANER

Schon während der ganzen Zeit vor seinem Umzug in die Klinik hat Joachim Schröder sehr luxuriös gewohnt. Er liegt jetzt in einem separaten Trakt, fünfter Stock, Privatstation von Professor Felber. Der Service ist erstklassig. Sein Kontostand ist jetzt schon mehr als erfreulich. Wenn die Sache gelaufen ist, ist er um zehn Millionen reicher.

Morgen ist die Operation angesetzt. Schröder wird ein neues Gesicht bekommen. Rohbauers Gesicht. Er hat ihn studiert. Monatelang und bis in die kleinsten Einzelheiten. Jede seiner Bewegungen, jedes Zucken seiner Muskeln ist ihm vertraut. Nächte hindurch hat er Kopien seiner Aufsätze und Briefe gelesen, sich Filme und Videos angesehen, Rohbauers Ausdruck analysiert, seine Mimik. Es ist ein hartes Gesicht. Er hat dunkles, vorn schon etwas gelichtetes Haar. Auf der Stirn hat er drei horizontale Falten, über der Nasenwurzel zwei vertikale, was ihm ein strenges Aussehen gibt. Die Augenbrauen sind dunkel und buschig. Am meisten haben Schröder von Anfang an Rohbauers Augen fasziniert. Sie liegen tief in den Höhlen, aber er kann sie blitzen lassen, wenn er will. Sie erinnerten ihn sofort die Augen eines alten Wolfs. Wenn er es darauf anlegt, kann er mit seinem Blick jeden bezwingen. Die Nase ist gerade, mit scharfem Rücken. Die Mundwinkel fallen leicht ab. Seine Wangenmuskeln kann er effektvoll spielen lassen. Presst er die Lippen zu einem schmalen Strich zusammen und verengt er seine Augenbrauen über der Nasenwurzel, sieht er aus wie ein böser Geist aus alten Stummfilmen. Dann wirkt er fremdartig, unberechenbar und bedrohlich. Er hat ein kantiges, vorspringendes Kinn. Er trägt den Kopf erhoben, nie hat Schröder ihn mit hängendem Kopf gesehen ...

Karl Rohbauer, genannt Sir Charles. Joachim Schröder fällt auf, dass er anfängt, ihn anders zu beschreiben als in den zahllosen Dossiers, die er über ihn angefertigt hat, weniger sachlich. Ihm ist klar, dass er das nicht tun sollte. Rohbauer ist sein Feind, sein Todfeind. Es ist notwendig, dass er ihn kennt, dass er ihn besser kennt als er sich selber. Wenn sie ihn demnächst liquidieren, wird Schröder an seine Stelle treten. Das ist der Plan. Kein Mensch wird merken, dass es nicht Rohbauer ist, der das SELKO-Imperium führt. Das harte Training hat sich gelohnt. Er beherrscht Rohbauers Handschrift, seinen Gang, er kann seine Stimme, seine Mimik und Gestik perfekt imitieren. Im Stab der Spezialabteilung sagt man ihm sogar eine frappierende äußere Ähnlichkeit mit Rohbauer nach. Das ist nicht unbedingt nötig, aber auf jeden Fall kein Nachteil. So haben die Chirurgen nicht allzu viel zu tun. Äußere Ähnlichkeit ist selbstverständlich wichtig. Worauf es aber letztlich ankommt, damit der Plan gelingt, ist die innere Ähnlichkeit, die Körpersprache, die Übernahme des Persönlichkeitsprofils. Daran hat Schröder ein Jahr lang hart gearbeitet.

Seit zwei Jahren ist er auf Rohbauer angesetzt. Am Anfang war der Mann ein großer Unbekannter. Mit der Zeit lernte er ihn immer besser kennen. Er kennt ihn inzwischen so gut, wie er noch keinen Menschen vorher gekannt hat. Es hat lange gedauert, aber seit genau einer Woche hat er den entscheidenden Durchbruch erzielt. Er weiß jetzt, was Rohbauer denkt und was er fühlt. Er kann ihn lesen, wie sie hier im Stab sagen. Als er es zum ersten Mal spürte, überlief es ihn eiskalt. Das ist der Wunschtraum jedes Agenten: zu wissen, was der Feind denkt und fühlt. Die Spezialisten von LOKES haben systematisch auf diesen Augenblick hingearbeitet. Sie überlassen nichts dem Zufall, sie machen keine halben Sachen. Sie sind Profis und haben professionelle Arbeit geleistet. Sie werden den Plan erfüllen. Sie werden SELKO ausmanövrieren und diesen Giganten kapern. Es ist ein milliardenschwerer Coup. Schröder ist bei diesem beispiellosen Unternehmen der entscheidende Mann, der Hebel sozusagen. Sie haben SELKO jahrelang belagert, ohne Erfolg. Rohbauer war ihnen über, ein Fuchs, mit allen Wassern gewaschen.

Da kam der Chef eines Tages mit der Idee aus dem trojanischen Krieg. Die innere Führungsspitze von LOKES war zu einem geheimen Treffen zusammengerufen worden. Der Chef war großartig gewesen wie immer, wenn es um etwas ging. „Wir müssen es machen wie die Griechen vor Troja, wie Odysseus“, hatte er gesagt. „SELKO muß fallen wie Troja! Wenn wir sie nicht im offenen Kampf in die Knie zwingen können, müssen wir sie überlisten, aushöhlen, enthaupten! Wir ersetzen Rohbauer, wir tauschen ihn einfach aus und lancieren einen unserer Leute. Verstehen Sie, meine Herren? Wir schicken ihnen ein Trojanisches Pferd! Schröder zum Beispiel, er hat Erfahrung und ist einer unserer härtesten Beißer. Außerdem hat er keine Familie und kennt SELKO besser als jeder von uns. Und er hat noch eine Rechnung mit Rohbauer offen.“ Dabei hatte er sein kaltes Lächeln gezeigt und aus schmalen Augenschlitzen zu ihm herüber geschaut.

Damit war der Plan geboren, und er, Schröder, war dazu ausersehen, die Hauptrolle zu spielen. Er ist stolz auf seinen Auftrag. Dass der Chef ihn ausgesucht hat, ist kein Zufall. Er war damals einer der wenigen, die zur Zeit der Abwerbungen von SELKO zu LOKES gewechselt waren. Er kannte den Konzern wie seine Westentasche. Jedem, der es wissen wollte, erzählte er, er sei gegangen, weil er bei SELKO keine Chance hatte, in die Chefetage aufzusteigen. In Wirklichkeit hatte es eine Auseinandersetzung zwischen ihm und dem Chef gegeben. Rohbauer hatte ihn wegen irgendeiner lächerlichen Kleinigkeit einen großmäuligen Versager genannt. Er hätte diese Beleidigung vielleicht vergessen können, die eiskalte Verachtung in dessen Stimme jedoch machte ihn zu seinem Feind. Niemand verachtete Joachim Schröder ungestraft. Er hatte dann einiges Material mitgehen lassen, geheime Unterlagen über die neuen Marketingstrategien. Rohbauer wusste es, der SELKO-Werkschutz wusste es, aber sie hatten ihm nichts beweisen können. LOKES hatte sich nicht lumpen lassen. Es war ein hübsches Sümmchen für ihn dabei herausgesprungen. Kurz nach seinem Wechsel erhielt er in regelmäßigen Abständen Briefe mit Morddrohungen, die nach den Recherchen des LOKES-Werkschutzes eindeutig aus der Umgebung von Rohbauer stammten. Es war also auch in Schröders Interesse, wenn er verschwand. Mit den Sicherheitstypen von SELKO war nicht zu spaßen. Verschwand er nicht selber, würden sie ihn verschwinden lassen. Also hatten die LOKES-Leute eine Geschichte lanciert. Das Vorstandsmitglied Joachim Schröder sei bei einem Abenteuerurlaub in Nordschweden in einem der reißenden Gletscherflüsse ertrunken. Die Geschichte ging damals durch alle Medien. Dann vergaß man ihn schnell, und das war gut so.

So viel er über SELKO wusste, so wenig wusste er über Rohbauer. Natürlich kannte er ihn als Chef des SELKO-Konzerns. Aber der Boss hatte sein Privatleben perfekt abgeschirmt. Das war sein Prinzip: geheimnisvoll bleiben und aus dem Hintergrund herrschen. Aber sie hatten in den letzten beiden Jahren seine Abwehr geknackt. Sie hatten Spitzel eingeschleust, ihn selbst und seine Umgebung durchleuchtet nach allen Regeln der Kunst. Alle seine Gespräche wurden abgehört, seine Familie beschattet. Hunderte von Datenträgern und Videos liegen vor, die Aufnahmen zeigen ihn in allen Situationen. Sie haben perfekt gearbeitet. Es ist schon fast gespenstisch, wie gut alles gelaufen ist. Rohbauer ist ein toter Mann, er weiß es nur noch nicht.

Obwohl es nicht direkt zu seinem Auftrag gehört, ist Schröder gespannt auf Rohbauers Frau. Sie heißt Margret. Psychologisch gesehen, ist sie die größte Klippe. Sie wollten sie zuerst beseitigen, aber das hat Schröder verhindert. Er traut sich zu, Rohbauer auch bei ihr zu ersetzen. Auf den Fotos und Filmaufnahmen sieht sie sehr gut aus, eine Schönheit. Rohbauer hielt sie aus dem Rampenlicht heraus, sie erschien wie er nur selten in der Öffentlichkeit. Das ist ein Vorteil, aber wird er sie überzeugen können? Vielleicht überschätzt er sich. Aber schließlich ist sie auch nur eine Frau. Ob sie wie Gina ist? Ach, Gina ... nur selten gestattet er sich einen Gedanken an sie. Er hat ihr Bild in seinem Inneren gelöscht. Er hatte sie natürlich verlassen müssen, sie weiß immer noch von nichts. Vermutlich war sie der einzige Mensch, der nach seinem Verschwinden wirklich um ihn trauerte. Aber es musste sein, der Plan verlangte es.

Es ist stickig, obwohl die Klimaanlage läuft. Plötzlich hat Schröder das Gefühl, dass er nicht allein im Zimmer ist. Aber das muss Einbildung sein. Die Klinik ist streng bewacht, nicht einmal eine Maus käme unbemerkt durch die Kontrollen. Er steht auf und öffnet das Fenster. Es wird Zeit, dass die Sache zu einem Ende kommt. In letzter Zeit ist er etwas nervös geworden.

Gleich werden sie kommen und ihm die letzten Informationen über den morgigen Eingriff geben. Felber ist auch darin ein Genie. Er ist wie ein Pastor, er kann eine komplizierte Herzoperation zu einer Bagatelle herunterreden. Dann werden sie ihn fragen, ob er eine Beruhigungstablette möchte. Er wird ablehnen. Den ganzen Tag über war er schon etwas müde. Vielleicht ist es die Anspannung der letzten Wochen, die sich jetzt auswirkt. Die Gegenstände im Zimmer wirken merkwürdig unscharf. Er spürt Benommenheit und einen leichten Kopfschmerz. Vielleicht stimmt etwas mit der Klimaanlage nicht.

Es wird langsam dunkel. Schröder lässt das Licht aus und das Fenster offen. Vollständig angekleidet liegt er auf dem Bett. Es ist schwül. Draußen hängen lange, dunkle Wolkenbänke vor einem merkwürdig gelblichen Himmel. Er schließt die Augen und versucht, sich zu entspannen. Auf seinem inneren Bildschirm erscheint wie so oft in letzter Zeit das Gesicht Rohbauers. Er starrt ihn mit seinem stechenden Blick an. Schröder will den Blick senken, schafft es aber nicht. Rohbauer schaut ihm direkt in die Augen.

Plötzlich springt das Bild um, und er sieht sich selbst. Dann wieder Rohbauer und wieder er, hin und her wie bei einem Vexierbild. Allmählich verschwimmt sein Gesicht mit dem von Rohbauer. Ist es Rohbauer, oder ist es sein Spiegelbild, das er vor sich sieht? Er weiß es nicht mehr, will es auch nicht wissen. Er gerät in einen unwiderstehlichen Sog, einen Strudel, der ihn ergreift. Er spürt, wie ein anderer sich in seinem Gehirn ausbreitet, Macht über ihn gewinnt. Rohbauer!

„Na, Schröder, sind Sie so weit?“

„Wie?“

„Was würden Sie jetzt tun, wenn Sie Rohbauer wären?“

„Ich bin nicht Rohbauer!“

„Sind Sie sicher?“

War das eine Halluzination? Hat er dieses Gespräch geträumt? Nein, er hat wirklich gesprochen. Mit Rohbauers Stimme! Und mit Schröders Stimme! Er springt auf, geht zum Waschbecken und schaut in den Spiegel: Es ist Rohbauer, der ihm entgegen starrt !

„Also, Schröder, was würden Sie an meiner Stelle tun?“

Rohbauers Blick durchbohrt ihn. Schröder taumelt zurück.

„Ich ... ich weiß nicht...“

„So, Sie wissen es nicht. Wissen Sie, was Sie sind, Schröder?“

„N … nein.“

„Dann sage ich es Ihnen: Sie sind ein toter Mann. Was sind Sie?“

„Ich bin ein toter Mann“, flüstert Schröder.

„Sagen Sie das nochmal! Lauter!“

„Ich bin ein toter Mann.“

Schröder murmelt es zuerst vor sich hin, dann schreit er es heraus:

„Ich bin ein toter Mann. Ein toter Mann!“

Die wenigen Meter bis zum Fenster legt er wie in Zeitlupe zurück. Irgend etwas ist mit ihm geschehen. Sein Gehirn fühlt sich taub an, alle seine Empfindungen sind wie ausgelöscht. Er kann sich selber zuschauen, während er geht. Es ist der Körper von Schröder, der sich da auf das Fenster zu bewegt, mechanisch wie eine Marionette, als sei er an Fäden aufgehängt. Aber er ist Rohbauer, er hat es im Spiegel gesehen. Er ist Rohbauer! Langsam tritt er ans Fenster, steigt auf die Brüstung und klettert hinaus auf die steinerne Fensterbank, sicher wie ein Schlafwandler. Jemand schreit etwas von unten herauf. Er hat keine Angst. Er spürt nichts, auch seinen Körper spürt er nicht, weder Schwere noch Leichtigkeit. Er wirft einen Blick in die Tiefe.

„Spring jetzt, mein Junge!" sagt Rohbauer ganz dicht an seinem Ohr.

Meldung in der Frankfurter Rundschau vom 14.7.2013:

**Vermisster LOKES-Manager tot**
**Mysteriöser Sturz aus Hofheimer Klinikfester**

*HOFHEIM AM TAUNUS. Hartmut Schröder, der seit zwei Jahren in Nordschweden vermisste Manager des Frankfurter LOKES-Konzerns, hat sich am Donnerstag Nachmittag aus dem fünften Stock des Krankenhauses Hofheim gestürzt. Der renommierte Schönheitschirurg Professor Felber betreibt dort eine kleine private Abteilung mit Belegbetten.*

*Laut Auskünften des Hofheimer Krankenhauses befand sich Schröder schon länger in der Abteilung von Professor Felber. Der Vermisste hielt sich vermutlich dort versteckt. Die Gründe dafür bleiben allerdings mysteriös, und die Umstände seines Todes werfen Fragen auf. Hauptkommissar Melchers von der Kriminalpolizei Hofheim geht „mit an Sicherheit grenzender Wahrscheinlichkeit" von einem Selbstmord aus, da trotz intensiver Ermittlungen keinerlei Fremdeinwirkung festzustellen sei. Wie Schröder in die Klinik kam und was der Grund seines Aufenthaltes dort gewesen ist, bleibt vorerst im Dunkeln. Sowohl Professor Felber wie auch die Kripo hüllen sich in Schweigen.*

*Von LOKES-Firmensprecher Kastner war lediglich zu*

*erfahren, dass es sich um eine interne und höchst vertrauliche Firmenangelegenheit handelt. Die Angehörigen Schröders zeigen sich überrascht. Sie können keine Angaben darüber machen, wo der Manager sich im letzten Jahr aufgehalten hat und wie er in die Hofheimer Klinik gekommen ist.*

# SANDKASTEN

Wenn ich aus dem Küchenfenster schaute, konnte ich den ganzen Spielplatz überblicken. Es war nichts Besonderes, so ein Standardspielplatz halt, den die Kommunen wahrscheinlich irgendwo im Sonderangebot kaufen können. Kletternetz, Reckstangen, Schaukel, Wippen in Gestalt von Tierfiguren, eine Rutsche. Das Außergewöhnliche war der Sandkasten. Den hatte der Bauunternehmer Meyer gestiftet. Deshalb war er auch so groß geworden. Bei Meyer wird alles groß. Ich habe gesehen, wie sie die Grube dafür ausgehoben haben. Mindestens zwei Meter tief. Und dann kam ein Lastwagen und kippte einen Berg von Sand aus. Die Kinder freuten sich. Sie mögen es auch groß. Sie spielten gerne in diesem Riesenhaufen Sand, der von Zeit zu Zeit wie ein See über die Ufer trat und sich über den ganzen Platz verteilte. Dann mussten die städtischen Arbeiter ihn wieder in seine Begrenzungen zurückschaufeln.

Ich weiß noch genau, dass es ein Mittwoch war. Mittwochs gab es bei Essen auf Rädern nämlich immer diese belegten Brote mit Cervelatwurst und Scheibenkäse, die ich gar nicht mochte. Ich habe ungefähr ein Viertel davon gegessen und dann habe ich aus dem Küchenfenster geschaut. Es wurde schon langsam dunkel. Die meisten Kinder waren schon nach Hause gegangen. Nur Martin und Alex nicht. Die wohnen nämlich hier im Haus und haben es nicht weit.

Es hat mich schon gewundert, dass der kleine Martin aus der Wohnung gegenüber und Alex miteinander spielten. Normalerweise gehen sie sich eher aus dem Weg. Aber vielleicht war es das gemeinsame Projekt, das sie hatten. Sie gruben ein großes Loch. Jungs bauen Türme und graben Löcher, Mädchen backen Kuchen und legen ihre Puppen schlafen, das war schon zu meiner Zeit so. Zuerst halfen auch andere Kinder beim Graben mit, dann machten Martin und Alex allein weiter. Die beiden hatten sich offenbar entschlossen, das größte Loch zu graben, das auf diesem Spielplatz jemals gegraben worden war. Die Mutter aller Löcher sozusagen.

Es machte mir Freude, den beiden zuzuschauen. Sie waren vollkommen mit sich selbst beschäftigt und schienen alles um sich herum vergessen zu haben.

Den kleinen Martin mochte ich. Er war acht oder neun, unscheinbar und ein bisschen schmächtig für sein Alter, weshalb er bei den anderen Jungen nicht so zum Zug kam. Manchmal wurde er auch gehänselt. „Mücke" sagten sie zu ihm. Aber es schien ihm nicht viel auszumachen. Er lächelte nur. Außerdem war er gut erzogen. Wenn er mich sah, grüßte er immer freundlich. Sein „Guten Tag, Frau Anheuser!", wenn er mittags aus der Schule kam, tat mir gut. Wann immer es möglich war, richtete ich es so ein, dass ich am Fenster war, wenn er vorbei kam.

Ganz anders Alex aus der Wohnung über mir. Der war eine echte Landplage. Obwohl er aussah wie ein Engel. Kräftig, blond, blauäugig, ein hübscher Junge, der die Mamis dazu gebracht hat, ihm ständig übers Haar zu streichen. Es ist ziemlich ungerecht, dass Gaben wie Schönheit so ungleich verteilt sind. Ich selber habe auch nicht so viel davon abbekommen. Aber es hat nicht nur Vorteile, wenn man schon als Kind so schön ist. Solche Kinder haben es dann später schwer, weil sie Probleme und Niederlagen nicht gewohnt sind. Sie müssen sich halt für nichts anstrengen.

Für mich war der Alex ein Teufel in Kindergestalt. Ich weiß genau, dass er es war, der mir die toten Mäuse in den Briefkasten gesteckt hat, der immer dann Krach gemacht hat, wenn ich mich mal hingelegt hatte, und der schwächere Kinder bis aufs Blut quälte. Er war der Anführer der Jungen, er kommandierte sie rum und traktierte sie nach Belieben mit Worten und Schlägen. Das trieb er oft so weit, dass sie vor Wut und Schmerz weinten. Besonders auf Martin schien er es abgesehen zu haben. Ihn sah ich allerdings nie weinen, er steckte alles ein und lächelte immer nur in sich hinein, was Alex nur noch mehr reizte.

Wenn ich an Alex denke, erscheint vor meinem inneren Auge immer meinen Bruder Gregor. Auch so ein Scheusal in Gestalt eines blonden Engels. Gregor, mein älterer Bruder, der mich gepiesackt hat bis aufs Blut, der mich ständig herabgesetzt hat, nur weil ich ein Mädchen war, den ich hätte erwürgen können, wenn ich den Mut und die Kraft dazu gehabt hätte.

Wie gesagt, ich wunderte mich, dass Martin und Alex so einträchtig zusammen dieses Loch gruben. Fast den ganzen Nachmittag hatten sie schon gegraben. Sie wurden überhaupt nicht müde. Alex hielt sich gegen seine Gewohnheit mit Bosheiten zurück. Es war zwar so, dass der kleine Martin den Anfang ganz allein machen musste, während Alex am Rand stand und Anweisungen gab. Sie haben Glück, dachte ich, denn die Tage zuvor hatte es geregnet, und der Sand war feucht. So konnten sie die Wände ziemlich steil machen. Je tiefer das Loch wurde, desto öfter griff auch Alex zur Schaufel. Zum Schluss war er es, der ganz allein immer weiter grub. Er hatte Martin einfach die Schaufel aus der Hand gerissen und war in der Grube verschwunden. Man sah nur noch die Schaufel und den Sand, der aus dem Loch herausgeschippt wurde. Jetzt stand Martin am Rand, schweigend und nachdenklich, wie mir schien, und sah zu, wie das Loch tiefer und tiefer wurde.

Plötzlich sah ich, wie Martin anfing, in den Knien zu wippen, seinen Körper rhythmisch so zu bewegen, dass der Sand am Rand der Grube ins Rutschen kommen konnte. Konnte, sage ich, denn es bewegte sich nichts. Noch nichts. Aber ausgerechnet in dem Augenblick, als mir der Gedanke in den Kopf schoss, dass es sich bei dem Loch ja auch um ein Grab handeln könnte, fing Martin an, mit den Füßen zu trampeln. Was dann geschah, dauerte vielleicht fünf Sekunden, aber mir erschien es viel länger. Der Sand kam in Bewegung. Martin sprang zurück, trampelte aber mit den Füßen weiter, so dass immer mehr Sand nachrutschte. Es sah aus wie eine Lawine aus Sand. Von der Schaufel war nichts mehr zu sehen. Als kein Sand mehr von selbst in die Grube rutschte, scharrte Martin mit den Füßen immer weiter, bis nur noch eine große Delle darauf hinwies, dass da einmal ein Loch gewesen war. In diesem Augenblick kam seine Mutter von der Arbeit. Sie rief ihn. Er verließ den Spielplatz, ohne sich noch einmal umzuschauen.

Sie fanden Alex erst am nächsten Nachmittag. Seine Eltern hatten ihn vermisst gemeldet. Sie suchten die ganze Umgebung nach ihm ab, weil sie zuerst dachten, er sei von zu Hause abgehauen. Feuerwehrleute gruben ihn schließlich aus, sie hatten von anderen Kindern einen Hinweis bekommen, dass es da ein Loch gegeben hatte. Wie er so neben dem Sandkasten lag, sah er aus wie lebendig. Im ersten Augenblick habe ich gedacht, es ist Gregor. Wie ein blonder Engel. Leid getan haben mir nur die Eltern.

Warum ich einfach nur zugesehen und nichts getan habe? Warum ich nicht sofort das Fenster aufgerissen und geschrien habe? Warum ich nicht Hilfe geholt habe, die Polizei, die Feuerwehr? Ehrlich gesagt, ich weiß es bis heute nicht so genau. Vielleicht will ich es gar nicht wissen. Als Martin so am Rand der Grube stand, habe ich gedacht: Mach es, mach es, mach es! Und dann hat er angefangen, sich zu bewegen, bis die Sandlawine kam. Als hätte er mich gehört. Aber das ist Unsinn. Ich glaube nicht an Gedankenübertragung und dieses ganze Zeug.

Am nächsten Tag hat so ein Hauptkommissar von der Kriminalpolizei mich vernommen. Ich könne doch von meinem Küchenfenster aus den ganzen Spielplatz überblicken. Ob ich zu der fraglichen Zeit etwas beobachtet hätte? Das müsse doch längere Zeit gedauert haben, ein so großes Loch zu graben. Nein, habe ich gesagt, ich habe Besseres zu tun, als zum Fenster hinauszustarren und kleinen Jungs beim Löchergraben zuzuschauen. Da hat er mich skeptisch angeschaut, aber ich habe nicht mit der Wimper gezuckt. Dann müssen wir wohl von einem tragischen Unfall ausgehen, hat er gesagt und ist gegangen. Von Martin habe ich kein Wort gesagt.

Das war vor einem Jahr. Ich wohne inzwischen nicht mehr am Spielplatz, sondern im Altersheim „Abendfrieden“. Ich muss schon sagen, dass mir die Kinder ein bisschen fehlen, besonders der kleine Martin. Eigentlich hätte ich auch am Spielplatz wohnen bleiben können, ich kann mich nämlich noch ganz gut selbst versorgen. Aber ich wollte nicht immer diesen riesigen Sandhaufen vor Augen haben, obwohl sie ihn inzwischen aus Sicherheitsgründen auf normale Größe reduziert haben. Jetzt, wo Alex weg ist, ist es sicher auch viel friedlicher dort.

# SCHWESTER MARTHA

Das erste, was er sah, als er aufwachte, war eine Eule. Sie schwebte ungefähr zwanzig Zentimeter über ihm. Blau und silbern, mit großen gläsernen Augen. Seine eigenen Augen waren nur schmale Sehschlitze, er strengte sich an, sie weiter aufzumachen, aber es gelang ihm nicht. Wo kam diese Eule her? Er schloss die Augen noch einmal kurz und öffnete sie dann wieder. Die Eule war immer noch da, sie bewegte sich jetzt nach rechts. Was zum Teufel hatte diese Eule hier zu suchen? Wenn er nur die Augen weiter aufbekommen würde. Er versuchte den Kopf zu drehen, ließ es aber sofort wieder bleiben. Jeder Versuch, sich zu bewegen, war sinnlos. Sein Rückenmark war zerstört bis auf einen kleinen Rest. Das einzige, was noch einigermaßen funktionierte, war sein Gehirn, seine Ohren und ein paar Muskeln in seinem Gesicht. Die Augen bekam er nur einen Spalt weit auf. Wenn er in Form war, konnte er manchmal etwas lallen, das sich wie Sprache anhörte.

Mit Mühe konnte er jetzt eine menschliche Gestalt erkennen, die ihm nahe war, ganz nahe. Sie machte sich an den Apparaten zu schaffen. Die Apparate! Seine Apparate! Seit über einem Jahr lag er in diesem trostlosen Klinikzimmer, umgeben von Apparaten, die für ihn atmeten, die Blut durch seinen Körper pumpten und dafür sorgten, dass er nicht verhungerte und verdurstete. Es war eigentlich kein Leben, aber er weigerte sich aufzugeben. Mit Anfang zwanzig gibt man nicht so einfach auf, auch wenn sie einen aus einem Klumpen von Schrott herausgeschnitten haben, der einmal ein Auto gewesen ist. Sein Auto, sein neuer BMW. Schwarzmetallic mit Heckspoiler und Breitreifen.

In der ersten Zeit nach dem Unfall hatte er sterben wollen, hatte gedacht, dass es das Beste wäre, einfach den Löffel abzugeben. Wie eine Kerze verlöscht, wenn sie heruntergebrannt ist, so hatte er es sich vorgestellt. Aber Sterben war nicht so leicht, es wollte gelernt sein.

Er wusste selber nicht so genau, wann es gekippt war. Von sterben wollen zu leben wollen. Es musste vor ein paar Tagen gewesen sein. Wahrscheinlich war das tief im Stammhirn verankert, dass man immer noch hungrig ist auf das bisschen Gefühl, das einem bleibt, auch wenn man wie eine lebende Leiche bewegungslos ans Krankenhausbett genagelt ist, sich nur durch Lallen verständlich machen kann und bei lebendigem Leib langsam verfault. Er hatte beschlossen zu leben. Jedenfalls vorerst und so lange es irgendwie ging. Er musste es nur noch den Schwestern und den Ärzten klar machen.

Die Eule bewegte sich von rechts nach links. Und schlagartig wurde ihm klar, was es war. Es war Schwester Marthas Eulenbrosche. Sie trug sie manchmal vorn an ihrer Schwesterntracht. Er hatte sie schon einige Male an ihr gesehen, ein kitschiges Ding, das ihr aber offenbar zu gefallen schien. Lallend hatte er ihr mitgeteilt, dass ihr diese Brosche stand. Es war ein ziemlich hilfloser Versuch gewesen, sich bei ihr beliebt zu machen. Denn Schwester Martha war streng. Sie hatte harte Hände, die fest zupacken konnten. Nachdem er das mit der Brosche mühsam herausgebracht hatte, hatte sie ihn nur mit einem undefinierbaren Blick gemustert und den Mund zu einem kurzen, kalten Lächeln verzogen. Überhaupt verströmte sie sehr viel Kühle, diese Schwester Martha.

Die Eule verschwand jetzt nach oben. Er öffnete den Mund, um sich bemerkbar zu machen, aber er brachte keinen Ton heraus. Es war seltsam. Alles fiel ihm viel schwerer als sonst. Alles ging langsamer. Er musste irgendwie bewusstlos gewesen sein, denn er fühlte sich elend, als habe man ihn gewürgt und ihm mit einem Knüppel auf den Kopf geschlagen. Er öffnete den Mund. Diesmal kam ein schwaches Krächzen heraus. Sofort beugte sich die Eule wieder über ihn. Es war Schwester Martha, er erkannte sie jetzt ganz deutlich. Sie starrte ihn an, als wäre er ein Gespenst.

„Verdammter Mist!“, hörte er sie zischen.

Dann verschwand sie aus seinem Blickfeld. Wieder krächzte er. He, wollte er sagen, bleib hier! Ich muss dir doch sagen, dass ich beschlossen habe … In diesem Augenblick tauchte Schwester Martha wieder auf. Sie hielt eine kleine Spritze prüfend vor die Augen.

„Du hältst mehr aus, als ich gedacht habe, meine kleine Mumie", hörte er sie nahe an seinem Ohr flüstern, „wachst einfach wieder auf, was? Aber jetzt kriegst du die doppelte Dosis. Gleich hast du's geschafft. Schwester Martha hilft dir."

Wenn er seinen Körper noch hätte spüren können, hätte er höchstens einen ganz kleinen Pieks an der Hüfte bemerkt. Es war die haarfeine Nadel, durch die der Inhalt der Spritze in seinen Körper strömte und unverzüglich anfing, sich mit seinem Blut zu vermischen.

Er wollte schreien, aber es kam nur ein schwaches Gurgeln aus seiner Kehle. Das letzte, was er sah, war Schwester Marthas Eule, die blau und silbern glänzend über ihm schwebte.

# SO MUSIKALISCH

Er hätte sich denken können, dass ihm diese Beerdigung an die Nieren gehen würde. Und jetzt stand er da am Rand der Trauergemeinde und musste sich das ganze Elend ansehen: die weinenden Freunde, die stummen Klassenkameraden und das blasse, tränenüberströmte Gesicht der Mutter. Nein, neunzehn war kein Alter zum Sterben, weiß Gott nicht!

Aber genau dieser Umstand war der offizielle Grund für seine Anwesenheit. Peter Jansen war Polizist, genauer gesagt: Oberkommissar bei der Kripo. Sein Chef, Hauptkommissar Evers, der alte Fuchs, hatte ihn in seiner unnachahmlichen Art angeplinkert und mit hintergründigem Grinsen gesagt: „Peter, das übernimmst du! Du bist unser Spezialist für schwierige Fälle."

Selbstverständlich wurde die Kripo eingeschaltet, wenn ein Neunzehnjähriger ohne ersichtlichen Grund starb. Und Ingo Frieling, der jetzt in seinem Sarg lag, war offenbar einfach tot umgefallen. Man hatte ihn auf der Toilette des Tanzcafés „Seeschwalbe" gefunden. Herzstillstand, aber kein Infarkt und auch sonst kein Anzeichen irgendeiner Fremdeinwirkung. Auch Drogen waren nachweislich nicht im Spiel gewesen. Die Ermittlungen und die Spurensicherung hatten nichts ergeben, was irgendwie auf einen unnatürlichen Tod hinwies. Auch die Obduktion nicht.

Es war ein ausnehmend schöner Sommernachmittag. Das halbe Dorf gab dem jungen Frieling die letzte Ehre. Die Sonne heizte den Trauernden in ihren schwarzen Kleidern ordentlich ein. Nur gut, dass eine Brise vom Meer her wehte.

Der Friedhof von Ahrenshoop war ein schöner Ort, fand Jansen. Die alte Friedhofsmauer aus Bruchsteinen, die Lindenallee, die zur Friedhofskapelle führte, in der sie jetzt saßen. Er ließ seine Augen wandern. Ein protestantisch schlichter Raum. Einige farbige Glasfenster, ein Kreuz, wenig Schmuck. Aber vorn der Sarg aus hellem Holz war mit Blumen überhäuft. Ingo Frieling war bekannt gewesen in Ahrenshoop. Auch Jansen hatte ihn gekannt. Er stand kurz vor dem Abitur, war ein freundlicher, zurückhaltender Junge, nicht so laut und großspurig wie viele in seinem Alter. Alle mochten ihn.

Normalerweise versuchte Peter Jansen Beerdigungen nach Möglichkeit zu vermeiden. Wenn es irgend ging, drückte er sich davor. „Du bist wie der alte Goethe", pflegte seine Frau Ingelore zu sagen, „der hat sich auch immer vor Beerdigungen gedrückt. Aber das ist auch die einzige Gemeinsamkeit, die du mit ihm hast." Trotz intensiven Nachfragens gelang es ihm nicht, herauszufinden, ob das positiv oder negativ gemeint war. Ingelore unterrichtete Deutsch und Sport am Gymnasium in Ribnitz-Damgarten und schritt nun im schwarzen Kostüm neben ihm her. Ein paar Meter weiter vorn gewahrte er den blonden Schopf seines Sohnes Torsten und daneben die zartrosa gefärbten Haare seiner Tochter Frauke.

Der Trauerzug war am Grab angelangt. Ganz vorne stand Ingos Mutter, die er kannte und die sehr zerbrechlich aussah. Neben ihr sah er Sophie Behrens, Ingos Freundin, ein hübsches Mädchen, das aber jetzt ganz verheulte Augen hatte. Ein paar Jungen in Ingos Alter standen am Rand des offenen Grabes mit Musikinstrumenten: zwei Gitarren, eine Querflöte und ein Kontrabass. Die ersten Töne erhoben sich in den hellen Sommerhimmel. Sie spielten ‚As tears go by' von den Rolling Stones ohne Verstärker, und sie spielten es gut. Es war ergreifend. Jansen spürte, wie ihm die Tränen in die Augen stiegen. Beim Ausatmen entfuhr ihm ein kleiner Seufzer.

Ingelore drehte den Kopf leicht zur Seite und musterte ihn aus den Augenwinkeln. Ihr entging nichts. Er schaute geradeaus und tat so, als sei nichts geschehen.

An diesem Samstagmorgen verlief das Frühstück ungewöhnlich schweigsam. Peter Jansen saß schon seit etwa zehn Minuten still vor seinem Marmeladebrötchen. Sein

Blick war auf etwas Unsichtbares hinter dem Horizont gerichtet. Ingelore warf ihm von Zeit zu Zeit einen forschenden Blick zu.

Schließlich hielt sie es nicht mehr aus.

„Peter, was hast du?“

„Ach … nichts.“

„Doch, du hast was. Ich sehe es dir an.“

„Ich habe über den jungen Frieling nachgedacht“, sagte er bedächtig. „Evers hat mich auf den Fall angesetzt. Aber es sieht so aus, als sei gar nichts zu ermitteln. Ingo ist einfach gestorben. So was kommt vor.“

„Ein junger Mann von neunzehn Jahren stirbt nicht so einfach“, sagte Ingelore. „Schrecklich, die arme Thea! Sie hatte doch nur den Jungen. Ich darf mir gar nicht vorstellen, dass unser Torsten …“

„Hör auf!“ Jansen machte eine abwehrende Bewegung.

„Ja“, sagte Ingelore, „du hast Recht. Man darf gar nicht drüber nachdenken.“

Die beiden saßen sich eine Weile schweigend gegenüber.

„Hast du schon eine Vermutung?“, wollte Ingelore wissen.

„Nein. Heute Nachmittag gehe ich zu Thea Frieling und befrage sie über Ingo. Danach schaue ich noch bei den Jungs von der Band vorbei. Reine Routine. Ich glaube nicht, dass etwas dabei heraus kommt.“

Ingelore beugte sich vor.

„Vielleicht hatte Ingo ein Geheimnis, irgendetwas … Besonderes, von dem wir alle nichts wussten. Hältst du das für möglich?“

„Möglich ist alles“, erwiderte Jansen mit unbewegtem Gesicht und biss in sein Marmeladebrötchen.

„Du immer mit deinen Sprüchen!“, sagte Ingelore.

Thea Frieling wohnte im Grenzweg, Ecke Niemannsweg, fast genau auf der Demarkationslinie zwischen Mecklenburg und Vorpommern.

Oberkommissar Jansen fühlte sich sofort wohl in dem

kleinen Haus. Es hätte zu einem netten Plausch kommen können, wenn der tote Junge nicht gewesen wäre. Die unglückliche Mutter saß ihm im Sessel gegenüber, knüllte das Taschentuch in der Hand zusammen und schluchzte ununterbrochen.

„Jetzt beruhigen Sie sich doch, Frau Frieling!“, sagte Jansen hilflos. Er hatte keine Ahnung, wie er die Frau trösten konnte. Klein und zusammengesunken verschwand sie fast in dem schwarzen Ledersessel.

„Ich muss Ihnen ein paar Fragen stellen, Frau Frieling“, sagte er. „Es ist reine Routine.“

„Fragen Sie!“, sagte sie mit matter Stimme. Jansen feuchtete seine Lippen mit der Zunge an.

„Sie leben allein?“

„Ja, ich lebe ... ich lebte allein mit Ingo. Ich bin seit acht Jahren geschieden. Ingos Vater wohnt in Magdeburg. Ich habe keinen Kontakt mehr zu ihm.“

Sie versuchte, tapfer zu sein. Aber ihre Stimme klang brüchig. Jansen kam gleich zur Sache.

„Ist Ihnen an dem Abend, als Ingo ... als Ihr Sohn ums Leben kam, etwas Besonderes an ihm aufgefallen?“

„Nein, überhaupt nicht. Er war wie immer.“

„Was hat Ingo für ein Instrument gespielt?“

„Hauptsächlich hat er Gitarre gespielt und in letzter Zeit auch Saxophon. Er war so stolz auf sein neues Saxophon.“

Jansen horchte auf. Er hatte keine Ahnung, dass der junge Frieling Saxophonist gewesen war. Er selber, Peter Jansen, spielte ein wenig Tenorsaxophon, allerdings nur selten. In letzter Zeit eigentlich überhaupt nicht mehr.

„Ich wusste gar nicht, dass er...“

„Er hat sich alles selber beigebracht. Er war so musikalisch.“

Die Tränen traten ihr wieder in die Augen und sie musste sich schnäuzen.

„Kann ich das Instrument einmal sehen?“, fragte er, eigentlich mehr, um sie auf andere Gedanken zu bringen.

„Ja, gerne. Kommen Sie, es ist oben.“

Sie stand auf und ging vor ihm die enge Stiege ins erste Stockwerk hinauf.

Ingos Zimmer war typisch für einen Jungen seines Alters. Es sah fast genau so aus wie das Zimmer seines Sohnes Torsten. Ein ziemlich unaufgeräumter Schreibtisch, ein flüchtig gemachtes Bett, eine Stereoanlage auf dem Regal. Zwei Gitarren, Verstärker und Mikrofon in der Ecke, schreiend bunte Plakate an den Wänden ... Der einzige Unterschied war, dass sein Sohn statt der Musikinstrumente Computer da stehen hatte.

„Das Saxophon ist hier in dem Koffer", sagte sie. „Seine Freunde von der Band haben es zusammengepackt. Er hatte ja gerade zuvor ... noch gespielt." Wieder schwankte ihre Stimme.

Jansen machte den Koffer auf, holte das Saxophon heraus und drehte es in den Händen.

„Ein Yanagisawa Alto! Sehr schönes Instrument! Fast neu und sehr gut gepflegt."

„Verstehen Sie etwas davon?"

„Es geht", erwiderte Jansen, „ich spiele ... ich habe früher einmal Saxophon gespielt."

„Sie können es haben", sagte sie leise.

„Nein, nein!", wehrte Jansen ab. „Ich habe zu Hause ein Tenorsaxophon und komme kaum zum Spielen. Ein zweites Instrument würde bloß mein schlechtes Gewissen verstärken."

Thea Frieling lächelte schwach. Es war das erste Mal, dass er sie lächeln sah. Er nahm einen neuen Anlauf.

„Hatte Ingo das Instrument schon lange?"

„Nein, gerade einmal ein halbes Jahr. Er hat es Anfang des Jahres bei e-bay gekauft. Für einen sehr günstigen Preis."

„Darf ich fragen, wie viel es gekostet hat?"

„Achthundertfünfzig Euro. Hat er alles aus eigener Tasche bezahlt. Die Jungs haben ja ganz gut verdient mir ihrer Tanzmusik."

„Achthundertfünfzig ist ein super Preis für dieses

Saxophon", sagte Jansen. „Dafür hätte ich es auch genommen."

„Sie können es haben." Sie sah ihn bittend an. „Nehmen Sie es mit! Es erinnert mich zu sehr an ihn."

Jansen war in echter Verlegenheit. Offenbar wollte sie ihm das wertvolle Instrument schenken. Das konnte er unmöglich annehmen.

„Ich gebe Ihnen neunhundert dafür. Das ist es mindestens wert."

„Nein, das kommt nicht in Frage. Nehmen Sie es einfach!"

Jansen schüttelte den Kopf.

„Ich will nicht, dass Sie es mir schenken, Frau Frieling! Damit wäre Ingo sicher auch nicht einverstanden gewesen."

Sie schaute ihm zum ersten Mal voll ins Gesicht.

„Na gut, wenn Sie unbedingt wollen, dann geben Sie mir das Geld. Ich spende die Hälfte davon an amnesty international. Da hat Ingo sich sehr engagiert. Übrigens ... ich wollte Ihnen noch etwas sagen. In der Nacht, in der Ingo gestorben ist, hat jemand bei mir einzubrechen versucht. Es war gegen halb drei. Zum Glück ist der Nachbar wach geworden und hat den Einbrecher verjagen können."

Jansen schaute die kleine Frau nachdenklich an.

„Gut, dass Sie mir das sagen, Frau Frieling. Es ist vielleicht von Bedeutung."

Als er das kleine Haus im Grenzweg mit dem Saxophonkoffer in der Hand verließ, schwor er sich, wieder mit dem Spielen anzufangen. Der Zufall – oder war es das Schicksal? – hatte es gewollt, dass er plötzlich zwei Saxophone besaß. Eines davon hatte Ingo Frieling gehört, der nun bleich und still in seinem Grab lag. Er beschloss, es als Auftrag zu nehmen.

„Wir hatten eigentlich keinen Bandleader. Aber Ingo war so etwas wie der Kopf der Truppe. Er hatte die Ideen, und er hat auch das Repertoire zusammengestellt."

Der dunkelhaarige, lang aufgeschossene junge Mann,

der sich als ‚Thomas an den Keyboards' vorgestellt hatte, erhob sich.

„Wer will einen Tee?"

Die drei anderen hoben die Hände.

„Sie nicht?", wandte sich Thomas an Jansen.

„Nein, danke, ich hatte heute Nachmittag schon drei Tassen."

Thomas ging nach nebenan. Jansen schaute sich um. Sie saßen im Probekeller der Band. Das Haus von Thomas' Eltern im Ortsteil Niehagen war groß genug, dass die Jungen sich dort einen Übungsraum einrichten konnten. Überall standen Verstärker, Mikrofonständer und Lautsprecher herum. Die Wände waren teilweise mit Decken verhängt und mit Eierkartons beklebt.

Ihm gegenüber saßen Patrick, Leo und Fabian. Sie machten einen bedrückten Eindruck.

„War gut, was ihr auf dem Friedhof gemacht habt ... ‚As tears go by', wirklich gut!", sagte Jansen, um sie ein wenig aufzumuntern. Aber die einzige Reaktion war ein Zucken um Patricks Mundwinkel.

Thomas kam mit dem Tee zurück.

„Ich muss euch ein paar Fragen stellen", sagte Jansen sein Sprüchlein auf. „Habt ihr an dem Abend, als Ingo starb, irgendetwas Ungewöhnliches bemerkt?"

„Nein", sagte Fabian, und die anderen schüttelten die Köpfe.

„Beschreibt mal genauer, was da abgelaufen ist", sagte Jansen.

„Nichts Besonderes", meinte Patrick. „Wir haben unser Programm gespielt wie immer. Ingo hatte gerade ein Solo auf dem Sax bei ‚Brown Sugar' gespielt, dann ist er auf die Toilette gegangen."

„Hat er irgendwas gesagt?"

„Nein."

„War das nicht ungewöhnlich, dass er nach seinem Solo wegging?", wollte Jansen wissen.

„Bei Ingo nicht", sagte Leo. „Der hat das öfter gemacht.

Musste ja auch als Bläser nicht dauernd spielen wie ich als Begleitgitarrist zum Beispiel."

„Und dann?", fragte Jansen.

„Dann wollten wir das nächste Stück spielen und haben auf ihn gewartet ..."

Jansen schaute die vier der Reihe nach an. Sympathische Jungs, die an dem Tod ihres Freundes gewaltig zu kauen hatten.

„Und er kam nicht wieder", sagte er.

Es entstand eine ungemütliche Pause.

„Genau", sagte Thomas schließlich mit gepresster Stimme.

„Wer hat ihn gefunden?"

„Ich." Thomas war anzumerken, dass ihn die Situation immer noch verfolgte.

„Wo war er?"

„Auf der Herrentoilette in einer der Kabinen. Zuerst habe ich gerufen. Keine Antwort, nichts. Dann habe ich oben drüber geschaut und ihn da liegen sehen."

„Wir haben sofort den Wirt verständigt", fuhr Patrick fort. „Der hat aufgemacht und wir haben ihn rausgeholt. Wir haben sofort Wiederbelebung gemacht, Beatmung, Herzmassage und so. Aber es war alles umsonst. Auch der Notarzt konnte ihm nicht mehr helfen. Dann kam auch schon die Polizei."

Wieder schwiegen alle. Jeder hing seinen Gedanken nach. Jansen tat es leid, dass er die Stille unterbrechen musste.

„Und ihr habt vorher nichts Ungewöhnliches bemerkt?"

„Nein, absolut nicht. Ingo war nicht krank oder so. Er schien an dem Abend sogar besonders gut drauf zu sein."

„Eine Frage muss ich euch noch stellen." Jansens Stimme wurde amtlich. „Waren irgendwelche Drogen im Spiel?"

Die vier sahen sich an.

„Nein!" Thomas schüttelte den Kopf.

„Okay", sagte Jansen, „das war's. Entschuldigt, dass ich euch mit der Sache behelligen musste."

Patrick verzog das Gesicht zu einem leichten Lächeln.

„Es ist Ihr Job."

Jansen zögerte, er konnte nicht einfach so gehen. Er fühlte sich irgendwie verpflichtet, noch etwas zu sagen.

„Tut mir sehr leid wegen Ingo ..."

Die Jungs schauten ihn nur stumm an.

„Also dann ..."

Jansen stand auf. Da erst wurde ihm klar, dass er die ganze Zeit auf Ingos Platz gesessen hatte.

„Ach, da ist noch was, Herr Jansen", sagte Thomas. „Ingo hat vor ‚Brown Sugar' das Blatt wechseln müssen, weil das alte kaputt war. Leo ist mit der Gitarre drangestoßen. Ingo hat ziemlich geflucht. Die Saxophonisten haben sich immer so mit ihren Blättern."

Jansen schaute zu Leo hinüber, der scheinbar unbeteiligt da saß und vor sich hin starrte.

„Na gut", sagte Jansen, „danke für die Information. Ach, noch etwas. Ihr gehört zum Kreis der Verdächtigen. Pro forma muss ich euch bitten, auf dem Revier eure Fingerabdrücke abzugeben."

„Du bist wirklich komplett verrückt!", schimpfte Ingelore.

Jansen hatte die beiden Saxophone in der Ecke des Wohnzimmers neben dem Panoramafenster aufgebaut. Golden glänzend standen sie auf ihren Ständern.

„Ausgerechnet jetzt, wo wir eine neue Couchgarnitur brauchen, wirfst du neunhundert Euro für so ein Ding zum Fenster raus! Unglaublich!"

„Neunhundert sind für ein Yanagisawa Alto nicht zu viel!", wehrte er sich. Das brachte Ingelore aber erst richtig in Fahrt.

„So, nicht zu viel?!", blaffte sie. „Schau dir mal unser Sofa an! Und die Sessel! Überall verschlissen. Die Dinger kann man keinem Besuch mehr zumuten. Und der Herr hat nichts Besseres zu tun, als für teures Geld irgendwelches unnützes Zeug zu kaufen. Das Ding wird hier nur als Staubfänger rumstehen genau wie dein anderes Saxophon! Wann hast du es zum letzten Mal angefasst?"

„Aber ich will …", setzte er an. Sie ließ ihn nicht zu Wort kommen.

„Du hast im letzten halben Jahr überhaupt nicht mehr danach geschaut. Und davor hast du es höchstens mal geölt!"

„Ich habe wirklich vor, wieder anzufangen", beteuerte er.

„Wer's glaubt, wird selig!"

„Es war Ingos Saxophon …"

Dass es das Instrument des jungen Frieling gewesen war, konnte Ingelores Zorn zwar nicht besänftigen, aber immerhin etwas mildern. Sie verschwand türenschlagend aus dem Wohnzimmer.

Jansen streifte sich das Trageband über den Kopf und nahm sein altes Selmer Super Action 80 in die Hand. Kein schlechtes Instrument! Fühlte sich immer noch gut an. Er legte seine Finger auf die Perlmuttknöpfe der Klappen und bewegte die Mechanik. Alles noch in Ordnung.

Er stellte das Instrument auf den Ständer zurück. Erst einmal musste er auf dem Tenor wieder einigermaßen geläufig werden, bevor er sich an das Altsaxophon herantrauen konnte. Er war sich seltsamerweise ganz sicher, dass er es schaffen würde. Allein schon wegen Ingo, aber auch, weil er Ingelore den Triumph nicht gönnte.

Familie Jansen saß vollständig am Abendbrottisch. „Wenn es keine eindeutigen Indizien gibt, muss man absolut methodisch vorgehen. Das ist am vernünftigsten." Sein Sohn Torsten, der immer noch glaubte, in der Welt gehe es rational zu.

„Der arme Ingo! Er tut mir so leid. Gestern Nacht habe ich geträumt, ich liege auch im Grab …" Seine empfindsame Tochter Frauke, die jedem Kartoffelkäfer über die Straße half, damit er nicht überfahren wurde.

„Also ich habe das Gefühl, dass da mehr dahinter steckt.

Irgendeine Sache, von der wir jetzt noch gar nichts ahnen …" Das war Ingelore, die Verschwörungstheorien liebte.

Jansen schwieg und kaute an seinem Käsebrötchen.

„Was sagst du denn dazu?", wandte sich Ingelore an ihren Mann. „Du bist doch der Kriminalist in der Familie."

Jansen kaute seinen Bissen umständlich zu Ende. Er ließ sich Zeit mit der Antwort.

„Also … bis jetzt gibt es keinerlei Hinweise, dass Ingo einem Verbrechen zum Opfer gefallen ist. Alles spricht dafür, dass er eines natürlichen Todes gestorben ist, auch wenn es noch so rätselhaft erscheint. Wir von der Kripo spekulieren nicht, wir tragen die Fakten zusammen und überprüfen sie."

„Ein Kriminalist ohne Fantasie", bemerkte Torsten trocken, „ist wie ... ein Saxophon ohne Mundstück."

Bingo! Sein kluger Sohn hatte wieder mal ins Schwarze getroffen. Jansen musste aus der Defensive heraus.

„Fakt ist, dass Ingo während eines Auftrittes in der ‚Seeschwalbe' gestorben ist. Er hat noch ein Solo gespielt, ist dann auf die Toilette gegangen … und dort muss er einen Kollaps gehabt haben, der zum Tod geführt hat. Manchmal passiert so etwas, auch wenn einer erst neunzehn ist. Zuerst haben wir auf Drogen getippt. Aber damit hat Ingo nichts zu tun gehabt. Wir haben das überprüft. Die Obduktion hat nichts ergeben."

Frauke schaute wie ein verwundetes Reh. Sicher stellte sie sich den armen obduzierten Ingo in seinem kalten Grab vor. Torsten wiegte den Kopf.

„Vielleicht gibt es irgendeine Spur … ein Detail, das ihr übersehen habt …"

„Du hast zu viel Kriminalromane gelesen, mein Lieber", bemerkte Jansen. „Die berühmte Spur, die direkt zum Mörder führt … Nein, die Realität ist leider prosaischer. Und übrigens: Wir gehen methodisch vor. Das gehört zu unserem Job."

„Trotzdem macht ihr Fehler!" Torsten ließ nicht locker.

„Ich habe mir auch ein paar Gedanken gemacht“, schaltete sich Ingelore ein. „Was könnten denn mögliche Ursachen für einen solchen Todesfall sein? Natürlich ist es denkbar, dass es ein plötzlicher Kreislaufkollaps war. Aber wenn es nun keiner war? Für mich ist jedenfalls eins klar: Auf die Art, wie Ingo gestorben ist, stirbt man nur an Gift.“

„Gift?“, echote Frauke und machte ganz runde Kulleraugen.

„Ja, Gift“, sagte Ingelore und schaute ihren Mann dabei an.

„Unsinn!“, sagte Jansen und griff noch einmal in den Brotkorb. „Wer sollte Ingo Frieling vergiften wollen? Kannst du mir irgendein plausibles Motiv nennen?“

„Nein“, musste Ingelore zugeben. „Aber denkbar ist es doch, oder?“

„Denkbar ist alles“, sagte Jansen und fing sich einen Stachelblick von seiner Ehefrau ein. Torsten stöhnte demonstrativ und stand vom Tisch auf. Frauke tat es ihm nach.

„Du könntest wirklich ein wenig gesprächiger sein“, meinte Ingelore, als die Kinder weg waren. „Jedes Wort muss man dir aus der Nase ziehen.“

„Ich kann euch nicht mehr sagen, als ich selber weiß. Und ich weiß nichts von einem Verbrechen an Ingo Frieling. Und jetzt will ich kein Wort mehr davon hören!“

Jansen biss ein Stück Käsebrötchen ab und fing entschlossen an zu kauen. Ingelore schaute ihn aufmerksam an.

„Ach, übrigens, wir finden es alle toll, dass du wieder Saxophon spielst. Aber wir wären dir dankbar, wenn du dann üben würdest, wenn wir nicht da sind. Oder such dir ein hübsches Plätzchen im Keller!“

Jansen klopfte an.

„Herein!“, kam es rau von drinnen.

Der alte Evers saß in seinem Büro hinterm Schreibtisch und las die Zeitung. Er war kriminalistisches Urgestein und kannte jeden in der Gegend. Und jeder kannte ihn. Sein Charakterkopf sah aus wie aus einem Werbeprospekt für Ostseekreuzfahrten. Alte Kapitäne sahen so aus. Sein Büro war von ausgesuchter Tristesse, zum Teil noch mit Mobiliar aus Ostzeiten. Die Wände in einem unbeschreiblichen Behördengrün. Neben dem Aktenschrank hing ein großer Kalender mit einem Foto der Golden Gate Bridge in San Francisco. Es war der einzige Farbklecks in dem Raum.

„Ach, du bist's, Jansen. Hast du was rausgefunden im Fall Frieling?"

„Nein, hab ich nicht. Aber ich wollte mich mit dir noch mal über die Angelegenheit unterhalten."

Evers faltete die Zeitung zusammen und wandte sich dem Kommissar zu.

„Und?"

„Wir haben keine Spuren gefunden, die auf ein Verbrechen hindeuten. Und trotzdem lässt mir der Fall keine Ruhe. Vielleicht haben wir etwas übersehen."

„Schon möglich", meinte der Alte und griff nach seiner Pfeife. „Ich habe mich in solchen Fällen immer gefragt: Was war ungewöhnlich? Was wich vom Normalen ab?"

„Hab ich auch schon getan", nickte Jansen, „aber ich habe nichts gefunden."

„Der Junge war doch Musiker und ist bei einem Auftritt gestorben. Kann er irgendwas getrunken haben …"

„Wenn das der Fall gewesen wäre, hätten wir es bei der Obduktion festgestellt. Haben wir aber nicht. Der junge Frieling hatte keine Spur von irgendeinem Gift im Körper."

„Hm", machte der Alte. „was für ein Instrument hat er denn gespielt?"

„Saxophon."

„Saxophon ist ein Blasinstrument. Man nimmt es in den Mund… Kann da vielleicht etwas nicht in Ordnung gewesen sein?"

Jansen rutschte auf seinem Stuhl nach vorne.

„Ingo Frieling hat das Saxophon Mitte Juni über e-bay gekauft. Er hat ständig darauf gespielt."

Evers saß da und hatte den eisgrauen Kopf in die Hand gestützt.

„Du hast doch sicher die Jungs vernommen, die mit ihm in der Band waren?“

„Selbstverständlich.“

„Haben die irgendetwas Außergewöhnliches bemerkt?“

„Nein, eben nicht. Es war alles wie immer. Ingo hat sein Saxophon-Solo gespielt, dann ist er auf die Toilette gegangen. Das hat er öfter so gemacht. Nur dass er diesmal nicht wieder zurückgekommen ist. Einer der Jungs hat ihn tot in der Kabine gefunden.“

„Merkwürdig … sehr merkwürdig.“ Der Alte schüttelte den Kopf. „Da ist doch was faul.“

„Das Gefühl habe ich auch“, bestätigte Jansen, „aber was?“

Eine Weile herrschte Schweigen im Raum. Jeder hing seinen Gedanken nach.

„Hat der Junge irgendetwas gemacht, bevor oder nachdem er das Solo gespielt hat?“ Jansen verstand. Der Alte versuchte zu fokussieren und den Zeitrahmen abzustecken, auf den sie die Aufmerksamkeit richten mussten.

„Einer seiner Kumpels hatte mit der Gitarre sein Blatt kaputt gemacht“, sagte Jansen.

„Blatt?“

Jansen erklärte dem Hauptkommissar kurz, was ein Saxophonblatt ist. Jetzt kam plötzlich Fahrt in den Alten.

„Interessant, interessant“, murmelte er. „er musste also ein anderes Blatt nehmen. Richtig?“

„Richtig“, nickte Jansen.

„Vielleicht hängt es mit dem neuen Blatt zusammen“, meinte der Hauptkommissar.

„Eher unwahrscheinlich. Saxophonisten müssen öfter die Blätter wechseln. Nach einiger Zeit sind sie abgespielt und klingen wie totes Holz.“

„Woher weißt du das eigentlich alles so genau?“

„Ich habe mal Saxophon gespielt“, sagte Jansen.

„Sehr gut“, meinte Evers, „dann haben wir ja quasi einen hauseigenen Experten. Lass uns rekapitulieren: Ingo Frieling kauft über e-bay ein Saxophon. Er spielt es bis zu dem fraglichen Abend ohne Probleme. Dann muss er das Blatt wechseln, spielt ein Solo, geht auf die Toilette und wird tot gefunden. Was schließt du als Kriminalist daraus?"

„Dass vielleicht irgendetwas mit dem Blatt nicht in Ordnung war", sagte Jansen.

„Genau!", nickte der Alte. „Das Blatt ist unsere Spur. Wir müssen uns das Instrument beschaffen. Wo ist es?"

Jansen wusste plötzlich nicht mehr, wo er seine Hände lassen sollte.

„Äh … bei mir zu Hause."

Der Hauptkommissar starrte ihn verblüfft an.

„Ich habe es Ingos Mutter abgekauft. Sie wollte es unbedingt loswerden, und da dachte ich …"

„Ganz egal, was du gedacht hast", fuhr Evers dazwischen, „Bring es her! Aber sofort!"

„Ist ja irre!"

Torsten Jansen rutschte aufgeregt auf seinem Schreibtischstuhl hin und her

„Ja, deine Mutter hat Recht gehabt. Ingo Frieling ist an Gift gestorben. Eines der Saxophon-Blätter war damit getränkt."

„Wahnsinn!", kommentierte Torsten.

„Ja, Wahnsinn ist hier wohl das richtige Wort. Das Labor hat doppelt so lange gebraucht wie gewöhnlich, um herauszufinden, was für eine Substanz es war. Ein solcher Stoff war ihnen noch nie untergekommen."

„Was für ein Stoff?"

„Ein hochwirksames synthetisches Gift, das nach nichts riecht und schmeckt und das selbst in kleinsten Dosen tödlich ist. So etwas Ähnliches wie das Gift von Knollenblätterpilzen, nur noch viel wirksamer. Es führt innerhalb von Minuten zu Atemlähmung und Herzstillstand. Im Körper wird es nach kurzer Zeit vollständig abgebaut. Deshalb haben wir bei der Obduktion auch nichts gefunden."

„Oh, Mann", sagte Torsten, „da hast du aber Glück gehabt, dass du nicht gleich auf Ingos Saxophon gespielt hast."

Jansen überlief es kalt. Torsten hatte genau das ausgesprochen, was er selber die ganze Zeit verdrängt hatte, seit er von dem vergifteten Blatt wusste

„Wer kann das gewesen sein? Wer macht denn so was?" Torsten stand auf und lief im Zimmer auf und ab.

„Keine Ahnung", sagte Jansen. „Wir haben ermittelt, dass fünf Blätter der Marke ‚Selmer' mit dem Saxophon mitgeliefert worden sind, als Ingo es bei e-bay ersteigert hatte. Die waren alle in Ordnung. Ingo hat aber nur Blätter der Marke ‚Vandoren' gespielt. Und von denen war eins vergiftet."

„An deiner Stelle würde ich jetzt sofort herauszukriegen versuchen, wo Ingo die ‚Vandoren'-Blätter her hatte und ob jemand anderer als er an seinem Saxophonkoffer war."

„Das haben wir längst gemacht, mein Sohn!", sagte Jansen, „aber bei deinen kriminalistischen Fähigkeiten solltest du eigentlich zur Kripo gehen."

„Nee, ist mir zu langweilig", gab Torsten zurück.

„Entschuldigt, dass ich euch noch einmal belästige."

Jansen saß wieder den vier Jungs von der Band im Übungskeller gegenüber.

„Wir wissen jetzt, dass Ingo vergiftet worden ist", sagte er ohne Umschweife.

Patrick machte große Augen.

„Vergiftet?"

„Ja", sagte Jansen, „ein sehr starkes synthetisches Gift."

„Unglaublich", sagte Thomas.

„Aber wahr", ergänzte der Oberkommissar trocken. „Ich muss euch fragen, ob es eurer Kenntnis nach jemanden gibt, der ein Interesse an Ingos Tod gehabt haben könnte."

Alle starrten bedrückt und schweigend vor sich hin. Niemand rührte sich.

„Ingo war beliebt, er war der Star", sagte Fabian schließlich, „ich kenne niemanden, der ihn nicht mochte."

Thomas, Patrick und Leo nickten.

„Na gut, wenn euch noch etwas dazu einfällt: Hier ist meine Karte."

Jansen erhob sich und ging zur Tür. Kurz davor drehte er sich um und fixierte Leo.

„Leo, ich möchte dich einen Augenblick sprechen. Kommst du mit vor die Tür?"

Die anderen starrten ihren Begleitgitarristen erstaunt an. Der wurde abwechselnd rot und blass. Er leckte sich über die Lippen, stand auf und ging mit Jansen hinaus.

„Leo, kannst du mir erklären, wie deine Fingerabdrücke an Ingos Saxophon kommen?"

Wie ein geprügelter Hund stand der Junge vor dem Oberkommissar. Jansen verschwieg ihm wohlweislich, dass außer Ingos und Leos auch seine eigenen Fingerabdrücke gefunden worden waren. Leo starrte vor sich hin und schwieg.

„Wir haben auch Fingerabdrücke von dir an dem Etui gefunden, in dem die Blätter waren."

Leo hob den Blick. Seine Augen hatten jeden Ausdruck verloren. Leise fing er an zu sprechen.

„Es war wegen Sophie. Ich habe es ihretwegen getan. Ich liebe sie. Ingo hat sie mir weggenommen, aber er hat sie nicht wirklich geliebt."

Der Junge schlug die Hände vors Gesicht.

„Er hat es nicht ernst gemeint, er hat nur mit ihr gespielt", brach es aus ihm heraus, „Ich habe ihn gehasst, diesen Typen, dem alles in den Schoß fiel, während ich ..."

Er atmete schwer und schaute den Oberkommissar wie ein waidwundes Tier an.

„Hat Sophie Behrens gewusst, dass du sie liebst?"

Leo schüttelte den Kopf.

„Ich wollte es ihr immer sagen, aber ..."

„Du hast es nicht geschafft."

Leo nickte.

„Es war kein Zufall, dass du mit der Gitarre an Ingos Saxophon gestoßen bist?" Jansen blieb mit der Stimme unten, so dass es nicht wie eine Frage, sondern wie eine Feststellung klang.

Der Junge nickte wieder.
„Ich wollte, dass er das Blatt wechselt."
„Und du hast auch versucht, bei Frau Frieling einzubrechen."
„Ja, ich musst doch das Blatt beseitigen. Ich kam nicht dazu, als wir das Saxophon einpackten. Es war ja immer noch vergiftet."
„Woher hattest du eigentlich das Gift?"
„Ich … ich studiere Pharmazie. Ich kenne da jemanden an der Uni, der an diese Sachen herankommt, und da habe ich …" Leo brach ab.
„Das werden wir alles überprüfen", sagte Jansen.
„Ok, ich habe einen Fehler gemacht. Verhaften Sie mich jetzt?", fragte der Junge.
„Du hast nicht nur einen Fehler gemacht, Leo, das weißt du hoffentlich."
Zum ersten Mal konnte Jansen dem Jungen direkt in die Augen schauen. Sie waren undurchdringlich wie opakes Glas.
„Stimmt", sagte er, „ich hätte Sophie Behrens töten müssen. Dann hätte keiner von uns sie bekommen. Und ihr Bullen hättet keine Chance gehabt."
„Komm mit, Leo!", sagte der Oberkommissar.

Peter und Ingelore Jansen saßen am Frühstückstisch. Man hörte nur das gedämpfte Brodeln der Kaffeemaschine.
„Die Jungs haben mir übrigens angeboten, bei ihnen in der Band Saxophon zu spielen", sagte Jansen in die Stille.
Ingelore hörte auf zu kauen.
„Das ist nicht dein Ernst."
„Wieso?"
„Hast du mal dran gedacht, wie alt du bist?"
„Achtundvierzig, na und?"
„Die Jungs sind nicht mal halb so alt."
„Wenn du ein Musiker bist, kommt es nicht darauf an, wie alt du bist, sondern wie gut du spielst", sagte Jansen.

Er biss ein Stück von seinem Brötchen ab. Ingelore schaute ihn entgeistert an.

„Du brauchst gar nicht so zu gucken. Am nächsten Donnerstag üben wir zusammen. Leo ist allerdings nicht mehr dabei. Thomas wird die Begleitung am Keyboard übernehmen, außerdem spielt er auch ganz passabel Gitarre."

„Und du meinst, du bist gut genug?"

Peter Jansen goss sich einen neuen Kaffee ein und nahm einen großen Schluck.

„Ich werde jeden Tag besser", sagte er mit Würde.

# WIR KÖNNEN DAS AUCH

„Manchmal hasse ich diesen Beruf", sagte Dr. Thomas Bergmann und zog das weiße Laken über das zerstörte Gesicht der Frau. Hauptkommissarin Hildegard Löffler musterte ihn aufmerksam. Er war höchstens Ende dreißig, aber in diesem Augenblick wirkte er viel älter.

„Und manchmal schäme ich mich, ein Mann zu sein", fügte der Rechtsmediziner verbittert hinzu, „wer das getan hat, ist ein Ungeheuer, eine Bestie."

„Hmm", nickte die Ermittlerin.

Sie setzte sich auf einen der Stühle, die nicht weit von der Liege entfernt standen. Dr. Bergmann ließ sich kraftlos auf den Platz neben ihr fallen.

„Der Täter hat den Körper an drei Stellen total verstümmelt", sagte er angewidert, „Gesicht, Brüste und Vulva."

„Das haben wir schon gesehen, als wir sie fanden. Schrecklich. Konnten Sie feststellen, ob die Frau Geschlechtsverkehr hatte?"

„Wir haben keine Spuren gefunden. Aber das ist auch kein Wunder. Die Geschlechtsorgane waren regelrecht herausgesägt."

Die Polizistin starrte den Arzt überrascht an.

„Herausgesägt?"

„Ja, wahrscheinlich mit einer Kettensäge."

Hildegard Löffler wurde weiß wie das Laken, unter dem die Tote lag. Sie musste den Brechreiz, der sie plötzlich überfallen hatte, mühsam niederkämpfen. So etwas hatte sie in ihren zwanzig Jahren bei der Kripo noch nicht erlebt.

„Von den Brüsten und dem Gesicht war ebenfalls praktisch nichts mehr da."

Der Pathologe und die Polizistin saßen eine Weile schweigend nebeneinander.

„Sie haben vorhin gesagt, dass Sie Ihren Beruf manchmal hassen", sagte sie schließlich. „Ich auch."

Der Doktor tat einen tiefen Atemzug.

„Wo haben Sie sie gefunden?"

„Pilzsammler haben sie durch Zufall entdeckt. Sie lag unterhalb des Feldberggipfels in einem Gebüsch."

„Sie hat dort nicht lange gelegen", sagte Dr. Bergmann, „nach meinen Befunden können es höchstens drei Tage gewesen sein."

„Dann ist sie wahrscheinlich am Sonntag ermordet worden."

„Haben Sie die Tote schon identifiziert?"

„Nein, wir haben noch keine Hinweise … auch keine Vermisstenanzeige."

„Das muss ein furchtbares Blutbad gewesen sein."

„Deshalb wissen wir auch, dass der Fundort nicht der Tatort gewesen sein kann."

Hildegard Löffler stand auf, der Doktor erhob sich ebenfalls und streckte ihr die Hand hin.

„Na dann viel Glück bei der Suche nach dem Ungeheuer mit der Kettensäge!"

Die Ermittlerin, immer noch etwas blass um die Nase, wandte sich im Gehen noch einmal kurz um.

„Schicken Sie mir Ihren Bericht bitte möglichst bald, Dr. Bergmann!"

„So bald wie möglich", sagte der Gerichtsmediziner, „und halten Sie mich in dem Fall auf dem Laufenden."

Hauptkommissarin Löffler saß an ihrem Schreibtisch und blätterte in den Akten, als die Tür aufgerissen wurde.

„Wir wissen jetzt, wer sie war, Chef. Sie hieß Rita Cordes und wohnte in Kronberg", verkündete triumphierend einer ihrer Kriminalassistenten, Timo Knoth, und schwenkte ein Papier hin und her, „in der Jaminstraße. Ihr Mann hat eine Vermisstenanzeige aufgegeben."

„Reichlich spät!", murmelte Hildegard Löffler. „Und, ja, Herr Knoth, klopfen Sie vorher an, wenn Sie hier hereinkommen. Und nennen Sie mich nicht immer Chef!"

„Zu Befehl, Chef … äh, zu Befehl!"

Die Hauptkommissarin verdrehte die Augen. Timo Knoth war noch jung, sehr jung, er war ihr vor knapp einem Monat zugeordnet worden mit dem Auftrag, aus ihm einen guten Polizisten zu machen. Bisher sah sie da eher schwarz.

„Kronberg, Jaminstraße, sagten Sie? Das ist ja eine besonders feine Gegend."

Hildegard Löffler stand auf und nahm ihre Jacke vom Haken.

„Kommen Sie mit?"

„Na klar, Chef!"

Sie bedachte ihren Assistenten mit einem strafenden Blick. Der schlug schuldbewusst die Augen nieder.

„Nun ja, wir führen, äh, führten eine ... wie soll ich sagen, eher lockere Ehe."

Der Mann auf dem cremefarbenen Ledersessel schien zwar verlegen, aber nicht sonderlich bestürzt. Er hatte die Nachricht vom Tod seiner Frau mit erstaunlicher Fassung aufgenommen.

„Rita war öfter weg, genau wie ich. Wir sind unabhängige Menschen, wissen Sie."

Dr. Cordes war ein außergewöhnlich attraktiver Mann in den Fünfzigern mit sonnengebräunter Haut und einem durchtrainierten Körper. Er hatte eine gewisse Ähnlichkeit mit George Clooney. Hildegard Löffler musste sich einen Augenblick lang die Fantasie verkneifen, ihn sich ohne Kleider vorzustellen.

„Wissen Sie denn, wo sich Ihre Frau am vergangenen Wochenende aufhielt?"

„Nur vage. Sie sagte mir lediglich, sie sei auf einem Seminar in Kelkheim."

„Was für ein Seminar?"

„Das kann ich Ihnen nicht sagen. Oder ... warten Sie, ich erinnere mich, dass sie da schon einige Male war. Eine Art Holzwerkstatt. Die wird von einem Herrn Raabe geleitet, wenn ich mich recht erinnere. Meine Frau macht ... machte nämlich Holzskulpturen."

Er deutete auf ein Objekt, das in der Nähe des Fensters stand. Es war ein in sich gedrehter Baumstamm, fast zwei

Meter hoch, nur wenig bearbeitet, aber mit wunderbarer Maserung. Optisch sehr wirkungsvoll. Kriminalassistent Knoth verschränkte die Arme auf dem Rücken und ging um das Objekt herum. Seine Chefin beobachtete ihn amüsiert.

„Hatte Ihre Frau Feinde?"

Die Antwort kam prompt.

„Nein, nicht dass ich wüsste. Im Gegenteil, sie war ein geselliger Typ, sie hatte überall Freunde."

„Aha!", machte Knoth.

Die Hauptkommissarin gab ihm hinter dem Rücken ein Zeichen, dass er den Mund halten solle.

„Sie haben also keinen Verdacht?"

„Nein", antwortete Dr. Cordes.

„Ihre Frau ist mit einer Kettensäge ermordet worden", sagte die Hauptkommissarin, „aber nicht nur einfach ermordet, sondern schwer verstümmelt. Ich erspare Ihnen die Einzelheiten."

Jetzt zeigte auch Cordes Wirkung.

„Das ist … das ist ja entsetzlich. Wer tut denn so etwas?"

Er sieht wirklich verdammt gut aus, dachte die Ermittlerin. Die Weiber liefen ihm wahrscheinlich scharenweise nach. Genau der Typ, der manche Frauen zu bodenlosem Leichtsinn verleiten konnte, ein geborener Verführer. Er strahlte eine Art von Seriosität aus, die unwiderstehlich war. Sie musste sich eingestehen, dass er auch sie nicht kalt ließ. Darüber ärgerte sie sich und rief sich insgeheim zur Ordnung.

„Wo waren Sie am Sonntag und in der Nacht zum Montag?", fragte sie in strengerem Ton als nötig.

Der Mann auf dem Sessel schien nicht überrascht über die Frage. Er zog sein Portmonee heraus und reichte ihr eine Karte.

„Hier."

Die Ermittlerin warf einen kurzen Blick darauf: Nina Gerber, Reichenbachweg, Falkenstein.

„Meine Geliebte", sagte Dr. Cordes mit ruhiger Stimme. In seinem Gesicht bewegte sich kein Muskel.

Kriminalassistent Knoth starrte ihn mit offenem Mund an. Auch Hildegard Löffler musste schlucken. Mit welcher Selbstverständlichkeit er das gesagt hatte, war schon bemerkenswert. Natürlich würden sie das Alibi überprüfen, aber es konnte auch eine komplette Inszenierung sein. Der Mann wurde ihr zunehmend unheimlich.

Als sie ein paar Minuten später vor dem Haus standen, warf Knoth einen Blick zurück auf die Villa.

„Nicht schlecht, die Hütte“, sagte er.

„Was halten Sie denn von diesem Dr. Cordes?“, fragte die Hauptkommissarin.

Der Kriminalassistent kratzte sich am Kopf.

„Kann ich schwer einschätzen. Der spielt in einer anderen Liga.“

Keine schlechte Zusammenfassung für den Eindruck, den er auch auf sie gemacht hatte, fand Hildegard Löffler.

„Schauen Sie, hier war der Arbeitsplatz von Rita ... äh, Frau Cordes“

Bernd Raabe, der Leiter der Kelkheimer Kunstwerkstatt, deutete auf eine Werkbank, die neben fünf anderen unter einer ausgedehnten Überdachung stand. Die Hauptkommissarin warf ihrem Assistenten einen Seitenblick zu. Ihr fiel die Bemerkung von Dr. Cordes ein, die Ermordete habe überall Freunde gehabt. Dieser Raabe war mit Sicherheit einer davon, so wie der aussah. Rein optisch war er der Gegenentwurf des Ehemannes, er dünstete die Bohème förmlich aus, ein bisschen Richard Gere, ein Schuss Johnny Depp, mit Augen, die so blau waren wie die Karibik ... Es hätte sie nicht gewundert, wenn Rita Cordes etwas gehabt hätte mit diesem Holzkünstler. Im Unterschied zu ihrem Ehemann schien Raabe wirklich erschüttert zu sein über den Tod seiner Schülerin.

„Wie viele Personen haben denn an Ihrem letzten Seminar teilgenommen?“

„Sechs. Zwei Männer und vier Frauen ... die Damen sind bei mir fast immer in der Überzahl.“

Ein verlegenes Lächeln huschte über Raabes Gesicht.

„Wie oft war Frau Cordes bei Ihnen?"

Der Mann überlegte kurz.

„Mit dem letzten waren es drei Wochenenden. Sie hat an unserem Kettensägen-Seminar teilgenommen."

Plötzlich war die Hauptkommissarin hellwach.

„Sie hat mit der Kettensäge gearbeitet?"

„Ja", sagte der Künstler, „sie war wirklich talentiert, hatte einen Blick für die Form, die in einem Werkstück verborgen ist."

„Sie ist mit einer Kettensäge ermordet worden", bemerkte Knoth.

„Nein!"

Raabe erbleichte, tastete nach dem Schemel, der unter der Werkbank stand, und ließ sich schwer darauf fallen. Hildegard Löffler und ihr Assistent warteten, bis er sich wieder einigermaßen gefasst hatte.

„Gab es Konflikte innerhalb der Gruppe? Rivalitäten?"

Raabe dachte kurz nach.

„Nicht dass ich wüsste. Das Übliche."

„Entschuldigen Sie, Herr Raabe, aber ich muss Sie das fragen: Hatten Sie eine intime Beziehung zu Frau Cordes?"

Der Mann schluckte schwer.

„Ja", murmelte er, „seit einem halben Jahr. Rita war eine wunderbare Frau …" Er brach ab und bedeckte sein Gesicht mit beiden Händen.

„Gehen wir!", flüsterte die Ermittlerin ihrem Assistenten zu.

„Bernd Raabe scheidet als Täter wohl aus", dozierte Knoth, „jedenfalls ist es unwahrscheinlich, dass er es war. Was für ein Motiv hätte er haben sollen? Da kommt schon eher dieser undurchsichtige Dr. Cordes in Frage. Motiv: Eifersucht."

Seine Chefin schüttelte den Kopf.

„Cordes hat ein hieb- und stichfestes Alibi. Er war wirklich in Falkenstein. Es war eine Party, bei der auch noch andere Gäste anwesend waren. Cordes war die ganze Zeit da und seine Geliebte auch. Das haben mehrere Zeugen unabhängig voneinander bestätigt. Außerdem ist er nicht der Typ für ein Eifersuchtsdrama."

„Aber die Tatwaffe ist doch keine Zufall!"

„Nein", sagte die Ermittlerin, „das ist unsere Spur. Wir müssen diese Kettensäge auftreiben. Wenn wir die haben, finden wir auch den Täter. Ich werde dieses Schwein kriegen, das schwöre ich!"

Knoth starrte seine Chefin erschrocken an. So wütend hatte er sie noch nie gesehen.

„Ich rufe sofort Raabe an und lasse mir die Namen und Adressen der Teilnehmer des Kettensägen-Seminars durchgeben", sagte er, „Dann klappern wir die ab und überprüfen sämtliche Kettensägen. Auch die von Raabe."

Bernd Raabe empfing sie vor seiner Werkstatt auf einer Bank sitzend. Er war in einem erbärmlichen Zustand. Man sah ihm an, dass er schlecht geschlafen hatte. Außerdem war er betrunken. Vor ihm auf dem Tisch standen zwei Rotweinflaschen, eine davon leer, die andere halb leer.

„Ich habe Ihnen die Namen der Teilnehmer am letzten Seminar doch schon telefonisch durchgegeben. Was wollen Sie denn noch?", fragte er mit schwerer Zunge.

„Wir haben die Kettensägen Ihrer Schüler überprüft. Sie scheiden alle als Mordwerkzeug aus. Zeigen Sie uns Ihre?"

„Welche denn? Ich habe drei."

„Alle drei."

„Kommen Sie mit."

Raabe stand schwankend auf und ging zu einem Schuppen.

„Das hier ist eine gewöhnliche Säge, mit der ich mein Brennholz schneide. Aber das hier ist eine Stihl und das ist eine Dolmar", erläuterte er schleppend, „Mit denen mache ich meine Skulpturen. Die Stihl ist das Beste, was derzeit auf dem Markt ist."

„Eine Stihl hatten wir bei Ihren Schülern nur einmal."

„Kein Wunder", entgegnete Raabe, zunehmend nüchtern werdend, „sie ist ziemlich teuer. Das ist was für Profis. Zum Modellieren von Holz braucht man übrigens spezielles Zubehör, zum Beispiel ein spitz zulaufendes Schwert."

Hauptkommissarin Löffler inspizierte die Kettensägen. Alle drei waren nur grob gereinigt und hatten Spuren von Schmieröl und Holzfasern. Unwahrscheinlich, dass eine davon als Mordwerkzeug benutzt worden war.

„Was für eine Kettensäge hat denn Frau Cordes benutzt?"

„Eine Dolmar." Die Antwort kam wie aus der Pistole geschossen. „Eine Stihl hatte außer mir nur noch Frau Winkler."

„Richtig!", bemerkte Kriminalanwärter Knoth mit einem Blick in seine Notizen.

„Haben Sie etwas dagegen, wenn wir Ihre Sägen ins Labor mitnehmen?", fragte die Ermittlerin.

„Nein, nehmen Sie nur. Ich habe zurzeit sowieso keine Lust auf Holzarbeiten."

Raabe ließ sich wieder auf die Bank fallen und goss sich ein neues Glas Rotwein ein.

„Nichts, nicht der kleinste Anhaltspunkt! Es ist zum Verrücktwerden!"

Hauptkommissarin Löffler stand am Fenster ihres Büros und starrte die gegenüberliegende Wand an.

„Wir haben alle Kettensägen überprüft und nicht eine einzige Spur gefunden. Dabei muss eine Säge, mit der ein Mensch umgebracht wurde, übersät mit Spuren sein."

„Wir haben halt die richtige noch nicht gefunden, Chef", kommentierte Knoth trocken. Und erschrak sofort. Jetzt musste gleich der Rüffel kommen. Dass die Hauptkommissarin auf das Wörtchen „Chef" diesmal gar nicht reagierte, konnte nur ein schlechtes Zeichen sein. Sie saß zusammengesunken auf ihrem Stuhl – und sie hatte Grund dazu. Sie waren mit ihrem Latein am Ende. Ohne Tatwerkzeug hatten sie keine Chance, den Täter zu finden und zu überführen.

Lähmende Stille breitete sich im Büro aus. Plötzlich sagte Knoth:

„Zwei Kettensägen!"

„Wie bitte?"

„Zwei Kettensägen", wiederholte Knoth, „es könnte doch sein, dass der Täter zwei Kettensägen hatte. Eine für das Holz, die andere für den Mord. Raabe hat sogar drei. Oder auch vier."

„Mensch, Knoth, aus Ihnen wird vielleicht doch noch ein Polizist!" Die Hauptkommissarin trat auf ihren Assistenten zu und umarmte ihn kurz, aber heftig. Der stand stocksteif da und ließ den Gefühlsausbruch seiner Chefin stoisch über sich ergehen.

„Das Problem ist nur, wie wir die Scheiß-Säge auftreiben", brummte er. „Der Täter hat sie bestimmt am Ende der Welt vergraben oder im Ozean versenkt."

„Tja, da muss uns jemand helfen", sagte die Ermittlerin.

„Wer denn?"

„Der Zufall. Die List. Und das Glück."

„Aha", machte Knoth.

Es klang nicht sehr zuversichtlich.

Hauptkommissarin Löffler und ihr Assistent standen vor dem pompösen schmiedeeisernen Tor der Villa in der Kronberger Höhenstraße. Das Tor und der Zaun waren durch Kameras gesichert. Entfernt bellte ein Hund. Knoth verbarg hinter seinem Rücken eine ziemlich schmutzige Kettensäge mit einem spitz zulaufenden Schwert.

„Schon wieder so eine tolle Hütte", grummelte er, „und gesichert wie die Bank von England. Fehlen bloß noch die Selbstschussanlagen."

Seine Chefin kniff die Augen zusammen.

„Wer hier wohnt, hat was zu verlieren. Wir machen es wie abgesprochen?"

„Wie abgesprochen", echote Knoth.

„Na, dann wollen wir mal."

Die Ermittlerin drückte auf den Klingelknopf aus blank poliertem Messing. Eine der Kameras richtete sich surrend auf die beiden.

„Was wünschen Sie?“, kam eine weibliche Stimme aus der Gegensprechanlage.

„Löffler, Kriminalpolizei. Wir möchten Ihnen gern ein paar Fragen stellen.“

Es vergingen mindestens zwanzig Sekunden, bis der Türöffner schnarrte.

Die Frau, die ihnen öffnete, hatte sicher schon die Vierzig überschritten. Sie war teuer gekleidet, und ihr perfektes Make-up ließ sie auf den ersten Blick viel jünger wirken. So möchte ich auch mal geschminkt sein, dachte Hildegard Löffler spontan. Es war eine vollendete Dame, die da vor ihnen stand. Aber sie wirkte fahrig und nervös. Ihre Augen waren in ständiger Bewegung.

Jetzt trat Timo Knoth in Aktion. Mit einem einzigen Schwung holte er die Kettensäge hinter seinem Rücken hervor und hielt sie der Dame vor die Nase.

„Ist das Ihre?“

Mit aufgerissenen Augen starrte die Frau auf das Werkzeug in Knoths Hand, und die beiden Beamten konnten wie im Zeitraffer verfolgen, wie alles Blut aus ihrem Gesicht wich und sie plötzlich um Jahre gealtert schien.

„Ich wusste, es hat keinen Zweck“, flüsterte sie tonlos. „Kommen Sie herein. Ich erzähle Ihnen alles, was Sie wissen wollen.“

„Raabe war kooperativ, das muss man ihm lassen“, resümierte Knoth, „er hat uns alle notwendigen Typen von Kettensägen besorgt.“

„Das mit den zwei Sägen war Ihre Idee, Knoth. Ich werde Sie in meinem Bericht lobend erwähnen.“

Der Kriminalassistent lief vor Stolz rot an.

„Aber Sie hatten den entscheidenden Trick auf Lager, Chef“, sagte er. Dass die Hauptkommissarin bei dem Wörtchen „Chef“ keine Miene verzog, wertete er diesmal als gutes Zeichen. „Das war einfach genial, dass wir die Teilnehmer am Seminar mit etwas angeschmutzten Doubletten ihrer Kettensägen konfrontiert haben. Schon beim dritten Versuch hat es geklappt."

„Es war die teure Stihl, das Profiteil", sagte die Hauptkommissarin zufrieden. „Julia Winkler hat ihre Freundin Rita nach dem Seminar am Sonntagabend zu sich nach Hause gelockt und in der Badewanne umgebracht. Die Wanne ist so groß wie ein halber Swimmingpool, es muss ein fürchterliches Massaker gewesen sein."

Knoth schwieg einen Augenblick. Dann sagte er langsam:

„Sagen Sie, hatten Sie nicht auch den Eindruck, dass die Dame uns schon erwartet hatte?"

„Ja, das kam mir auch so vor. Sie war völlig am Ende mit den Nerven. Sie wollte gefasst werden. Das kommt bei Beziehungstaten übrigens öfter vor. Können Sie sich schon mal merken."

„Jawohl, Chef", grinste Knoth, „wissen Sie, was mich wundert?"

„Sie werden es mir gleich sagen."

„Dass ausgerechnet Damen aus den besseren Kreisen mit Kettensägen arbeiten."

„Hm", machte Hildegard Löffler, „nicht nur die. Ich habe auch schon daran gedacht, bei Raabe ein solches Seminar zu machen."

„Ach", sagte Knoth.

„Danke für die Einladung zum Essen."

„Bitte, gern geschehen."

Dr. Bergmann und Hauptkommissarin Löffler saßen in der Kantine der Gerichtsmedizin. Vor ihnen auf dem Tisch abgegessene Teller, leere Gläser und zwei Tassen Kaffee.

„Gratuliere, Frau Löffler! Sie haben den Fall gelöst", sagte der Pathologe und legte seine Serviette beiseite.

„Wir hatten Glück", entgegnete Hildegard Löffler.

„Jetzt mal nicht so bescheiden. Mich würde übrigens das Motiv interessieren."

Die Ermittlerin lehnte sich zurück.

„Julia Winkler hat den Raabe abgöttisch geliebt", erklärte sie, „aber Rita Cordes hat sich bei dem Wochenendseminar an ihn rangemacht und quasi vor ihren Augen mit ihm geschlafen. Und das war nicht das erste Mal, dass sie ihrer Freundin einen Mann ausgespannt hat. Wir haben herausgekriegt, dass Dr. Cordes mal mit der Winkler verlobt war. Bis Rita kam. Kann sein, dass da noch andere Rechnungen offen waren. Die Sache mit Raabe war jedenfalls zu viel, das hat dann das Fass zum Überlaufen gebracht. Die beiden waren übrigens sogar Schulfreundinnen."

„Tja", sagte der Doktor langsam, „unter Freundinnen ist es besonders schlimm. Eifersucht ist wie ... wie eine Bombe mit brennender Lunte."

„Genau wie die Liebe", antwortete die Ermittlerin.

Dr. Bergmann musterte sie überrascht.

„Mir scheint, Sie haben Erfahrung, Frau Hauptkommissarin."

Hildegard Löffler antwortete nicht, sondern nahm einen Schluck Kaffee.

„Dieses Gemetzel, diese unglaubliche Brutalität", fuhr der Gerichtsmediziner fort, „ich dachte, das könnten nur Männer."

„Irrtum", antwortete die Ermittlerin und schaute ihrem Gegenüber geradewegs in die Augen, „wir können das auch."

# WER SCHNECKEN HASST

Ich habe einen Garten. Und ich mag keine Schnecken. Wer ebenfalls einen Garten hat, kennt diese Kombination. Gärtner und Schnecken sind seit Urzeiten natürliche Feinde. Wenn ich könnte, würde ich zum Beispiel alle Roten Nacktschnecken verhaften lassen und vor Gericht bringen. Ich gebe zu, dass ich schon Dutzende von ihnen umgebracht habe.

Meine Frau hat mir allerdings heute Morgen in aller Ausführlichkeit eine Geschichte erzählt, die mich sehr nachdenklich macht. Die Geschichte soll gestern Abend im Nachbarort passiert sein und betraf Alfred Schrader, den Vorsitzenden des Kleingartenvereins „Grüne Lunge Fischbach". Ich kannte Schrader, er war ein geradezu fanatischer Gärtner. Meine Frau geriet geradezu in Panik, sprach von einer Rache der Schnecken und meinte, das alles könne kein Zufall gewesen sein. Aber sie neigt manchmal etwas zum Dramatisieren und zum Gefühlsüberschwang. Ich glaube nicht an einen Zusammenhang, es wäre einfach absurd. Allerdings muss ich zugeben dass der Fall reichlich mysteriös ist.

Besagter Alfred Schrader war tödlich verunglückt. Auf der Landstraße war er mit seinem Wagen in einer scharfen Linkskurve ins Schleudern gekommen und frontal gegen eine der alten Linden geprallt, die an dieser Stelle die Straße säumen. Normalerweise werden solche Unfälle von der Bereitschaftspolizei bearbeitet, aber hier wussten sie nicht weiter und riefen die Kripo zu Hilfe. Schrader war sicherlich etwas zu schnell gefahren, das haben die Untersuchungen ergeben. Andererseits hatte er nicht einen Tropfen Alkohol getrunken, und er muss er die Kurve genau gekannt haben, denn die Unfallstelle ist nur knapp zwanzig Meter von Schraders Garten entfernt.

Die Polizei hat festgestellt, dass Schrader noch einen Bremsversuch gemacht hat. Aber er hatte keine Chance, die Straße muss in dieser Nacht glatt wie Schmierseife gewesen sein. Der Grund war, dass zum Unfallzeitpunkt Hunderte von Roten Nacktschnecken die Straße genau vor der scharfen Linkskurve überquert haben müssen. Sie hatten die gesamte Straße mit ihrem Schleim überzogen. Vor allem unter den Reifen von Schraders Wagen müssen die zerquetschten Leiber einen spiegelglatten Film gebildet haben. Die Kripo konnte anhand der Schneckenspuren genau rekonstruieren, wie das Auto sich gedreht hat und mit fast unverminderter Geschwindigkeit direkt auf den Baum geprallt ist.

Meine Frau erzählte, dass Schraders Frau sich bei der Nachricht vom Tod ihres Mannes zunächst gefasst gezeigt habe. Als die Kripo allerdings die Schnecken erwähnten, sei sie in Tränen ausgebrochen. Sie erzählte dann, dass ihr Mann seinen Garten über alles geliebt habe, deshalb sei er ein fanatischer Schneckenhasser gewesen. Der Garten liege am Ortsrand, und es habe schon immer besonders viele Schnecken gegeben, besonders die roten, ekligen Nacktschnecken.

Ihr Mann habe einen jahrelangen Kampf gegen diese Schnecken geführt. Sie habe ihm immer wieder gesagt, Alfred, lass es doch! Sie fressen zwar unseren Salat, aber sie wollen doch auch leben. Aber er habe sich nicht erweichen lassen. Wenn er einige von ihnen gefangen hatte, habe er sie lebendig über dem Feuer geröstet. Es habe ausgesehen wie ein Brandopfer. Anschließend habe er die verkohlten Reste mit der Schaufel am Zaun verteilt, um den anderen Schnecken ein abschreckendes Beispiel zu geben. Vor allem diese roten Schnecken habe er gehasst wie die Pest.

Was soll ich als Gärtner davon halten? Ein Schneckenhasser kommt durch Schnecken um! Ich habe vorhin gegoogelt. Es kam heraus, dass ein solches Verhalten bei der Roten Nacktschnecke eigentlich ausgeschlossen ist. Zu bestimmten Zeiten findet man sie zwar gehäuft, aber nicht in einer derartig großen Zahl. Es gibt keine Erklärung dafür. Diese Tiere haben zwar ein ausgeprägtes artspezifisches Verhalten, aber sie gehören biologisch zu den Wirbellosen, also den ältesten Lebewesen auf diesem Planeten. Von der Eigenschaft, die wir planende Intelligenz nennen, sind sie Lichtjahre entfernt. Von krimineller Energie ganz zu schweigen. Sie können nicht gewusst haben, dass Schrader mit seinem Auto um ein Uhr nachts an dieser Kurve vorbeikommt. Meiner Meinung nach war es ein Zufall. Ungewöhnlich ohne Zweifel, meinetwegen auch mysteriös, aber ein Zufall.

Ich habe mich vorhin noch einmal mit meiner Frau unterhalten. Sie schließt Vorsatz nicht aus. Aber sie neigt wie gesagt zum Dramatisieren und hat manchmal ein bisschen viel Phantasie. Sie meint tatsächlich, dass die Schnecken ihrem Feind Schrader eine Falle gestellt und ihn quasi mit dem Tode bestraft hätten. Dabei hätten sie bewusst Hunderte von Opfern in Kauf genommen. Ich halte das für absolut unmöglich.

Aber in einem Punkt muss ich meiner Frau Recht geben: Was wissen wir schon von der Roten Nacktschnecke?

# UTE UND UTE

Ich weiß nicht, weshalb ich ausgerechnet unsere längste Leiter angestellt und da oben mit der Taschenlampe in den Spalt hineingeleuchtet habe. Es war richtig gefährlich, die Leiter hätte auf dem nassen Fels abrutschen können, und dann wäre ich fast fünf Meter abgestürzt. Normalerweise riskiere ich so was nicht, aber in dem Fall war es Intuition oder sonst etwas Unerklärliches. Ich habe es jedenfalls gemacht. Dann habe ich den Schädel mit den Haarresten gesehen und die Knochen, und ganz unten im Spalt hat es golden geglänzt. Eine goldene Halskette mit einer Brosche dran. Die habe ich eingesteckt und bin mit wackeligen Knien wieder hinuntergestiegen. Meinen Studenten habe ich nichts gesagt, erst recht nicht, als ich in der Mittagspause die Brosche aufgemacht und gesehen habe, was drin war.

Vielleicht sollte ich mich erst mal vorstellen: Professor Dr. Ute Baumeister, Geologin und Lehrstuhlinhaberin an der Universität Frankfurt, seit neun Jahren verheiratet mit Jan Baumeister, ebenfalls Geologie-Professor an der Uni Frankfurt. Wir führen schon länger eine Geologen-Ehe, das heißt, in der Woche arbeiten wir an der Uni, und an den Wochenenden sind wir auf Exkursion, meist mit Studenten, manchmal auch allein.

Das Skelett habe ich vorgestern in der Brombach-Höhle entdeckt, die ich wie meine Westentasche kenne. Die Brombach-Höhle ist für Geologen und Paläontologen eine Fundgrube. Das ist schön, aber auch ein Problem, weil schon Generationen von Geologen und Paläontologen darin herumgeklopft und -gewühlt haben. Inzwischen ist sie ausgeforscht, wie wir das nennen. Deshalb wird sie seit Jahren schon nicht mehr von uns besucht, außer bei den Exkursionen für die Studienanfänger, weil man dort sehr schön wie in einem Lehrbuch die Sedimente studieren kann. Der Spalt unter der Decke im großen Saal – wie wir den Raum kurz hinter dem Höhleneingang nennen –

ist geologisch uninteressant, es ist einfach gewachsener Fels. Man sieht den Spalt auch nur, wenn man mit der Taschenlampe in einem bestimmten Winkel darauf leuchtet. Als ich oben auf der Leiter stand, war ich allein im Saal, nur Norbert, ein Erstsemester, hämmerte im Seitengang herum. Ich vermute mal, dass es einfach bloß Neugier war, dass ich da hinaufgeklettert bin.

Ich kann mich noch genau an den Moment erinnern, als ich den Schädel gesehen habe. Es klebten noch ein paar Reste von blonden Haaren daran. Erst mal ein Schreck. Mein Gott, eine Leiche! Dann siegte aber doch mein analytischer Verstand. Da ist jemand ermordet worden, wahrscheinlich eine Frau. Man musste den toten Körper mit den Füßen voran in den Spalt geschoben haben. Die Knochen waren schon stark verwittert von der Feuchtigkeit. Und sie lagen auch ziemlich durcheinander. Wahrscheinlich waren die Ratten, die es in der Höhle in Mengen gibt, dran gewesen. Jedenfalls war die goldene Kette mit der Brosche abgefallen und lag ziemlich weit vorn in einer kleinen Vertiefung, fast ganz bedeckt von Staub und Moder. Ich konnte sie nur erkennen, weil der Strahl der Taschenlampe zufällig genau darauf gefallen war.

Ich habe die Exkursion so schnell wie möglich abgebrochen. Den Studenten habe ich gesagt, mir sei plötzlich schlecht geworden, wahrscheinlich eine Magen-Darm-Infektion.

Ich bleibe noch ein paar Tage in dem Gasthof, in dem wir uns als Gruppe einquartiert hatten. Ich muss mich von dem Schock erholen und nachdenken. Die schmale Goldkette mit der Brosche liegt vor mir auf dem Tisch. Es ist eine ovale Brosche mit einer schönen Ziselierung, so eine, die man öffnen kann. Meist ist dann ein Andenken darin, etwas Gepresstes oder ein Bild. In dem Fall war es ein Bild, ein Foto, um genau zu sein. Ich war ja noch in der Höhle, als ich es zum ersten Mal gesehen habe. Ich bekam im ersten Moment keine Luft mehr, ich musste mich sofort hinsetzen. Mein Herz spielte verrückt. Erst setzte es aus, und dann klopfte es wie wild. Das Bild zeigt nämlich meinen Mann, Jan Baumeister. Es muss vor meiner Zeit aufgenommen worden sein, denn er sieht auf dem Foto wesentlich jünger aus. Er trägt auch keinen Bart wie jetzt, aber es ist unverkennbar mein Mann.

Jan war noch verheiratet gewesen, als meine Affäre mit ihm begann. Das war vor ziemlich genau zehn Jahren, und ich war eine seiner Doktorandinnen, gut fünfzehn Jahre jünger als er. Er gab sich richtig Mühe, mich zu erobern. Ich bin ein eher rationaler Typ, Naturwissenschaftlerin eben, und war so viel Romantik und Leidenschaft nicht gewohnt. Aber es schmeichelte mir, dass Jan Baumann, der berühmte und international renommierte Geologe, mich begehrte. Er hätte sich meinetwegen auch scheiden lassen, aber seine Frau wollte nicht. Es war übrigens schon ein seltsamer Zufall, dass sie auch Ute hieß wie ich. Ich habe sie nie kennen gelernt, aber ich erinnere mich, dass Jan sie einmal als „blonde Furie“ bezeichnete.

Als wir uns ein halbes Jahr kannten, kam er eines Abends ganz geknickt zu mir und erzählte mir, dass seine Frau bei einem Autounfall ums Leben gekommen sei. Sie habe nach Dresden zu ihren Eltern fahren wollen und sei an einem Stauende auf einen Lastwagen aufgefahren. Seine Trauer schien mir echt zu sein. Ich hatte keinen Anlass, daran zu zweifeln und habe auch nicht weiter daran gerührt. Wir haben beide damals ein Doppelleben geführt, ich hatte mit seiner Familie und seinem Bekanntenkreis nichts zu tun. Niemand durfte von unserer Affäre wissen. Er hat ja nicht nur seine Frau vor mir versteckt, sondern auch mich vor ihr.

Wir haben dann bald geheiratet, und er zog aus seiner Dreizimmerwohnung in Sachsenhausen zu mir in die Villa ins Holzhausenviertel, die ich von meinen Eltern zusammen mit einem hübschen Vermögen geerbt habe.

Wir kamen als Paar ganz gut zurecht, aber nur, weil ich

mich ihm unterordnete. Ich war halt seine ehemalige Studentin, trotz Doktortitel und Habilitation. Immer war ich Baumanns Mädchen, in der Öffentlichkeit sowieso, aber auch bei ihm. Inzwischen bin ich ihm fachlich überlegen, auch weil er alt und faul wird und sich nicht mehr fortbildet. Trotzdem stehe ich immer noch in seinem Schatten. Das hat mich damals geärgert, und es ärgert mich auch jetzt. Mir fällt gerade auf, dass ich mich schon längere Zeit nicht mehr gefragt habe, ob ich ihn eigentlich noch liebe. Er hat mich das sowieso nie gefragt.

Ich denke die ganze Zeit nach. Jan kennt natürlich die Brombach-Höhle, er kennt sie wahrscheinlich besser als ich, weil er früher viel öfter dort war. Ich weiß es, weil er mir schon zu der Zeit, als ich mit dem Geologie-Studium anfing, die Höhle empfohlen hat. Wenn er die Höhle so genau kannte, dann wusste er wahrscheinlich auch von der Spalte im großen Saal. Ein ideales Versteck für etwas, das für immer verschwinden muss. Zum Beispiel die Leiche von Ute der Ersten. Das Skelett in der Höhle ist mit sehr großer Wahrscheinlichkeit das seiner ersten Frau, die angeblich bei einem Verkehrsunfall ums Leben gekommen ist. Die Goldkette mit der Brosche und dem Bild von Jan darin ist jedenfalls ein starkes Indiz. Ich brauche bloß zwei und zwei zusammenzuzählen. Ja, kein Zweifel, das sind Utes sterbliche Überreste da oben in der Spalte.

Ich frage mich allerdings, wie er es geschafft hat, die Leiche dort zu deponieren. Hat er nicht mal von einem Gerüst gesprochen, das er in der Höhle hat hinstellen lassen, um bestimmte Gesteinsformationen zu studieren? Stand das Gerüst nicht just zu der Zeit, als seine Frau umkam? War es danach nicht sehr schnell verschwunden? Was soll ich davon halten? Der Verdacht lässt sich nicht unterdrücken. Jan hat mich die ganze Zeit hinters Licht geführt. Hat er wirklich seine erste Ute beseitigt, um mich zu heiraten und mit mir in der Villa zusammen zu leben? Das darf ich mir nicht mal vorstellen, aber es spricht alles dafür.

Ist er zu so etwas fähig?

Ich kenne meinen Mann als Wissenschaftler, als ruhigen Typen, der genau überlegt, was er sagt und was er tut. Aber vielleicht ist es eben das, was ihn zu der Tat befähigt hat. Er ist systematisch vorgegangen. Er hat genau gewusst, was er tat.

Vor mir auf dem Tisch liegt noch etwas. Es ist mein Ehering. Massives Gold. Innen ist etwas eingraviert. Ute, dann kommt die liegende Acht für unendlich oder auch verheiratet, dann Jan: Ute ∞ Jan. Er hat mir den Ring bei der Trauung übergestreift. Es gibt noch einen weiteren Verdacht, der sich nicht unterdrücken lässt. Offenbar hat Jan die Kette mit der Brosche übersehen, oder er hat nichts davon gewusst. Den Ehering hat er natürlich gekannt. Wenn er ihn nun seiner toten Frau abgezogen und für mich, Ute die Zweite, aufbewahrt hat? Die Gravur passte ja, wie praktisch! Ist es möglich, dass er Liebe und Leidenschaft bloß vorgetäuscht hat und nur auf meine Villa und mein Geld scharf war?

Nein, das kann nicht sein! Das darf nicht sein!

Oder vielleicht doch?

Ich denke nach. Mein Verstand arbeitet präzise wie immer: Ich lebe mit einem Mörder zusammen, daran kann ich nach Lage der Dinge nicht mehr zweifeln. Aber ich werde nicht zur Polizei gehen. Kein Wort zu Jan. Das Skelett bleibt dort, wo es ist. Ich werde noch einmal auf die Leiter müssen, um die Kette mit der Brosche wieder dort hinzulegen, wo ich sie gefunden habe. Den Ehering mit der Gravur werde ich nicht mehr tragen. Das bin ich meiner Vorgängerin schuldig.

Im Augenblick führen Jan und ich noch eine bequeme Geologen-Ehe. Unsere Beziehung ist zwar arg ausgeleiert, aber wir kommen uns nicht in die Quere. Noch nicht. Die Zeiten können sich ändern. Mit den Knochen im Spalt und dem Foto in der Brosche habe ich ihn in der Hand. Mord verjährt nicht. Ich weiß jetzt, dass ich mich vor ihm in Acht nehmen muss, und ich werde ihn genau im Auge behalten. Wenn es ihm einfallen sollte, mich schlecht zu behandeln, kann ich ihn jederzeit abservieren. Es ist auch durchaus denkbar, dass ich ihn irgendwann loswerden will …

Macht! Macht über Professor Dr. Jan Baumann. Ich werde sie zu gebrauchen wissen. Kein schlechtes Gefühl, wenn ich es mir recht überlege.

Paul Pfeffer

# IM HIMMEL DER GLÜCKLICHEN FRAUEN

Kurzkrimis

Edition Pauer

Kelkheim 2023